Gérard Georges

Das Glück wohnt auf dem Land

Zu diesem Buch

Als junger Mann hatte Francis Lafarge seiner Heimat den Rücken gekehrt und nie zurückgeblickt. Doch dann, nach vielen Jahren, taucht der Geschäftsmann plötzlich wieder in Coissardon auf und sorgt für Getuschel und Spekulationen unter den misstrauischen Dorfbewohnern. Auch Tante Lucette ist nicht erfreut, als ihr Neffe ins Haus spaziert und verkündet, er wohne nun hier. Seit Jahren lebt sie in der Gesellschaft eines Kapuzineräffchens in der alten Villa, die einst Francis' Eltern gehörte. Nun befürchtet sie, dass er sie in ein Heim abschieben wird. Unfreundlich genug ist er ja. Das ändert sich jedoch, als er Marylise kennenlernt, eine junge Lehrerin, die seit Jahren hartnäckig für die Renovierung der Dorfschule kämpft. Und als kurze Zeit später ein schwarzer Mercedes durch den Ort fährt, dessen Fahrer offensichtlich nichts Gutes im Schilde führt, offenbart Francis der schönen Marylise, was hinter seiner Rückkehr nach Coissardon steckt – und erfährt, was wahre Dorfgemeinschaft bedeutet.

Gérard Georges, selbst im ländlichen Montbrison im Departement Loire aufgewachsen, war Rundfunkjournalist und arbeitete an der Universität und als Direktor einer Schule, bevor er sich entschloss, nur noch zu schreiben. Die Liebe zum Land mit all seinen Vor- und Nachteilen hat den Autor von mehr als zwanzig Büchern nie verlassen, und der schönste Beweis dafür ist sein liebevoller Blick auf die Menschen der Auvergne – der Region, die als das Herz von Frankreich gilt.

Gérard Georges

Das Glück wohnt auf dem Land

Roman

Aus dem Französischen von
Christiane Landgrebe

Piper München Zürich

Mehr über unsere Autoren und Bücher:
www.piper.de

Von Gérard Georges liegen bei Piper vor:
Eines Morgens auf dem Land
Das Glück wohnt auf dem Land

MIX
Papier aus verantwortungsvollen Quellen
FSC® C014496
FSC
www.fsc.org

Ungekürzte Taschenbuchausgabe
Piper Verlag GmbH, München
Juni 2014
Titel der französischen Originalausgabe:
»La Dame au capucin«, AEDIS Éditions, Vichy 2001

Umschlaggestaltung: Cornelia Niere, München
Umschlagabbildung: LOOK-Foto (Moped/Fenster)
Satz: Christiane Paxmann, • text • konzept • grafik, München
Gesetzt aus der Bembo
Papier: Munken Print von Arctic Paper Munkedals AB, Schweden
Druck und Bindung: GGP Media GmbH, Pößneck
Printed in Germany ISBN 978-3-492-30386-6

Zum Gedenken an
Louis Gachon

Richte nicht über einen Menschen,
bevor du nicht zwei Monde
in seinen Mokassins gelaufen bist.
INDIANISCHES SPRICHWORT

1

Der Regen trommelte auf die Windschutzscheibe. Selbst im Schnellgang schafften die Scheibenwischer es nicht, diese Sintflut zu bewältigen. Das Licht der Scheinwerfer durchdrang die tiefschwarze Nacht. War es die Nacht? Oder stand die Welt Kopf?

Francis fuhr langsamer. Der Regen rauschte herunter und bildete einen dichten Vorhang. Einige Male war das Auto wegen Aquaplaning fast von der Fahrbahn abgekommen. Selbst in Irland, wo Francis mehrere Jahre gelebt hatte, waren die Elemente nicht so außer Rand und Band geraten.

Und dann komme ich auch noch freiwillig hierher und sperre mich in diesem Kaff ein, dachte er. Er konnte die Zahl Sechs auf dem Meilenstein erkennen. »Wird auch langsam Zeit«, seufzte er.

Ein Auto begegnete ihm mit aufgeblendeten Nebelscheinwerfern, und er schimpfte über den Idioten von Fahrer, der nicht mal die einfachsten Verkehrsregeln für Regenwetter kannte. Er stellte das Fernlicht an.

»Hier, da kriegst du, was du verdient hast, Blödmann!«, rief er und grinste.

Dann legte er die Hände wieder ans Steuer.

Auf der Uhr am Armaturenbrett war es Viertel nach acht. Am frühen Nachmittag war er in Paris losgefahren und hatte nur einmal kurz hinter Nevers angehalten, um vollzutanken.

Nachdem die Straße sich noch ein langes gerades Stück hinzogen hatte, sah er weiter hinten das Ortsschild *Coissardon*. Er hatte es geschafft, er war endlich am Ziel. »Bei diesem Sauwetter erkenne ich überhaupt nichts wieder!«, stellte er leicht verärgert fest. Und dann dachte er, dass er in dem Dorf, in dem er seine Kindheit verbracht hatte, ein Fremder geworden war.

Er stellte den Motor ab und löschte die Scheinwerfer. Die Laternen auf dem menschenleeren Kirchplatz bildeten eine diffuse gelbliche Lichtquelle, in die der schräg fallende Regen fiel, der unaufhörlich auf das Wagendach trommelte. Francis zögerte einen Moment, bevor er die Tür öffnete. »Also, los jetzt!«, sagte er dann. Er riss die Wagentür auf und lief bis zum Eingang des Hotel-Restaurants *La Bonne Marmite*, das spärlich von einem schwachen Neonlicht beleuchtet war.

Als er die Tür aufdrückte, klingelte die darüber befestigte Glocke. Ein helles, kristallenes Geräusch, das den Blick des Wirts und zweier Männer auf ihn lenkte, die an der Theke saßen und Ricard tranken.

»Guten Abend, Monsieur«, sagte der Wirt. »Mieses Wetter, finden Sie nicht?«

Wie es sich für einen richtigen Küchenchef gehört, hatte auch Louis Reynard einen stattlichen Bauch. In der Gegend war er wohlbekannt, und wenn man sonntagmittags einen Tisch bei ihm haben wollte, musste man Wochen im Voraus reservieren. In der Woche war es natürlich ruhiger. Er verdiente sein Geld vor allem am Sonntag.

»Was kann ich Ihnen bringen?«, fragte der Wirt.

Francis wartete einen Moment, bevor er antwortete. Er fuhr sich mit der Hand über sein regennasses Gesicht, strich sich Haare und Schnurrbart glatt und setzte sich dann auf einen Hocker an der Theke.

»Einen Whisky, bitte«, sagte er. »Mit Eis.«

Die beiden anderen Gäste musterten den Neuankömmling mit unverhohlenem Blick. Wer war dieser Fremde, der hier einfach so bei ihnen hereinschneite? Was wollte er hier? Hatten sie ihn vielleicht irgendwo schon mal gesehen?

Francis ärgerte sich über die dreiste Neugier, mit der sie ihn betrachteten, zündete sich eine Philip Morris an und wandte ihnen den Rücken zu. Er sah sich in dem riesigen Spiegel, der über der Theke an der Rückwand hing. Seine schwarzen Haare, die allmählich grau wurden, seinen Schnurrbart, die Ringe unter den Augen. Seinen Blick, der eher enttäuscht als müde wirkte.

So sah er also aus, Francis, der Junge aus dem Dorf Coissardon, der sein Leben auf den Straßen der Welt verbracht hatte und jetzt mit fünfundvierzig nach Hause zurückkam. Wer würde ihn wiedererkennen? Wer konnte sich noch daran erinnern, dass er hier in diesem Dorf mitten in der Auvergne aufgewachsen war?

Er nahm einen Schluck Whisky und wandte sich an den Wirt.

»Ich bin der Mann, der Sie vor ein paar Tagen angerufen hat, um ein Zimmer zu reservieren«, sagte er. »Ich würde gern vor dem Abendessen mein Zimmer beziehen.«

»Sind Sie Monsieur Lafarge?«

»Genau.«

»Ah. Herzlich Willkommen, Monsieur Lafarge. Es bringt Sie gleich jemand nach oben.«

Louis Reynard öffnete eine Tür links neben der Bar.

»Régine!«, rief er. »Hier ist der Gast von Zimmer siebzehn. Bringst du bitte den Schlüssel und zeigst ihm den Weg?«

Francis Lafarge stellte seine Taschen auf das Bett. Bevor Madame Reynard das Zimmer verließ, fragte sie ihn noch, wann er zu speisen wünsche.

»In zwanzig, fünfundzwanzig Minuten«, sagte er.

Bevor sie die Tür schloss, fügte er noch hinzu: »Und bringen Sie mir einen Whisky zum Essen, mit Eis bitte.«

Das Zimmer war ein bisschen altmodisch. Auf der vergilbten Tapete waren Jagdszenen zu sehen. Ein von einer hechelnden Hundemeute gehetzter Hirsch vor einem Teich. Oder ein Jäger mit einem Gewehr, der auf ein aufgescheuchtes Rebhuhn zielte, das sich im Flug befand. Und dann ein Wildschwein vor einer Meute Jagdhunde, die sich mit hochgezogenen Lefzen im nächsten Augenblick auf ihre Beute stürzten.

Francis grinste, als er diese Bilder aus vergangenen Zeiten sah. In seiner Kindheit hatte er viele solcher

Jagdszenen gesehen und er musste an sein Haus am Waldrand denken.

Sein Haus …

Was blieb ihm anderes übrig, als diese letzte Chance zu nutzen, um es wiederzubekommen? In dieser ersten Nacht in Coissardon schlief er nur deshalb im Hotel, um die Dinge ruhig angehen zu lassen. Morgen war ein neuer Tag, und auch danach ging das Leben weiter. So war nun mal der Lauf der Welt.

Vom Kirchturm schlug es neun. Francis lauschte. Ein paar Sekunden hallten die metallischen Klänge nach und riefen Erinnerungen wach, die er völlig vergessen zu haben glaubte.

Er zündete sich eine Zigarette an und ließ sich ein Bad ein. Ich rauche zu viel, dachte er und nahm genussvoll den ersten Zug.

Einen Augenblick lang sah er sich wieder auf den Champs-Élysées bei dem Versuch, die Kerle abzuschütteln, die ihm auf den Fersen waren. Das war erst gestern gewesen, unglaublich! An der Place de l'Étoile hatte er das Tempo beschleunigt und war in die Avenue de la Grande-Armée gerast. Dann zur Porte Maillot, auf den Périphérique und – adieu! Diese schrecklichen Typen waren immer wieder aufgetaucht, einmal rechts, einmal links, es hatte Spaß gemacht, sie abzuhängen wie die Schnecken – er hatte das Gaspedal seines Golf GTI bis zum Anschlag durchgetreten. Der Motor mit einhundertfünfzig Pferdestärken hatte aufgeheult. Es war, als zähmte man ein wildes Tier.

Francis stieg in die Badewanne und ließ sich in das schaumige Wasser gleiten. Ein unschuldiges Vergnügen, das ihn alles andere vergessen ließ. Nichts kam ihm in diesem Moment wichtiger vor, als in die wohltuende Wärme zu tauchen.

Er schloss die Augen. Der Badeschaum gab ein leise knisterndes Geräusch von sich – so wie Luftblasen, die an der Oberfläche von Sümpfen zerplatzen. Es fühlte sich alles ganz leicht an. Vollkommene Entspannung. An der Grenze zur Bedeutungslosigkeit. Als ob man gar nicht existierte …

Wie lange war das her?

Wie lange schon hatte er nicht mehr die Möglichkeit gehabt, sich einen Moment der Entspannung zu gönnen? Rückkehr aus den USA, der Flughafen Roissy-Charles de Gaulle. Die Verfolgungsjagd. Zwei Wochen, in denen sie hinter ihm her waren. Ohne dass er wusste, wer sie waren. Schnell von einem Metroabteil ins nächste gehüpft. Stets den Blick in den Rückspiegel seiner Existenz. Und dann die ständige Bedrohung. Das Fallbeil, das jederzeit herunterfallen konnte. Doch jetzt war er in Sicherheit.

Francis streckte sich in der Badewanne aus. Ein wenig Wasser schwappte über den Rand. Von der Bar drangen Stimmen zu ihm herauf. Wahrscheinlich immer noch die beiden Gestalten, die an der Theke ihren Aperitif getrunken hatten, als er in die Wirtsstube getreten war. Die beiden waren typische Bauern, man konnte den Stallgeruch nahezu riechen.

Francis stand auf, schlang das Badetuch um sich und trocknete sich ab. Dann zog er sich ein frisches Hemd an, schlüpfte in seine Jeans und ging nach unten ins Restaurant.

»Lafarge? Er hat wirklich Lafarge gesagt, Loulou, oder?«

Einer der Bauern hatte seine Gitane wieder angezündet und kniff nachdenklich ein Auge zu, bevor er nach dem Wirt rief.

»Genau das hat er gesagt«, antwortete Louis Reynard.

»Lafarge«, wiederholte der Bauer einige Male. Zwei Falten bildeten sich auf seiner Stirn, ein deutliches Zeichen, dass er nachdachte. Und das passierte bei ihm nicht oft.

Er schob seine schwarze Baskenmütze zurecht. Der Stoff war ausgebleicht und an einigen Stellen abgewetzt. Sein wettergegerbtes Gesicht mit der roten Adlernase verzog sich angestrengt.

»Du denkst zu viel nach, mein armer Jojo!«, sagte sein Kumpel, der sich schwer auf die Theke stützte und sich an seinem Ricard-Glas festhielt wie an einem Rettungsring. Und grinsend fügte er hinzu:

»Streng dein Hirn nicht zu sehr an, gleich kriegst du noch 'nen Schlaganfall!«

»Ja, lach du nur, Riton! Du kannst sagen, was du willst, aber die Visage von diesem Lafarge kenne ich.«

Jojo trank sein Glas in einem Zug leer und wischte sich über den Mund. »Mein Gott, natürlich!«, rief er dann.

»Ach nee, er hat ’ne Entdeckung gemacht«, stellte Riton fest und tat, als sei ihm das gleichgültig.

»Sehr richtig, Monsieur, eine Entdeckung, wie du sagst.«

Jojo wandte sich an Louis Reynard.

»Erinnerst du dich noch an Lafarge, den alten Bär, der hinten im letzten Haus am Waldrand wohnte?«

»Ja«, sagte der Wirt und kratzte sich nachdenklich am Kopf. »Der muss inzwischen schon zehn Jahre tot sein. Jetzt wohnt seine Schwester im Château.«

»Ja, die Verrückte … Jedenfalls hatte der Alte einen Sohn. Weißt du noch, dass der Bürgermeister vergeblich versucht hat, ihn zur Beerdigung antanzen zu lassen? Sohnemann war verschwunden, keiner wusste, wohin.«

»Glaubst du etwa, der Junge des alten Lafarge ist wieder zurückgekommen?«, fragte Riton.

»Der Junge ist inzwischen ziemlich erwachsen«, bemerkte Louis Reynaud mit einem spitzbübischen Grinsen.

»Schenk uns noch ’ne Runde ein, Loulou!«, forderte Jojo ihn auf und zog seine Mütze tiefer ins Gesicht.

Er schwieg eine Weile, dann sagte er:

»Und nicht, dass du dich vertust. Wir sind keine Amis, die nur Whisky trinken. Wir bleiben bei unserem Ricard, was?!«

Riton brach in ein derbes Gelächter aus. Doch als er plötzlich im Spiegel das Bild von Lafarge entdeckte, verstummte er.

»Bitte nehmen Sie doch im Restaurant Platz«, sagte der Wirt zu dem Neuankömmling und wies in den hinteren Teil des Raums.

Francis blieb einen Augenblick stehen und musterte die beiden rotgesichtigen Schluckspechte an der Theke.

Dann zündete er sich eine Zigarette an und sagte so laut, dass es jeder hören konnte:

»Sie können Ihre Gäste beruhigen. Ich bin kein Amerikaner. Ich trinke zwar Whisky, aber ich esse kein Rindfleisch, das mit Hormonen vollgepumpt ist.«

Er drehte den drei Männern den Rücken zu und ging hinüber ins Restaurant.

Am nächsten Tag herrschte düsteres Wetter. Der Oktobernebel wollte sich nicht auflösen. Nur mit Mühe konnte man den Eichenwald erkennen, der etwa zweihundert Meter weiter oben lag. Die Blätter waren rostrot, die Farben wurden allmählich blass. Wie Blumen, die einen langsamen Tod starben.

Francis öffnete die Fensterläden, und die frostigfeuchte Kälte des Herbstmorgens schlug ihm ins Gesicht. Sein Wagen war der einzige helle Fleck auf dem grauen Hotelparkplatz. Francis rieb sich die Augen, strich sich über die stoppeligen Wangen und schloss das Fenster. Ihn fröstelte.

Er hatte eine unruhige Nacht hinter sich. Voller böser Träume. Immer wieder liefen die letzten Wochen wie ein Film vor ihm ab. Nachdem er in Roissy gelandet war, hätte er versuchen sollen, sich Isabel gegenüber durchzusetzen. Aber wäre sie bereit gewesen, ihn eine Weile bei sich aufzunehmen?

Und was hieß schon eine Weile? Das änderte auch nichts an seinem Problem. Er konnte sich nicht in Paris niederlassen. In der Provinz würde er sicherer sein. Wer sollte ihn schon in diesem gottverlassenen Nest in der Auvergne aufspüren?

Francis war versucht, sich eine Zigarette anzuzünden, doch er zähmte sein Verlangen, weil es ihm vor dem Frühstück unvernünftig zu sein schien. Vernünftig ... War er bisher in seinem Leben jemals vernünftig gewesen? Hatten seine Eltern ihm nicht schon als Kind gesagt, es würde nie etwas aus ihm, wenn er sich weigerte, in die Schule zu gehen?

»Du bist ein Taugenichts, ein Taugenichts!«, schrie sein Vater außer sich vor Wut darüber, dass Francis ganze Nachmittage in der Natur verbrachte, anstatt in der Schule zu sitzen. »Du machst uns Schande, mein Junge!«, klagte die Mutter. Weil er für die anderen Schüler ein schlechtes Vorbild war, sah der Lehrer sich gezwungen, ihn von der Schule zu weisen. Dann ging seine unrühmliche Laufbahn weiter, von einem Internat zum nächsten, darunter sogar eines für Schwererziehbare. Mit sechzehn war er in die Stadt geschickt worden. Dort war der Dschungel, es herrschte das Gesetz des Stärkeren. Dort konnte man lernen, sich starke Fäuste zuzulegen. Und seinen Charakter zu formen.

Francis zündete seine Zigarette schließlich doch an und ging hinunter in den Speisesaal.

»Guten Morgen, Monsieur«, sagte die Kellnerin mit einem charmanten Lächeln.

Er fand sie ziemlich hübsch und musterte ihr ebenmäßiges Gesicht. Eine schmale Figur in einer engen Jeans, winzige Brüste, die er sich birnenförmig vorstellte. Das Mädchen besaß sicher Temperament!

»Tee oder Kaffee?«, fragte sie und bemühte sich, nicht zu lachen, weil er sie so übertrieben anstarrte.

»Kaffee, bitte.«

Er folgte ihr mit den Augen, während sie wiegenden Schrittes auf das Büro zuging. Francis mochte Frauen. Alle Frauen. Hatte er sich deshalb zweimal scheiden lassen? Martine, seine erste Frau, hatte seine Seitensprünge nicht lange ertragen. Mit Isabel hatte er etwas länger zusammengelebt. Zweimal war er gescheitert, und das war wohl der Beweis dafür, dass er es nie irgendwo länger aushalten konnte. Er war für die Ehe so ungeeignet wie eine Kuh fürs Holzhacken.

»Arbeiten Sie schon lange hier?«, fragte er die Bedienung, als sie die Kaffeekanne, die Zuckerdose und einen Teller mit noch warmen Croissants auf den Tisch stellte.

»Bald zwei Jahre. Aber ich stamme aus der Gegend.« Sie zögerte, bevor sie weiterredete. »Ich erinnere mich noch gut an Ihren Vater.«

Francis fuhr auf.

»Wissen Sie denn, wer ich bin?«, fragte er erstaunt.

»Na ja. Ehrlich gesagt, hier kennt jeder jeden …« Sie beugte sich herunter, um ihm den Kaffee einzuschenken. Ihre Haut roch angenehm nach Zimt. Nervös drückte

Francis seine Zigarette im Aschenbecher aus und blies den letzten Rauch zur Decke.

»Sie heißen doch Francis Lafarge, oder?«, sagte sie unschuldig. »Ein Cousin von mir ist mit Ihnen zur Schule gegangen.«

Er beschloss, es von der humorvollen Seite zu nehmen. »Sagen Sie bloß!«, entgegnete er und grinste. »In Coissardon scheint es ja ein gut funktionierendes Spitzelsystem zu geben!« Dann fügte er in ironischem Ton hinzu: »Dabei dachte ich, ich käme ganz inkognito hierher! Scheint mir aber nicht gelungen zu sein.«

In diesem Moment steckte Madame Reynard die Nase durch die halb geöffnete Tür.

»Corinne, machen Sie schnell, der Tiefkühlkostlieferant ist da. Bitte kontrollieren Sie auf dem Lieferschein, dass nichts fehlt.«

»Sofort, Madame.«

Corinne ging hinaus, aber erst nachdem sie Francis einen vielsagenden Blick zugeworfen hatte. Er beugte sich über seine Tasse.

Das Croissant roch verlockend und hatte eine glänzende knusprige Kruste. Madame Reynaud war an den Tisch getreten und lächelte etwas gezwungen.

»Sie haben Ihre Tante wohl schon lange nicht mehr gesehen, was?«, mutmaßte sie. Sie ignorierte, dass er erstaunt die Augenbrauen hochzog, und fuhr ohne auf eine Antwort zu warten fort: »Na, sie hat sich auf jeden Fall ganz schön verändert, die alte Dame. Guten Appetit, Monsieur Lafarge!«

Francis versuchte, ihren Worten einen Sinn zu geben. Er runzelte die Stirn und trank einen Schluck Kaffee. Was meinte Madame Reynaud damit? Was sollte diese Bemerkung bedeuten?

2

»Komm, bring es Mama!«

Lucette war das Taschentuch zu Boden gefallen. Sie streckte ihre Hand danach aus, konnte es aber nicht greifen. Diese Hand war einfach zu nichts mehr zu gebrauchen, wie die meisten ihrer Glieder. Sie war alt, ihr Körper durch die Krankheit fast gelähmt. Kraftlos geworden durch das Leiden, das seit Jahren an ihr fraß.

Pepsi wackelte mit dem Ringelschwanz, verzog den Mund zu einem Grinsen und zeigte seine gelben Zähne. Pepsi war ein Kapuzineraffe, der seit einem Jahr bei ihr lebte. Doktor Palasse, ihr Arzt, hatte ihr das Tier vermittelt. Seitdem begleitete das Äffchen sie Tag und Nacht, Woche für Woche durch ihr schweres Leben. Der Muskelschwund ging unaufhörlich weiter. Eine tückische, bösartige Krankheit, die sie mittlerweile rund um die Uhr ans Bett fesselte.

Lucette drückte auf die Fernbedienung und stellte den Fernseher an. Im fünften Programm lief eine Sendung über das Leben der Paviane in Ostafrika.

»Komm, mein Äffchen«, sagte sie, »da sind deine Cousins.«

Sie trug eine Halskrause, der ihren Nacken stützte, und streckte Pepsi die linke Hand mit den verkrümmten knotigen Fingern entgegen. In drei Sprüngen war das Äffchen auf dem Bett. Augenzwinkernd blickte es auf den Bildschirm, auf dem seine Brüder, die Primaten, zu sehen waren.

»Sie sind nicht so hübsch wie du, Pepsi. Sie sehen wirklich wie Affen aus!«

Lucette brach in ein helles Lachen aus. Als wolle es »Mama« antworten, gab das Kapuzineräffchen kleine, quiekende Laute von sich. Dann ließ es sich auf dem Kopfkissen nieder und legte sein Maul zufrieden auf Lucettes rechte Schulter.

Als um halb elf die Haushälterin kam, war die alte Dame eingeschlafen. Offenbar wirkte das Fernsehen einschläfernd auf sie.

»Hallo, Pepsi!«, sagte Monique. »Wie ich sehe, träumt dein Frauchen gerade was Schönes.«

Sie berührte die bettlägerige Frau am Arm.

»Bonjour, Madame Barland! Schämen Sie sich nicht, um diese Zeit noch zu schlafen?«

Lucette machte ein Auge auf und stieß einen tiefen Seufzer aus. Der Affe sprang vom Bett herunter. Mit einem Satz war er auf dem Kühlschrank und kratzte sich am Kopf.

»Ach, du meine Güte, Monique, guten Morgen. Ich glaube, ich bin tatsächlich eingenickt.«

»Und Sie behaupten immer, Sie könnten nicht schlafen, da können Sie mal sehen!«

»Machen Sie sich nicht lustig über mich. Ich habe die ganze Nacht kein Auge zugetan!«

»Das sagen die Leute immer.«

Monique beugte sich über die Kranke und packte sie an den Beinen und der Taille.

»Legen Sie Ihre Arme um meinen Hals, Madame Barland. Ich hebe Sie hoch und mache dann Ihr Bett.«

Von ihrem Rollstuhl aus beobachtete Lucette Monique. Die junge Frau bewegte sich geschickt, war genau und schnell. Keine überflüssige Bewegung, alles in der richtigen Reihenfolge. In wenigen Sekunden hatte sie den Bettbezug abgezogen, auf dem ein Urinfleck war, und ihn durch einen frischen ersetzt.

»Doktor Palasse lässt Ihnen sagen, dass er am frühen Nachmittag vorbeikommt«, sagte sie, ohne die Arbeit zu unterbrechen. Dann hielt sie einen Moment inne und meinte: »Doktor Palasse ist wirklich ein prima Kerl.«

»Ja, das ist er«, pflichtete Lucette ihr bei. »Nur schade, dass er mir nicht die Spritze geben will, die mein Leiden für immer beenden würde. Ich finde wirklich …«

»Reden Sie nicht so einen Unsinn, Madame Barland! Ärzte sollen Leiden lindern und nicht die Leute umbringen!«

Lucette seufzte. Sie versuchte eine Bewegung mit der rechten Hand, doch die fiel leblos auf die Lehne zurück. Monique schob ein paar Gegenstände auf dem Nachttisch zur Seite und staubte alles gründlich ab.

»So. Und jetzt wasche ich Sie«, sagte sie, nachdem sie das Zimmer aufgeräumt hatte.

Diesen Moment mochte Lucette überhaupt nicht. Sie fühlte sich in ihrer Menschenwürde beeinträchtigt. Oder in dem, was davon noch übrig geblieben war. »Wenn man sich im Intimbereich nicht mehr waschen kann, wird man zum Gemüse«, hatte sie einmal Doktor Palasse gegenüber geklagt. »Jedermann seinen Hintern zu zeigen ist eine Schande!«

Jetzt ließ sich Lucette von den geschickten Händen ihrer Pflegerin säubern. Pepsi war auf einen Hocker geklettert und drehte den beiden Frauen diskret den Rücken zu. Es war, als würde ihn ein unbestimmtes Schamgefühl davon abhalten, sein Frauchen anzuschauen, wenn sie nackt war.

»So, das hätten wir geschafft, Madame Barland«, sagte Monique, während sie die Schüssel in die Küche brachte und im Spülbecken ausleerte. »Jetzt mache ich das Mittagessen. Chicoréeauflauf mit Schinken, einverstanden?«

Lucette zuckte die Schultern. Es war ihr gleichgültig, was sie auf den Teller bekam. Jedes Essen hatte für sie denselben Geschmack. Den Geschmack der Einsamkeit, der Abhängigkeit. Und des Wartens und Hoffens auf ein baldiges Ende, das aber leider nicht kam.

Sie drückte wieder auf den Knopf der Fernbedienung.

Ein Spiel mit lauter dummen Fragen, moderiert von einer auf sexy gemachten jungen Frau in einem engen Paillettenkleid, dröhnendes Lachen und schlüpfrige Kommentare. Lucette zog missmutig die Mundwinkel herunter und probierte einen anderen Sender.

Der Toyota mit Vierradantrieb verließ den Waldweg und bog rechts ab auf die Asphaltstraße. Der Lehm an Fahrgestell und Radkuppen zeugte davon, dass dieser Wagen vor allem auf Feldwegen benutzt wurde. Doktor Palasse fuhr durch Berg und Tal. Bei jedem Wetter. Ob es stürmte oder schneite, Tag und Nacht.

Jetzt fuhr das Auto ins Dorf hinein. Weiter hinten an der Straße stand auf einem Schild zu lesen: *Coissardon. Erholung und gastronomischer Genuss im Hôtel-Restaurant La Bonne Marmite.* Darunter eine Telefon- und Faxnummer.

Der Arzt grinste, als er an dem Hotel vorbeikam. Sein Freund Louis Reynaud war ein erfolgreicher Gastwirt. Um die Gegend hier vor dem allmählichen Aussterben zu bewahren, hätte man Hunderte Leute wie ihn gebraucht. Und wenn einer das sagen durfte, dann er, der Landarzt, dessen Patienten vor allem alte Leute waren. Die Jugend verließ das Land, als sei es von der Pest heimgesucht.

»Was für eine Verschwendung!«, sagte er laut.

Das Haus, in dem Lucette Barland wohnte, lag am äußersten Rand des Dorfs. Ein wenig abseits, am Rande eines Eichenwäldchens, ein bisschen altmodisch wie alle Bürgerhäuser aus der Zeit zwischen den beiden Weltkriegen, und da es einsam gelegen war, wirkte es ein wenig abweisend. Es strahlte so etwas wie hochmütige Kälte aus. In Coissardon sprachen die Leute immer nur vom »Château«, vom Schloss.

Doktor Palasse hielt vor dem Eingangsportal. Mit der Arzttasche in der Hand ging er über den Kies der Platanenallee. In der Luft roch es nach Feuchtigkeit und Pilzen. Auf der Freitreppe balgten sich ein paar Spatzen um Krümel. Als er näher kam, stoben sie mit lautem Geflatter davon.

Er öffnete die Eingangstür und betrat den lang gestreckten dunklen Flur und rief: »Pepsi, bist du da? Monsieur Pepsi?«

Der kleine Affe stützte sich oben mit den Pfoten auf das Treppengeländer und quiekte.

»Willst du mir nicht guten Tag sagen?«, fragte der Doktor und stieg die Stufen hinauf.

Lucette lag auf dem Rücken tief in zwei dicken Kissen versunken und wartete auf ihn.

»Da sind Sie ja endlich!«, sagte sie. »Es ist schon ziemlich spät! Ich dachte schon, Sie kommen gar nicht mehr.«

Der Doktor musste lachen. »Nun übertreiben Sie mal nicht«, sagte er. »Nur weil ich fünf Minuten zu spät komme, geht doch nicht gleich die Welt unter!«

»Fünf Minuten, fünf Minuten. Ich warte schon eine geschlagene Stunde auf Sie!«

»Ach, Lucette, warum müssen Sie immer so übertreiben? Zeigen Sie mir mal Ihre Beine.«

Sorgfältig und mit einer Sanftheit, die man ihm nicht zugetraut hätte, untersuchte Doktor Palasse die alte Dame und horchte sie anschließend ab.

»Gut, gut«, sagte er dann und räumte seine Instrumente wieder in die Tasche. »Soweit ich sehe, geht es Ihnen besser.«

»Ach, hören Sie doch auf, Doktor, amüsieren Sie sich nicht auf meine Kosten!«

»Doch, doch, Lucette, Ihre Beine sind viel beweglicher geworden. Warum wollen Sie mir eigentlich nie glauben?«

Er wusste natürlich, dass Lucette sich nicht täuschen ließ. Ihr Muskelleiden verschlimmerte sich zunehmend. Die heimtückische Krankheit hatte sich in ihrem Körper festgesetzt. Doch war der Verlauf sehr langsam und konnte sich noch über Jahre hinziehen.

Lange Zeit hatte der Doktor versucht, die alte Dame davon zu überzeugen, dass es besser wäre, in ein Altersheim zu gehen. Seit dem Tod ihres Mannes vor fünf Jahren war sie allein auf der Welt, sie war auf Hilfe angewiesen und hatte keine Kinder, die sich um sie kümmern konnten. In ein Heim zu gehen schien die passende Lösung. Doch Lucette war der größte Dickkopf, den er je kennengelernt hatte. Sie weigerte sich, sich einsperren zu lassen, denn nichts anderes war das Altersheim in ihren Augen. Schließlich war Doktor Palasse auf eine geniale Idee gekommen. Er hatte ihr das Kapuzineräffchen beschafft. Durch einen Fernsehbericht über ein Reha-Zentrum in der Bretagne hatte er erfahren, dass es Affen gab, die darauf dressiert wurden, gelähmten Menschen zur Hand zu gehen.

»Das ist genau das Richtige für Sie, meine Liebe«, hatte er seiner Patientin erklärt. »Nächstes Wochenende entführe ich Sie aus Ihrem Château, und wir fahren nach Lorient in der Bretagne und suchen uns ein solches Tier aus.«

In der Einrichtung dort hatte Lucette sich gleich in das Kapuzineräffchen verliebt. Und Pepsi musste, ob er nun wollte oder nicht, in die Auvergne umziehen.

»Darf ich mir einen Kaffee machen?«, fragte der Arzt jetzt.

Lucette hüstelte ein wenig und sagte dann mit einem schelmischen Lächeln: »Sie fühlen sich hier doch sowieso zu Hause.«

»Danke. Ach, übrigens, Lucette, wissen Sie schon, was man sich im Dorf erzählt?«

»Woher soll ich das denn wissen?«, brummte sie. »Ist schon eine Weile her, dass ich mir draußen die Beine vertreten habe und Spaziergänge machen konnte.«

»Wie schön, dass Sie sich Ihren Humor bewahrt haben. Das ist ein gutes Zeichen.« Der Doktor machte eine kleine Kunstpause. »Also«, sagte er dann. »Die Leute erzählen sich, dass Ihr Neffe wieder aufgetaucht ist.«

»Mein Neffe Francis?«

»Sie haben doch nur den einen, oder?«

Lucette wurde nachdenklich. Wie lange war es her, dass der einzige Sohn ihres Bruders weggegangen war? Irgendwann hatte sie mal gehört, dass er in Tansania Fotosafaris organisierte. Damals wohnte sie noch nicht im Château. Und ihr Mann Fernand lebte noch. Als ihr Bruder Paul starb, hatte sie mit allen Mitteln versucht, seinen Sohn Francis ausfindig zu machen. Doch ihr Globetrotter-Neffe war nicht aufzuspüren. Angeblich war er damals in Irland im Bierhandel tätig – unmöglich, ihn zu erreichen. Der Vogel war ausgeflogen. Und so wurde Paul in Abwesenheit seines Sohnes beerdigt. Aber was machte das schon?

Dann war auch Fernand immer schwächer geworden und gestorben, und Lucette war ins Château gezogen, das Haus der Familie. Damals hatte sie schon die ersten Anzeichen ihrer Krankheit gespürt.

»Francis hat in der *Bonne Marmite* übernachtet«, erzählte der Doktor weiter. »Ich wundere mich, dass er sich noch nicht bei Ihnen gemeldet hat.«

»Und warum sollte er das tun, lieber Herr Doktor?«

»Nun ja. Schließlich ist er Ihr Neffe. Er ist doch Ihr einziger Angehöriger, oder? Und das Haus hier gehört doch eigentlich ihm.«

Lucette senkte den Kopf. Ja, sicher, sie war einfach hier eingezogen. Das Haus gehörte laut Testament der Familie Lafarge. Und eigentlich hatte sie hier gar kein Wohnrecht. Obwohl sie ihre Kindheit hier verbracht hatte. Aber das war schließlich alles so lange her!

»Ich hoffe, Francis gestattet es mir, bis zu meinem Tod hier zu bleiben«, sagte sie mit müder Stimme. »Weiß er überhaupt noch, dass es mich gibt?«

Pepsi, der so lange reglos dagesessen hatte, sprang aufs Bett. Er legte den rechten Arm um den Hals seines Frauchens. Er stieß spitze Schreie aus und sah dabei vorwurfsvoll Doktor Palasse an.

Der Doktor verzog das Gesicht, als er einen Schluck Kaffee nahm. Das Getränk war wirklich sehr heiß.

Der Abend kam. Lucette saß auf ihrem Bett und sah durch das große Fenster auf den grauen Himmel, der sich in verschiedenen Schattierungen über der Platanenallee wölbte. Es war einer jener Herbstabende, von denen sie schon so viele erlebt hatte. Und die sie, seit sie krank war, besonders gern hatte. Genau so fühlte sie sich, grau wie das Wetter und die Jahreszeit.

An der Wanduhr schlug es sechs. Als der letzte Nachhall verklungen war, folgte Lucette der Bewegung des goldenen Pendels hinter dem bemalten Glas. Die Zeit, der Lauf der Sekunden. Das ständige Weiterlaufen.

Sie griff zur Fernbedienung, denn es dauerte nicht mehr lange bis zu ihrer Lieblingsquizsendung im dritten Programm, die sie um nichts auf der Welt verpassen wollte. Den Moderator fand sie zwar ziemlich selbstgefällig, doch dieses Spiel gehörte für sie zu den Höhepunkten des Tages. Sie fand fast immer die richtigen Antworten.

Sie blickte hinaus in den düster werdenden Himmel. Das Wohnzimmer ging nach Osten, und bald schon würde es stockdunkel sein.

»Pepsi!«, rief Lucette. »Pepsi, mein Schatz, mach den Kronleuchter an!«

Der Affe sprang auf den Fußboden. In drei Sätzen war er am Schalter und tat, was sein Frauchen ihm gesagt hatte.

»Danke«, sagte sie, »du bist ein braver Junge. Komm her und hol dir deine Belohnung.«

Sie gab ihm einen Cashew-Kern aus dem Vorrat in ihrer Nachttischschublade. Gierig fraß Pepsi den Leckerbissen und ließ sich auf dem Boden nieder.

Lucette wartete. Sie wartete, dass die Zeit verging, doch die verstrich nur langsam. Sie wartete auch auf Francis. Ihr Neffe war also wieder da. Warum war er wohl noch nicht zu ihr gekommen? Schließlich war er doch hier zu Hause, das Haus gehörte ihm.

Auf dem Fernsehschirm zogen Bilder vorüber. Auf der Digitaluhr im Gerät war es achtzehn Uhr dreißig. Draußen war es schon dunkel. Eine Amsel flötete und wechselte den Ast. Sie sang nur kurze Zeit. Damit kündigte sie das Ende des Tages an. Jetzt wurde es Nacht, und Lucette würde wach liegen und auf den nächsten Morgen warten, oder auch nicht …

Was Francis jetzt wohl machte? Warum ließ er so lange auf sich warten? Was wollte er? Ob sie ihn wohl wiedererkannte?

Der Moderator, mit Krawatte und wie aus dem Ei gepellt in seinem karierten Anzug, kam auf die Bühne gesprungen und eröffnete die Sendung mit lauter Stimme. Dann erschienen auch die Kandidaten, und das Spiel begann. »Unter dem Pseudonym Maître Alcofrybas Nasier brachte der Autor, den wir suchen, im Jahre 1532 …«

»François Rabelais!«, rief Lucette.

Pepsi fuhr erschrocken hoch. Der Moderator redete immer noch. Doch keiner der Kandidaten kam auf die richtige Antwort.

Das Fernlicht eines Autoscheinwerfers zuckte durch den Raum. Na endlich, ein Lebenszeichen von Francis!

»François Rabelais«, schlug einer der Kandidaten vor.

»Die Antwort ist richtig«, meinte der Moderator anerkennend und blickte in seine Unterlagen. »Und nun die nächste Frage …«

In der Dunkelheit schlug eine Tür. Pepsi runzelte die Stirn und wartete darauf, dass etwas geschah. Dann sprang er aufgeregt vom Bett herunter.

3

Francis hatte sich den ganzen Tag über die Gegend angeschaut. Es war eine Wallfahrt in die Welt seiner Kindheit gewesen, eine Rückkehr an die Orte, an denen er so viele Dummheiten gemacht hatte, ein ungezogener Junge, der andauernd die Schule schwänzte.

Als er sich am Morgen auf dem Parkplatz vor der *Bonne Marmite* ins Auto setzte, hatte er Corinne gesehen, die Servierkraft der Reynards, die im Büro stand und ihm durchs Fenster zuzwinkerte. Francis konnte sich ein selbstironisches Lächeln nicht verkneifen. Kein Zweifel, die Frauen mögen mich, dachte er. Aber wenn sie mich dann etwas besser kennen, haben sie schnell genug von mir.

Er legte den ersten Gang ein und fuhr los. Zuerst die Hauptstraße entlang. Hausfrauen mit Einkaufskörben am Arm machten Besorgungen. Er hatte den Eindruck, dass diese Klatschbasen ihn neugierig beäugten. Plötzlich fühlte er sich wieder wie ein kleiner Junge und hätte ihnen am liebsten die Zunge herausgestreckt. Was hatten sie ihm früher nicht alles nachgerufen!

»Der Sohn vom Lafarge, das ist ein Tunichtgut, ein frecher, unverschämter Bengel«, sagten sie damals, als er mit seiner Steinschleuder die Fensterscheiben des Pfarrhauses zerschossen hatte, und genau dieselben Frauen sahen ihn heute mit ihren Glotzaugen an. Sie hatten ihn bestimmt erkannt.

Er stieg aus und ging ein paar Schritte über den Kirchplatz. An den Eingang der Kirche aus hellem Granit und dem ziegelroten Laterit, mit dem die drei Bögen eingefasst waren, konnte er sich noch genau erinnern. Der Kirchturm mit den Balustern, der das Gebäude überragte, war der einzige seiner Art in der Region. Das nach Süden angrenzende Pfarrhaus sah immer noch aus wie eine mittelalterliche Festung.

»Und dann haben sie noch einen Messdiener aus mir gemacht«, sagte er grinsend. »Ich und ein Messdiener! Na ja, der Wein des Priesters war nicht schlecht!«

Francis gönnte sich einen Moment und betrachtete die Abteikirche. Ein leichter Nieselregen hatte eingesetzt, trotzdem blieb er eine Weile vor der Kirche stehen und konnte den Blick nicht lösen. Er zündete sich die x-te Zigarette an und blies den Rauch in die feuchte Luft. Ein Hund mit senfgelbem Fell und hängendem Schwanz kam auf sein Auto zugetrottet. Francis beobachtete im linken Außenspiegel, wie er sich von hinten näherte.

Dann blieb der Köter neben der Wagentür stehen und hob doch tatsächlich das Bein.

»Hey! Du hast sie ja wohl nicht alle, an mein Auto zu pinkeln!«, rief Francis.

»Der Hund ist leider sehr schlecht erzogen«, sagte da eine Stimme hinter ihm.

Francis sah sich überrascht um. Da stand plötzlich wie aus dem Nichts ein gebrechlicher Alter, der sich auf seinen Stock stützte. Er grinste ihn mit zahnlosem Mund an und fuhr sich mit der Hand über den Kinnbart.

»Wirklich schlecht erzogen«, wiederholte der Alte und schüttelte den Kopf. »Also wirklich!«

In diesem Augenblick erkannte Francis, wen er vor sich hatte.

»Sind Sie nicht Vater Couquelet?«, fragte er und öffnete die Wagentür.

»Ich stelle fest, dass du noch ein paar Erinnerungen hast, mein Junge. Ein Glück, dass du in Amerika nicht völlig verblödet bist.«

Francis beschloss, diese Bemerkung zu übergehen. Und wie er sich an den alten Iribert Couquelet erinnerte! Ein Wilderer ersten Ranges, mit dem es keiner aufnehmen konnte. Dabei hatte Francis bei seinen Streifzügen überall auf der Welt die verschiedensten Arten von Wilderern kennengelernt.

Der alte Iribert räusperte sich, spuckte aus und wischte sich den Mund mit einem riesigen karierten Taschentuch ab.

»Sieh mal an, du bist also zurückgekommen«, sagte er und schaute Francis mit seinen schwarzen Augen durchdringend an.

»Ich habe mich lange genug überall auf der Welt herumgetrieben.«

»Ja, ja, das hab ich schon gehört, dass du gern unterwegs bist. Bestimmt hast du viel erlebt und gesehen.«

Der alte Couquelet spuckte wieder aus. Seine Augen tränten, aber er machte sich nicht die Mühe, sie abzuwischen. Aus seiner Hakennase rannen kleine Bäche, die auf den Schnurbart tropften.

»Warum bist du wiedergekommen?«, fragte der Alte und sah ihn weiter eindringlich an. »Darf man das wissen?«

»Das weiß ich selbst nicht so genau.«

Francis zuckte die Schultern und grinste.

»Vielleicht hatte ich Heimweh. Ja, das muss es sein. Papa Couquelet, da sind Sie platt, was?«

»Sei vorsichtig, Junge. Mach dich nicht lustig über uns. Du warst zu lange weg und bist hier fast ein Fremder. Weißt du, wie sie dich im Dorf nennen? *Den Amerikaner.* Und ich glaube, die Leute haben damit ganz recht.«

Iribert Couquelet pfiff zwischen seinen Zahnstümpfen. Da kam der Hund angelaufen und rieb sich an seinen Beinen.

»Siehst du, mein Hund hat gerade an dein Auto gepisst. Und ich bin mir sicher, auch er hat sich gefragt, warum er nicht mal den Amerikaner anpinkeln sollte.« Er hob die Schultern. »Was will man machen, diese Viecher sind schlecht erzogen! Also dann … man sieht sich.«

Kurze Zeit später hatte Francis Coissardon hinter sich gelassen und die Hügel erreicht, die im Westen des Dorfes aufragten. In der Ferne sah er die breiten Vulkane, die sich alle um den Puy de Dome scharten, den größten von ihnen. Durch den Fernsehturm auf der Bergspitze wirkte er noch höher. Auf der anderen Seite lagen die

Berge von Forez mit ihren blauen Gipfeln, Schluchten, Tälern, Wasserfällen und darunter dunkle Wälder, die aussahen, als seien sie mit Kohlestift gemalt.

Francis parkte den Wagen am Ende eines Forstweges. An den Gräben wuchsen Unmengen Brennnesseln, die für die Jahreszeit erstaunlich grün waren. Als Kind hatte ihm sein Vater beigebracht, wie man sie am besten ausreißen konnte. Man musste die Blätter auf der Rückseite erwischen, um nicht gestochen zu werden. Er trat näher und machte es so, wie er es gelernt hatte.

»Verflucht!«

Er hatte es wohl doch verlernt, und jetzt brannten seinen Fingerspitzen wie Feuer. Er drehte sich um und blickte zum Dorf hinunter, das etwa zwei Kilometer weiter unten lag. Der Nebel dort hatte sich endlich gelichtet. Sein Blick blieb an einem einsam stehenden herrschaftlichen Gebäude hängen.

Das Haus! Sein Haus…

Es lag abseits und hatte ein Schieferdach, während alle anderen Häuser mit in der Gegend hergestellten Ziegeln gedeckt waren. Man wollte eben nicht sein wie die anderen … Das hatte man ihm und seiner Familie oft genug vorgeworfen!

Francis fuhr sich mit der Hand durchs Haar. Die Haut an seinen Fingern brannte immer noch. Zehn Meter vor ihm flog ein aufgescheuchter Häher auf. Der Vogel ließ sich oben auf einer Esche nieder. Weiter hinten endete der Weg. Am Boden sah man Spuren von Wildschweinen, die nach Würmern gesucht hatten. Dann wurde die

Sicht wieder freier. Francis kletterte auf einen Granitfelsen, auf dem ein rostiges Eisenkreuz angebracht war.

Von dieser Stelle hat man den schönsten Blick aufs Dorf, dachte er. Hier hatte er früher ganze Nachmittage verbracht und in sich hineingelacht, wenn er seine Klassenkameraden als winzige Punkte auf dem Pausenhof sah. Aber das war alles sehr weit weg. Es kam ihm vor wie in einem anderen Leben.

Er setzte sich auf den Felsen. Von Westen her zogen dicke Wolken auf. Alles ringsherum war grau. Vertrocknete Blätter kurz vor dem Zerfall. Der Wind fegte hindurch, sie fielen zu Boden und blieben dort liegen oder sie wirbelten in einem wilden Tanz endlos weiter. Hoch über ihm ließ sich ein Milan in der Luftströmung treiben. Francis beobachtete ihn minutenlang. Dann stieß der Raubvogel auf der anderen Seite des Felsens nach unten und verschwand.

Eine kalte Brise kam auf. Francis stellte den Kragen seiner Lederjacke hoch und stand auf. Jetzt sah er nur noch auf sein Haus, das Château, wie es manche Neider mit einem leicht hämischen Unterton nannten. Er ging ein paar Schritte und ließ den Felsen hinter sich. Doch das Bild von der alten Villa ließ ihn nicht los, es war wie in seine Netzhaut eingebrannt. Wie eine fixe Idee, von der er mit einem Mal ganz besessen war.

»Ihre Tante wird Ihnen sicher ganz schön verändert vorkommen«, hatte Madame Reynaud morgens beim Frühstück zu ihm gesagt. Was hatte die Frau des Hoteliers damit wohl gemeint?

Francis erinnerte sich noch gut an Lucette, die Schwester seines Vaters. Sie war eine sehr willensstarke Person. Böse Zungen aus dem Dorf behaupteten, sie habe in der Ehe die Hosen an. Der arme Fernand, ihr Mann, wirkte neben ihr immer etwas ängstlich. Und zu Wort kam er auch nur selten. Sobald er es wagte, den Mund aufzumachen, verlangte seine resolute Frau, er solle ruhig sein.

Hatte sich Tante Lucette wirklich so verändert? Und wenn ja, in welcher Weise? Oder war sie einfach nur älter geworden? Die Bemerkung der Wirtin hatte irgendwie sonderbar geklungen.

Francis schüttelte nachdenklich den Kopf. Er wusste nur, dass Tante Lucette nach dem Tod seines Vaters ins Château gezogen war. Damals war er weit weg gewesen, quasi am anderen Ende der Welt. Nach seiner Scheidung war Francis durch Afrika gereist zu den großen Reservaten in Kenia. In Amboseli und Tsavo hatte er reiche amerikanische Touristen, denen es an großen Abenteuern mangelte und die ihr gefühlsarmes Leben mit einem Kick spannender machen wollten, in die unmittelbare Nähe großer Raubtiere begleitet. Deshalb hatte er nicht zur Beerdigung kommen können. Oder vielleicht war es ihm einfach auch zu umständlich gewesen.

Seine Tante hatte alles allein organisiert und war anschließend ins Château gezogen und dort die Hausherrin geworden.

Es war ihm egal gewesen. Francis war durch die ganze Welt gezogen und hatte es nicht für möglich gehalten, dass er jemals wieder hierherkommen würde.

Seufzend wandte er den Blick von dem Haus. Über ihm ächzten und knarrten die Spitzen der Tannen, die im Wind schaukelten. Einen Moment dachte er, dass auch die Bäume Gefühle haben könnten. Sie seufzten, als trügen sie an einem schweren Leid.

Francis ging mit gemischten Gefühlen zu seinem Wagen zurück. Wollte er wirklich in das Haus seiner Kindheit zurück? Oder hatte er Angst vor dieser Wiederbegegnung mit der Vergangenheit? Diese Frage stellte er sich, als er ins Auto stieg und den Schlüssel nachdenklich ins Zündschloss steckte.

Langsam rollte der schwarze Golf den Hügel herunter, doch er fuhr nicht auf das Dorf zu, sondern in die genau entgegengesetzte Richtung.

Hatte man sein Schicksal wirklich selbst in der Hand?

Es war fast halb sieben, als Francis den Park betrat, der die alte Villa umgab. Die große Allee war mit Blättern bedeckt. Das herrschaftliche Gebäude, das am Ende des Weges lag, schien auf ihn zu warten. Seine geometrischen Formen zeichneten sich vor dem noch nicht ganz schwarzen Himmel ab. Eine kräftige Brise wirbelte Staub auf und fuhr durch die Hecken, die zu der Eingangstreppe aus Granit führten.

Francis schlug das eiserne Tor zu und nahm die moosbewachsenen Stufen in wenigen Schritten. Er wandte den Kopf zu den erleuchteten Fenstern des Wohnzimmers mit den steinernen Fensterkreuzen. Dort musste seine Tante sein. Bestimmt hatten die Dorfbewohner ihr bereits von seiner Rückkehr erzählt, und vielleicht wartete sie sogar schon auf ihn.

Er holte tief Luft, seufzte zweimal und trat ein. Die Eingangshalle war noch genau so, wie er sie all die Jahre über in Erinnerung gehabt hatte. Düster, lang gestreckt, graue Marmorfliesen, die Decke fast schwarz. Eine armselige Hängelampe, die den Flur noch schwach beleuchtete und zu jeder Tageszeit brannte.

Francis ging ein paar Schritte. Einen Augenblick hatte er das Gefühl, jemand beobachte ihn durch ein Guckloch. Unter seinem rechten Fuß knirschte es, und ein metallisches Geräusch erklang. Er erschrak und schob das Metallstückchen mit der Fußspitze zur Seite.

Da hörte er ein schnatterndes Quietschen in seinem Rücken und wandte sich um. Was war das? Ein Affe! Er turnte auf dem Geländer der Treppe herum und musterte ihn neugierig. Großer Gott! War er im Zirkus? Und dann hielt das Tier auch noch eine Tür auf und machte ihm ein Zeichen, hereinzukommen.

Francis ging die Treppe hinauf und trat durch die Tür. Im nächsten Moment stand er seiner Tante gegenüber, die im Bett lag.

»Tante Lucette?«, fragte er zögernd.

Sie blickte ihn an und lachte nervös auf.

»Ja, ja, in der Tat, ich bin es und nicht ein Gespenst, du musst gar nicht so schauen. Aber es überrascht einen natürlich, wenn man nicht damit gerechnet hat.«

Sie hob die rechte Hand und winkte ihm, näher zu treten.

»Ich kann nicht sehr laut sprechen. Das strengt mich zu sehr an. Wenn du mich also hören willst, dann bleib nicht wie angewurzelt in der Tür stehen.«

Francis tat, wie ihm geheißen wurde. Im Zimmer hing ein moderiger Geruch, es roch nach Alter und Tod. Die Anzeichen baldigen Sterbens. Auch nach Urin und Fäulnis roch es. Verunsichert trat er näher.

Das also hatte Madame Reynard heute Morgen im Hotel gemeint, als sie sagte »Sie werden sie kaum wiedererkennen«.

Ja, das konnte man wohl sagen. Seine Tante schien in den letzten Zügen zu liegen. Die Bemerkung der Wirtin, die er zunächst nicht einordnen konnte, erwies sich im Nachhinein als starke Verharmlosung.

Tante Lucette war doch immer so lebhaft und energisch gewesen. Lucette, die kein Hindernis fürchtete, die weder Gott noch sonstige Herren anerkannte und dies jedermann wissen ließ.

»So. Bist du also wieder da, Francis«, sagte sie jetzt.

Francis lag es auf der Zunge zu sagen, das sei gar nicht er, sondern eine Erscheinung. Immerhin war er ja auch auf recht seltsame Weise empfangen worden. Aber er schwieg. Er war fasziniert von dem Affen. Das Tier sah ihn mit kleinen, lebhaften Augen an, die vor Energie nur so sprühten.

»Er heißt Pepsi«, sagte Lucette. »Pepsi ist ein echter Schatz.«

Francis grinste und sah dem Affen hinterher, der eilig zu seinem Frauchen gehüpft war.

»In Kenia hatte ich mal einen Schimpansen«, sagte er dann. »Ich habe ihm beigebracht, mir meinen Whisky zu servieren. Diese Viecher sind sehr schlau.«

»Diese Viecher! Wie kannst du nur so reden, mein Neffe? Pepsi ist klüger als viele Menschen, und was Treue und Gehorsam sind, kann man bei ihm lernen.«

Francis zuckte die Schultern. Ihm war es gleichgültig, ob seine Tante an ihrer Seite ein Kapuzineräffchen, einen deutschen Schäferhund, eine Schildkröte oder einen Goldfisch hatte.

»Wie auch immer«, sagte er. »Ich werde wahrscheinlich eine Zeit lang hier wohnen. Keine Sorge, ich werde dir nicht zur Last fallen. Du wirst kaum etwas von mir zu sehen bekommen.«

»Du kannst hier tun und lassen, was du willst. Schließlich gehört dieses Haus ja dir«, entgegnete Lucette.

Er spürte, dass die alte Frau es vor Neugier kaum noch aushielt. Doch sie stellte keine weiteren Fragen und kraulte Pepsi an der Nase. Auf dem Fernsehschirm lief irgend so eine Quizsendung. Einen Augenblick lang hörte man nur noch die monotone Stimme des Moderators.

»Pastor Martin Luther King«, murmelte Lucette plötzlich.

»Was hast du gesagt?«, fragte Francis erstaunt.

»Ich sagte Martin Luther King. Das ist die richtige Antwort.«

»Martin Luther King«, sagte einer der Kandidaten, und der Moderator rief: »Die Antwort ist richtig!«

»Na prima, Tante. Eigentlich solltest du bei der Sendung mitmachen. Du würdest sicher gewinnen.«

»Ja, das wäre ein Riesenerfolg, und dazu ich in meinem Rollstuhl. Besten Dank …«

Francis ging ein paar Schritte im Zimmer umher und zog dann eine Packung Philip Morris heraus.

»Untersteh dich!«, rief sie mit heiserer Stimme. »Ich hasse Tabakqualm!«

Mit der Zigarette im Mundwinkel antwortete er:

»So sieht das also aus. Ich bin hier in meinem eigenen Haus und kann nicht tun und lassen, was ich will.«

Er versuchte, Pepsi zu streicheln, doch der sprang davon und setzte sich auf den Teewagen.

»Na gut«, seufzte er, »dann frage ich Eure Hoheit, ob ich mich nun in meine Gemächer zurückziehen darf. Gute Nacht, liebe Tante. Und übertreib es nicht mit deinem Pepsi.«

Bevor Francis das Zimmer verließ, zündete er sich ostentativ eine Zigarette an. Lange noch blieb der üble Geruch des Schlafzimmers in seiner Nase hängen.

Die Nacht …

Die Nacht haucht mich an, ich atme sie. Die Stunde meines Todes werde ich in der Nacht erfahren. Und in einer Nacht werde ich sterben!

Mein Neffe!

Was will er eigentlich hier? Nach all den Jahren, was ist nur der Grund? Es sei denn, er will … aber das wird er nicht wagen.

Was ist Francis nur für ein Junge! Im Grunde hat er sich kaum verändert. Sieht immer noch sehr gut aus. Und das weiß dieser Kerl ganz genau.

Ich weiß jetzt schon, dass ich keinen Schlaf finden werde. Ich laufe irgendwelchen Gespenstern nach. All diese Geister haben mich verhext und quälen mich. Allein dieses Käuzchen, das mich jede Nacht ruft. Ein Vogel, der Böses verheißt. Sein Gesang ist auch meiner geworden, ich bin selbst eine alte Eule, die oben auf der größten Platane der Allee sitzt. Und von dort beobachte ich mein Haus.

Mein Haus, von wegen! Ich habe mir etwas angeeignet, das mir gar nicht gehört.

Ich spüre mein rechtes Bein nicht mehr, es ist, als ob der Blutkreislauf darin blockiert wäre. Ich versuche mir ein Bein vorzustellen, konzentriere mich auf das Bild eines gesunden Körpers, der auf beiden Beinen wie auf zwei festen Fundamenten steht. Nein, ich kann es mir beim besten Willen nicht vorstellen!

Mir ist ein bisschen kalt. Wahrscheinlich hat Pepsi die Decke hochgeschlagen, als er sich umgedreht hat. Pepsi, mein kleiner Ritter … Mein Äffchen!

Ich habe gleich gemerkt, dass er Vorbehalte gegenüber Francis hat. Tiere spüren diese Dinge früher als wir Menschen.

Aber wer weiß schon, was sich hinter all dem verbirgt.

Die Nacht. Sie fließt dahin wie ein dunkler Strom …

Ich kann nicht schlafen …

4

Francis erwachte nach einer Nacht voller schwerer Träume und hatte das Gefühl, sein Kopf sei in einen Schraubstock eingespannt. Er setzte sich an den Bettrand, fuhr sich mit einer Hand durchs Haar und schüttelte ein paar Mal den Kopf wie ein Hund, der aus dem Wasser kommt.

Sonnenstrahlen schienen durch die Ritzen der Jalousien. Vogelgezwitscher drang ins Zimmer. Einen Moment wähnte er sich in seine Kindheit zurückversetzt, es war wie früher, wenn seine Mutter morgens ins Zimmer kam und ihm sagte, es sei Zeit aufzustehen und in die Schule zu gehen.

Seine Mutter. Was für eine blasse, unscheinbare Frau. Von ihrem Mann fast erdrückt, da sie sich nie gegen ihn gewehrt hatte. Der Vater, der das ganze Haus beherrschte, hatte sie zu einem Gegenstand gemacht.

Francis massierte sich den Rücken, stand mühsam auf und streckte sich. Er öffnete das Fenster und stieß die Läden auf, die gegen die Hauswand schlugen.

Ein gelber Sonnenball stieg aus den Nebelfetzen hervor, die noch über dem Flüsschen Pignolle hingen, das sich seinen Weg durch dichtes Grün bahnte. Kurz vor dem Dorf bog es nach Süden ab, stürzte als Wasserfall in die Ebene und floss dann geradlinig weiter.

Francis sah auf die Uhr. Es war Viertel vor neun. Als er sich aus dem Fenster beugte, sah er den alten Iribert Couquelet, der mit seinem Mischlingshund spazieren ging. Der Alte ist immer noch ein Frühaufsteher, dachte er. Aber vielleicht ist er auch nur aus Neugier hierhergekommen und will mich beobachten.

Francis zuckte die Achseln und trat vom Fenster zurück. Dann sah er sich im Zimmer um. Gegenüber dem Bett, gleich neben einem Kruzifix aus Olivenholz, hing ein Rahmen mit einem verblichenen Diplom. Francis brach in Lachen aus, als er feststellte, dass es das Abschlusszeugnis der Grundschule von seinem Vater war.

»Zeugnis für Paul Lafarge.« Und unten rechts stand »Inspektor für öffentliches Schulwesen« und dann eine unlesbare Unterschrift mit violetter Tinte, ein wenig ausgelaufen, die aussah wie kabbalistische Zeichen.

Papa ist immer richtig stolz auf dieses blöde Stück Papier gewesen, dachte Francis. Seltsamerweise war ihm diese Reliquie am gestrigen Abend gar nicht aufgefallen. Es war schon eigenartig, wie die Meinung, die man von anderen Menschen hatte, sich je nach Tageszeit und Stimmung ändern konnte.

Reflexartig zündete er sich eine Zigarette an. Der Aschenbecher auf dem Nachttisch quoll über von Zigarettenkippen. Er zählte sechzehn, konnte sich aber nicht erinnern, gestern noch so viel geraucht zu haben.

Doch es musste wohl so gewesen sein. Die Beweisstücke lagen vor ihm, und der Geruch von kaltem Rauch hing in der Luft. Außerdem hatte er Kopfschmerzen.

Schlecht gelaunt drückte er seine Zigarette aus.

»Siebzehn!«, rief er. »Offenbar hat der Himmel beschlossen, mich von Krebs zu verschonen!«

Er öffnete die Tür und verließ das Zimmer. In der Küche traf er auf eine junge Frau.

»Bonjour, Monsieur«, sagte sie höflich. »Ich heiße Monique Merret und bin die Haushaltshilfe Ihrer Tante.«

»Hallo«, brummte er. »Wissen Sie, ob es in diesem verdammten Laden irgendwo Kaffee gibt?«

»Ich kann Ihnen gern welchen machen, wenn Sie möchten.«

Francis setzte sich rittlings auf einen Stuhl, stützte das Kinn auf die Lehne und beobachtete die junge Frau. Monique füllte die Kaffeemaschine mit Wasser, gab drei Messlöffel Pulver in den Filter und stellte die Maschine an. Sogleich hörte man ein brodelndes Geräusch.

»Arbeiten Sie schon lange für meine Tante?«, fragte er.

»Fast fünf Jahre«, antwortete sie. »Ich hab gleich nach dem Tod ihres Mannes hier angefangen.«

»Geht sie Ihnen nicht zu sehr auf die Nerven?«, meinte er.

»Was sagen Sie da, Monsieur?«

»Ach, nichts, war nur so dahergesagt.«

Monique verzog das Gesicht und runzelte unwillig die Stirn. »Madame Barland ist bewundernswert. Jeder andere in ihrer Situation hätte längst aufgegeben. Sie können sich Ihren Kaffee selbst nehmen.« Mit diesen Worten verließ sie die Küche.

Na, auch die wird mich nicht besonders gern haben, dachte Francis und goss sich seinen Kaffee ein.

Der Kaffee schmeckte bitter. Er schmeckte genauso wie die Rückkehr in diese Gegend, in der trotz seiner Abwesenheit das Leben weitergegangen war. Francis nahm das Mobiltelefon aus seiner Jackentasche und sah nach den letzten Anrufen. Am Vorabend hatte ihm Isabel eine Nachricht auf die Mailbox gesprochen. Seine zweite Ehefrau war überrascht, dass er Paris so plötzlich verlassen hatte.

»Du hattest versprochen«, sagte sie mit ihrem katalanischen Akzent, den sie nie ganz abgelegt hatte, »dass du im Geschäft vorbeikommen würdest. Julien und Jérémie hatten sich wahnsinnig darauf gefreut, ihren Vater endlich mal zu sehen. Das kommt ja nicht gerade oft vor. Ich hoffe, du lässt von dir hören!«

Isabel war verärgert, das hörte er sofort. Aber war sie in den Jahren ihres Zusammenlebens jemals zufrieden gewesen? Natürlich hätte er seine Söhne gerne gesehen. Julien war in der letzten Klasse des Gymnasiums und würde bald sein Abitur machen. Jérémie aber war ein Wildfang, genau wie er in diesem Alter. Für die Schule zu lernen kam für ihn nicht infrage. Er interessierte sich für nichts anderes als Informatik, Internet und Videospiele.

»Ach, verdammt noch mal, was soll's!«, sagte Francis. »Isabel kann auch immer nur meckern! Ich rufe sie später zurück.« Er trank seinen Kaffee aus und verzog das Gesicht. »Der schmeckt ja wirklich scheußlich«, sagte er. Dann stellte er die Tasse mit dem Löffel ins Spülbecken und verließ die Küche.

In der Halle wartete Monique auf ihn.

»Ihre Tante möchte Sie sprechen«, sagte sie in beleidigtem Ton.

Francis hätte am liebsten gesagt: »Und – was will die Königin?«, hielt sich jedoch zurück. Er folgte der Haushaltshilfe und stand dann in Lucettes Zimmer, in dem es jetzt nach Reinigungsmitteln roch.

»Na, hast du gut geschlafen, Tante?«, fragte er und bemühte sich zu lächeln.

»Diese Frage stellt man mir besser nicht, mein Junge! Das wirst du noch lernen.«

»Dann hast du also schlecht geschlafen. Na, besser als gar nicht, was?«

Sie sah ihn böse an. Was für ein Zyniker er doch war!

»Setz dich, Francis«, befahl sie in schneidendem Ton.

»Dieser freundlichen Aufforderung komme ich gern nach«, entgegnete Francis, setzte sich auf einen Stuhl und schlug die Beine übereinander.

Dann schaute er sich im Zimmer um.

»Wo ist denn dein kleiner aus dem Zoo entlaufener Schützling heute Morgen?«, fragte er.

»Falls du Pepsi meinst, der macht gerade seinen Morgenausflug im Park«, antwortete sie. »Aber darum geht es nicht. Ich möchte jetzt endlich wissen, warum du hierher zurückgekommen bist.«

Francis lachte.

»Offenbar bin ich hier nicht willkommen«, sagte er dann. »Und es kommt mir so vor, als ob das bei den Leuten im Dorf ähnlich ist. Oder bilde ich mir das nur ein?«

Lucette senkte den Blick, doch schließlich nickte sie.

»Nun ja. Was erwartest du? Tauchst einfach so auf. Man kann es den Leuten ja nicht verdenken, dass sie wissen wollen, was du hier vorhast. Niemand weiß so recht, was du in all den Jahren gemacht hast. Du warst eine Ewigkeit weg. Und jetzt bist du plötzlich wieder da, als ob nichts gewesen wäre. Du musst schon zugeben, dass man da allen Grund hat, verblüfft zu sein.«

»Ach, diese neugierigen Kuhbauern sollten sich lieber um ihren eigenen Mist kümmern.« Francis stand unwillig auf. »Gibt es sonst noch was, was du mir sagen willst, Tantchen?«, fragte er und griff wieder zu seinem Päckchen mit den Zigaretten.

»Hier wird nicht geraucht!«, stieß sie heiser hervor. Dann bekam sie einen Hustenanfall und wurde ganz bleich. Monique kam eifrig herbeigelaufen.

»Monsieur, was machen Sie da? Sehen Sie bloß, was Sie angerichtet haben. Sie ist doch in einem ganz schlechten Zustand, Ihre Tante!«, rief die Haushälterin vorwurfsvoll und warf ihm einen wütenden Blick zu.

Francis zuckte die Achseln und ging hinaus. Vor dem Eingang hockte Pepsi und wartete, dass man ihn hereinließ.

»Los, rein mit dir, du Zirkusvieh!«, sagte Francis und trat zur Seite, um das Äffchen durchzulassen.

Francis setzte sich ans Steuer seines Wagens und trommelte nervös auf dem Armaturenbrett herum, weil der Zigarrenanzünder nicht sofort funktionierte.

»Ich möchte jetzt endlich wissen, warum du hierher zurückgekommen bist.«

Das war die entscheidende Frage, und Tante Lucette hatte es gewagt, sie zu stellen.

Was hatte ihn eigentlich dazu gebracht, in dieses Kuhdorf zurückzukommen, wie er es immer nannte. Andererseits – war dieses Kaff nicht seine Heimat? Hatte er hier nicht die schönsten Jahre seines Lebens verbracht? Das heißt, seine Kindheit und Jugend?

Mit zitternder Hand zündete Francis sich seine Philip Morris an dem rot glühenden Rund des Zigarrenanzünders an, nahm einen tiefen Zug und wählte eine Telefonnummer, bevor er den Motor anstellte. Um diese Zeit war Martine in der Schule und würde sicher nicht ans Telefon gehen. Mit etwas Glück würde er Cécile erreichen.

Cécile, seine geliebte Tochter, das Kind aus seiner ersten Ehe. Sie war eine strenge, schöne, intelligente Frau und eine erfolgreiche Studentin an der Universität von Clermont-Ferrand. Cécile stand kurz vor ihrer Abschlussprüfung im Fach Literaturwissenschaft, und er kam sich ihr gegenüber manchmal vor wie ein ungebildeter kleiner Junge.

»Hallo?«

»Hallo, Cécile, hier ist Papa.«

»Papa?! Wo bist du? Am Nordpol oder in Kalifornien?«

»Mach dich nicht lustig, bitte. Ist deine Mutter da?«

»Nein, das weißt du doch, um diese Zeit ist sie doch immer in der Schule.«

»Ach ja, wie dumm von mir. Wie geht es dir, Cécile?«

»Es geht mir gut, und ich bin ganz begeistert, dass mein Vater sich mal für mich interessiert.«

»Wunderbar, meine Kleine. Ich würde dich gerne sehen. Wollen wir uns treffen?«

Schweigen. Cécile seufzte, bevor sie zögernd sagte:

»Wenn du willst … aber ich habe heute sehr viel vor … Darf man wissen, von wo aus du anrufst?«

»Aus Coissardon. In einer Dreiviertelstunde könnte ich in Clermont sein.«

»Na gut, dann warte ich auf dich. Fahr bitte vorsichtig und nicht zu schnell!«

Francis nahm den Fuß vom Gas, denn die aufgeblendeten Scheinwerfer der entgegenkommenden Autos sprachen eine deutliche Sprache. Hier gab es Polizei und Radarkontrollen. Und tatsächlich, am Ende des Ballungsgebiets tauchten die Käppis der Gendarmen auf. Als er an ihnen vorbeifuhr, hatte er das Gefühl, dass sie ihn misstrauisch ansahen und bedauerten, den Fahrer dieses Sportwagens nicht erwischt zu haben.

Als die Gefahr vorüber war, nahm er sein gewohntes Tempo wieder auf, und der Tacho bewegte sich zwischen 130 und 150. »Fahr vorsichtig und nicht zu schnell«, hatte Cécile gesagt. Schon wieder hatte Francis das Gefühl, von seiner Tochter ertappt worden zu sein, die einfach vernünftiger war als er.

Schon als sie ganz klein war, hatte sie es verstanden, Schuldgefühle in ihm zu wecken, und sei es nur durch Blicke. »Sag mal, Papa, warum rauchst du eigentlich? Das ist doch ungesund!« Oder sie sagte mit ihrer feinen Stimme: »Unsere Lehrerin hat gesagt, Alkohol ist schlimm und macht die Menschen kaputt … Whisky ist doch Alkohol, oder?«

Martine, seine erste Frau, grinste dann verstohlen, und manchmal traute sie sich zu sagen »Kindermund tut Wahrheit kund«, bevor sie sich wieder dem Herd zuwandte und weiterkochte. Francis drehte ihr dann den Rücken zu und reagierte nicht auf die ironische Bemerkung seiner Frau.

Seine Frau …

Sie hatten schon mit achtzehn geheiratet. Weiß man in diesem Alter schon, was man später einmal will? Die Flitterwochen waren schnell vorbei gewesen. Martine wurde Grundschullehrerin und war sehr häuslich. Vielleicht war sie einfach zu ernsthaft. Sie wollte ein Leben ohne Überraschungen, ein Leben in Ruhe, Harmonie und gepflegter Langeweile. Danke, das war nichts für ihn.

Als er nach Paris ging, war Cécile sieben Jahre alt. Ein Jahr später wurden Martine und er in Clermont-Ferrand geschieden. Adieu, Madame. Wir haben uns zwar mal geliebt, aber das ist jetzt vorbei.

Francis trat abrupt auf die Bremse und fluchte. Hinter einer Kurve schlich ein Fahrzeug mit gerade mal zwanzig Stundenkilometern die Landstraße entlang, dessen

Fahrer träumend in die Landschaft blickte. Der Golf geriet zwar nicht ins Schleudern, Francis musste nur ein wenig gegensteuern, um nicht aus der Kurve zu fliegen. «Blöder Idiot! Sonntagsfahrer!«, brüllte er dennoch und machte eine wütende Handbewegung. Dann zog er an dem Elektroauto vorbei. »So eine lächerliche Karre!«, rief er und schimpfte noch, als das Gefährt nur noch ein kleiner heller Fleck im Rückspiegel war.

Bald tauchte die Stadt Clermont-Ferrand mit den spitzen schwarzen Türmen der Kathedrale auf. Im Westen schmiegte sie sich an die Maulwurfshügel der Vulkane und streckte ihre Arme in die drei anderen Richtungen aus, bis in die Ebene der Limagne. Francis freute sich, die Stadt wiederzusehen. Erinnerungen an seine Jugend wurden in ihm wach. Bilder von jubelndem Beifall, wilden Abenteuern und dem Ende der Illusionen am Morgen danach.

Das Klingeln des Mobiltelefons drang durch das Brummen des Motors.

»Hallo?«

»Hallo, bist du es, Francis?«

»Salut, meine Teure.«

»Du solltest mich zurückrufen«, klagte die Stimme. »Warum bist du nicht bei uns vorbeigekommen? Denk bitte mal dran, dass Julien und Jérémie deine Söhne sind und du ...«

»Isabel, hör mal zu, ich bin gerade im Auto und kann nicht telefonieren. Was willst du? Sag es bitte schnell.«

Isabel brach in ein langes Lamento aus, es war immer die gleiche Leier. Sie sei eine vernachlässigte und unverstandene Frau. Ab und zu würden ihre Kinder auch gern mal mit ihrem Vater reden. Der Unterhalt käme auch nie pünktlich. Das Leben sei hart, besonders für sie mit ihrem Antiquitätenladen, sogar im teuersten Viertel von Paris. Und so weiter und so weiter.

Francis warf das Telefon auf den Beifahrersitz und stellte das Autoradio an. Der letzte Erfolgssong von Axelle Red erklang. Die Rothaarige war bestimmt verliebt gewesen, als sie dieses romantische Lied aufgenommen hatte. Ein toller Text. Es musste schön sein, jemanden so richtig zu lieben.

»Hallo, Francis? Francis, hörst du mich? Hörst du mir überhaupt zu?«

»Ach, verdammt!« Er stellte das Telefon aus. Der Wagen stoppte an der ersten Ampel am Stadtrand von Clermont-Ferrand. Francis ließ die Scheibe herunter. Ein feuchter Nebel hing über der Stadt, die Luft war diesig und voller Abgase. Draußen war es kalt.

5

»Schenk mir noch ein Glas Wein ein«, sagte Charles Bordel, nachdem er sich mit seiner Riesennase in ein großes kariertes Taschentuch geschnäuzt hatte, das er anschließend in der Tasche seines Blaumanns verschwinden ließ. Charles war seit neun Jahren Bürgermeister von Coissardon und ein echtes Original. Er betätigte sich auch als Einrenker und Heiler und war wegen seiner Schlagfertigkeit gefürchtet, doch mit seinem Gesicht, das an einen aufgeblähten Kalbskopf denken ließ, sah man ihm das nicht an. Meist starrte er seine Gesprächspartner unentwegt aus seinen regenwolkengrauen Augen an.

Charles lebte bei seiner alten Mutter Marie-Louise, zusammen mit seinen Brüdern René und Marcel – beide Junggesellen wie er, schmutzig wie die Läuse und unverschämter, als es die Polizei erlaubte.

Die Leute kamen von weither, um sich helfen zu lassen. Charles rückte verrutschte Wirbel zurecht, behandelte Ischiasanfälle, Frauen mit Monatsschmerzen und sogar Hämorrhoiden.

»Hast du schon gehört, dass ein neuer Landstreicher in deiner Gemeinde aufgetaucht ist?«, fragte Roland Chantegrel mit verschwörerischer Miene.

Der Kneipier und Weinhändler wandte sich seiner Frau zu, die gerade aus ihrem Lebensmittelladen nebenan kam.

»Na, Denise, erzähl dem Charles mal, was die Leute so reden.«

Denise strich sich eine graue Haarsträhne aus dem Gesicht und wischte sich die Hände an der Schürze ab. Dann sagte sie:

»Der Amerikaner ist anscheinend wieder da. Dabei haben wir ihn doch jahrelang nicht mehr gesehen, was? Was will dieser komische Kerl wohl hier?«

Charles nahm einen großen Schluck und musterte einen Moment die Ladenbesitzerin, die, wie jeder in Coissardon wusste, eine scharfe Zunge hatte. Dass er sie so anstarrte, brachte sie in Verlegenheit, und so nahm sie einen Lappen und schickte sich an, Gläser zu polieren. Sie war rundlich, hatte eine rosa Haut wie ein kleines Ferkelchen und war so geschäftig wie eine Biene. Der Bürgermeister brach in Lachen aus.

»Weißt du, woran du mich erinnerst?«, fragte er, nachdem er noch einen Schluck genommen hatte.

Denise errötete ein wenig und hätte fast ein Glas zerbrochen.

»An einen Hund, der sich in den Schwanz beißen will und es nicht schafft. Also wirklich, Denise!«

Der Bürgermeister lachte wieder, dann verschluckte er sich und musste husten. Schließlich wurde er ernst und sagte:

»Der Amerikaner ist also wieder da.«

»Ja. Seit gestern. Letzte Nacht hat er in der *Bonne Marmite* übernachtet. Wahrscheinlich fühlt er sich im Château nicht mehr so richtig zu Hause. Oder er hat Angst vor der Alten.«

Jetzt war Denise in Fahrt. Ein Wortschwall folgte dem anderen, schnell und reißend wie ein Bergbach, den niemand aufhalten kann. Fünf Minuten lang zog sie über Francis her und ließ auch seine unrühmliche Vergangenheit nicht aus. Was für ein Teufel er doch gewesen war! Er war noch ganz jung, und doch ließ er samstagabends auf dem Dorfball alle nach seiner Pfeife tanzen. Er und seine Bande waren in der ganzen Gegend berüchtigt. Irgendwann war er ein halbwegs ordentlicher Mensch geworden und hatte Martine geheiratet. Aber wie lange war das gut gegangen? So ein Kerl war doch nicht in der Lage, es irgendwo länger als ein halbes Jahr auszuhalten. Danach hatte er nichts als Dummheiten gemacht. War über den großen Teich und durch die halbe Welt gezogen und hatte irgendwelche Heldentaten vollbracht. Wer weiß, was er da alles angestellt hatte.

»Und warum ist er zurückgekommen?«, fragte Denise mit einem dünnen weißen Schaumrand auf der Unterlippe. »Warum, Herr Bürgermeister, na, was meinst du?« Sie hüstelte, stellte Flaschen mit Aperitif auf verschiedene Tabletts und überlegte einen Augenblick, bevor sie sich selbst die Antwort gab.

»Also wenn du meine Meinung hören willst – dieser Francis hat irgendwas ausgefressen, und jetzt zieht er sich hier ins Grüne zurück, bis Gras drübergewachsen ist. Das glaubst du doch sicher auch, Charles, oder?«

An der Eingangstür klingelte das Glöckchen, und im Türrahmen tauchte die Gestalt von Iribert Couquelet auf. Wie jeden Morgen kam er vorbei, um sein Glas Silvaner zu trinken.

»Ihr redet bestimmt von Francis«, sagte er, während es in seinen Augen böse aufblitzte. »Na, über den gibt es wohl auch eine ganze Menge zu erzählen.«

Er zog sich geräuschvoll einen Stuhl heran, setzte sich und tätschelte seinen Hund, der den Kopf zwischen seine Knie gelegt hatte.

Kurze Zeit später verließ Charles Bordel das Bistro von Papa Chantegrel, ging durch eine enge Gasse, die an dem Wirtsgebäude entlangführte, und erleichterte seine Blase. Während er pinkelte, dachte der Herr Bürgermeister nach. Natürlich hatte die spitzfindige Denise den Nagel mal wieder auf den Kopf getroffen. Dass Francis wieder aufgetaucht war, war die große Neuigkeit im Dorf. Warum ist er bloß zurückgekommen nach all den Jahren?, hatte sie gefragt. Tja, das hätte er selbst gerne gewusst. Er hatte kein gutes Gefühl bei der ganzen Sache. Aber wer wusste schon die Antwort darauf?

Charles packte seine *bijoux de famille* wieder ein, knöpfte sich die Hose zu, ließ einen Furz und runzelte die Stirn. Gott, oh Gott, wenn dieser Lafarge wieder in der Gegend war, dann würden die nächsten Tage ganz schön aufregend werden.

Er steuerte auf seinen 2CV-Lieferwagen zu, der quer auf dem Bürgersteig stand. Während er seinen dicken Bauch hinter das Steuerrad quetschte, schnaufte er laut, dann ließ er den Wagen an. Zuerst wollte der Motor nicht anspringen, dann aber erklang ein asthmatisches Keuchen, und der Rhythmus wurde normal.

»Diese verdammte Karre!«, schimpfte Charles. »Sie ist genau wie die Weiber. Immer müssen sie sich bitten lassen.«

Er legte den ersten Gang ein, der Wagen machte einen Satz vom Bürgersteig und fuhr dann langsam die Hauptstraße herunter. Der Bürgermeister machte gern Kontrollfahrten und entdeckte sofort die kleinsten Fehler. So sagte er gern zu seinen Bürgern: »Lieber Eugène, du könnest wirklich mal deine Läden neu streichen, findest du nicht, bei dir sieht es ganz schön dreckig aus, seit Pierre neben dir seine Fassade erneuert hat?« Oder: »Marcel, wann räumst du endlich mal den Schutt vor deinem Haus weg? Coissardon ist doch keine Mülldeponie!«

Die Leute fürchteten nicht nur sein Urteilen und die Ermahnungen, sondern auch die Folgen, wenn man die Anweisungen des Bürgermeisters nicht befolgte.

Der 2CV fuhr bis zur Bäckerei, die in der Mitte des Dorfes lag. Jean-Paul und Valerie Chabrolhes hatten sie vor Kurzem übernommen. Sie waren wie Retter im Dorf empfangen worden. Volle zwei Jahre hatte es in Coissardon keinen Bäcker mehr gegeben. In dieser Zeit hatten die Leute nach Vallorgues, die Kantonshauptstadt, fahren müssen, um sich mit Brot zu versorgen. Der Bürgermeister wollte schon die Flinte ins Korn werfen und bekam jeden Tag schlechtere Laune, da hatte glücklicherweise das junge Paar auf seine Annonce reagiert. Jean-Paul war ein Messias. Beinahe hätten sie einen Triumphbogen für ihn aufgestellt, als er sich hier niederließ.

Charles Bordel quetschte sich aus dem Auto und ging hinkend auf den Laden zu. Valerie war hübsch anzuschauen mit ihren spitzen kleinen Brüsten, die sich aufrecht und stolz unter ihrer weißen Bluse abzeichneten.

»Bonjour, meine Lieben!«, rief er schon auf der Schwelle aus. »Na, meine Verehrteste, immer noch so schön anzusehen?«

Die Bäckersfrau brach in Lachen aus.

»Guten Morgen, Bürgermeister! Wie ich sehe, sind Sie munter und gut dabei wie immer.«

»Auf jeden Fall geht er ganz schön ran, der Herr Bürgermeister«, bemerkte Jean-Paul, der sein vom Backofen gerötetes Gesicht durch die Tür steckte. »Ich grüße Sie, Monsieur Le Maître.«

Jean-Paul begegnete Charles Bordel ohne den gebührenden Respekt. Als jemand, der das Bäckerhandwerk erlernt hatte und im Dorf eine wichtige Aufgabe hatte, war es ihm gleichgültig, ob er dem ersten Mann der Gemeinde gefiel oder nicht.

Der Bäcker trat ein paar Schritte vor und gab dem Bürgermeister, der seine Rechte ausstreckte, die Hand.

Im Vorbeigehen legte er einen Arm um seine Frau und küsste sie auf den Hals.

»Du hast Glück, dass deine Frau nicht aus Zucker ist«, bemerkte Bordel, »sonst würde sie dir bei all der Küsserei noch wegschmelzen!«

»Ja, Liebe kann man eben nicht bestellen wie Brot«, entgegnete der Bäcker. »Aber das können Sie natürlich nicht beurteilen, armer Bordel.«

Sein Gegenüber schien betroffen. Die Züge des Bürgermeisters erstarrten, und das Lächeln auf seinen Lippen verschwand. Schließlich versuchte er einen Rest von Humor zu aktivieren: »Unglaublich, diese Jugend – kein Respekt mehr vor dem Alter!«

Er bestellte ein rundes Brot und klingelte mit ein paar Münzen. Dann holte er tief Luft, wandte sich wieder an Jean-Paul und fragte:

»Hast du vielleicht den Amerikaner irgendwo gesehen? War er etwa schon bei deiner Bäckerin und hat ihr schöne Augen gemacht? Dieser Lafarge ist ein Schürzenjäger, soweit ich gehört habe.«

Jean-Paul lachte und breitete die Hände aus.

»Ach, Bürgermeister«, sagte er, »seit vierundzwanzig Stunden redet hier keiner mehr über etwas anderes als über diesen Amerikaner. Ich weiß nicht, wer das ist, und es ist mir auch egal.« Er fasste Valerie um die Taille, sah ihr in die Augen und meinte: »Ich habe Vertrauen in mein Schätzchen. Wenn sie den Avancen unseres verehrten Bürgermeisters widersteht, wird sie auch dem Amerikaner die kalte Schulter zeigen.«

Wieder brach er in Gelächter aus. Charles Bordel ging aus dem Laden und ließ verärgert die Tür ins Schloss krachen. Dankbarkeit und Respekt waren Werte, die der Bäcker ganz offensichtlich nicht besaß.

Der 2CV-Lieferwagen bog in den Hof ein, auf dem Hühner herumstelzten und ein Hahn sich heiser schrie. Als sie das Motorgeräusch hörten, reckten René und Marcel die Köpfe. René, der Jüngere, trat vor die Tür und kam näher, der Hofhund bellte dreimal laut und legte sich dann wieder in seiner Hütte schlafen.

Mühsam schob Charles sich aus dem Auto. Einen Augenblick stach ihm der unbeschreibliche Güllegeruch in die Nase, den man immer wahrnahm, wenn man auf den Hof kam.

»Bist du's, Charly?«

Unter einer Matte struppiger Haare tauchte das Gesicht der Alten auf. Sie hatte einen Buckel, ging tief gebeugt, mit der Rechten auf einen Stock gestützt, und hielt sich mit der anderen Hand den unteren Rücken, es sah wirklich so aus wie bei der Hexe aus dem Märchen. Als sie ihren Sohn erkannte, verzog sich ihr Gesicht zu einer lächelnden Grimasse, und zwei ihrer bräunlich verfärbten Zähne wurden sichtbar.

»Hast du Brot mitgebracht?«

»Ja, Mutter, ich hab es nicht vergessen.«

Dass sie ihn immer noch wie ein vergessliches Kind behandelte, ging ihm ziemlich auf die Nerven, doch er ließ sich nichts anmerken und betrat die große Wohnstube.

Er sah sich in dem Raum um und stand einen Moment da, die Beine wie ein Frosch gespreizt, und ließ die vertraute Umgebung auf sich wirken. Zuerst blieben seine Augen an den Papierstreifen hängen, an denen noch immer Dutzende toter Fliegen klebten. Die waren schon im Sommer in die Falle geraten. An der Rückwand hinten im Raum, wo es dunkler war, stand der große Schrank aus Eschenholz, der ganz düster wirkte unter der rauchgeschwärzten Decke und die Stille des Hauses zu bewahren schien.

Bordel ging hinkend bis zum großen Tisch in der Mitte des Zimmers. Mit seinen dicken Fingern schob er einige Essensreste beiseite, um auf der alten Holzplatte Platz für den Brotlaib zu schaffen. Am Rand des Tischs lag ein angeschnittenes Stück Speck, ein Beweis dafür, dass seine Mutter sich vor seiner Ankunft noch einen Leckerbissen gegönnt hatte.

»Der Doktor hat doch gesagt, du sollst kein Fett essen«, sagte er und sah sie streng an.

»Der Doktor, der Doktor, was weiß der schon davon, was gut für mich ist.«

Sie wischte mit dem Schwamm über den Tisch und wich dabei dem ärgerlichen Blick ihres Sohnes aus. Dann rieb sie sich die Hände an der Schürze ab, auf der nicht nur Fettspuren, sondern auch Flecken von Geflügel und Eigelb zu sehen waren.

»Madame Gardette hat gerade angerufen«, sagte sie.

»Was wollte sie?«

»Keine Ahnung. Du sollst sie zurückrufen.«

Marylise Gardette war die Dorfschullehrerin.

Charles Bordel machte eine unwillige Handbewegung. Marylise war eine Nervensäge und ging ihm mit ihren ständigen Forderungen auf den Wecker.

»Hat sie nicht gesagt, was sie wollte?«, fragte Charles gereizt.

»Wer ist denn hier der Bürgermeister, du oder ich?«

Er schluckte die bissige Antwort herunter, die er der Alten gern an den Kopf geworfen hätte, griff nach der Weinflasche auf dem Tisch und goss sich ein Glas Roten ein, das er in einem Zug austrank.

René und Marcel stürzten ins Zimmer. Sie trugen Blaumänner und Holzpantinen, und wenn man ihre dümmlich-verblüfften Gesichter sah, hätte man leicht denken können, dass die beiden geisteskrank waren. Aus Marcels Ohren wuchsen weiße Haare hervor. René hatte den Mund geöffnet, und zwei dünne Speichelfäden liefen ihm über das Kinn.

»Hast du Tabak gekauft?«, fragte Marcel.

Der Tabak, von dem er sprach, war Kautabak, den alle in der Familie nahmen. Charles warf das Päckchen auf den Tisch, ging zum Telefon und wählte missmutig die Nummer von Marylise Gardette.

Einen Augenblick später hatte er eine aufgebrachte Lehrerin am Telefon, die ihn aufforderte, endlich die längst überfälligen Arbeiten an den sanitären Anlagen der Schule zu veranlassen. »Diese Toiletten sind der reinste Schweinestall!«, schrie die junge Frau am anderen Ende der Leitung. Charles entfernte mit zusammengekniffenen Augen den Hörer von seinem linken Ohr, aber Marylises durchdringender Stimme konnte er nicht entkommen:

»Bürgermeister, nur weil Sie so leben wie vor einem halben Jahrhundert, müssen die Kinder der Kommune nicht unbedingt Ihrem Beispiel folgen. Wir leben im einundzwanzigsten Jahrhundert, Monsieur Bordel, und vergessen Sie nicht, dass …«

Angewidert warf Charles den Hörer auf die Gabel und schlug mit der Faust auf das Telefontischchen.

Seine beiden Brüder starrten ihn blöde an, seine Mutter hob neugierig den Kopf.

Was ist? Wollt ihr ein Foto von mir?, hätte er am liebsten gefragt. Stattdessen goss er sich ein zweites Glas Wein ein.

»Ach ja«, sagte die Mutter, »Monsieur Reynard hat auch noch angerufen.«

»Der Wirt der *Bonne Marmite*?«

»Kennst du sonst noch einen?«

Es war wirklich der falsche Moment. Mit seiner Mutter war heute nicht gut Kirschen essen. Er trank den Wein in kleinen Schlucken. Das Gebräu schmeckte ziemlich sauer. Er verspürte ein Brennen im Magen und verzog das Gesicht. Doktor Palasse hatte ihn vor einem Magengeschwür gewarnt. Na, und wenn schon?! Musste man immer nur an das Schlimme im Leben denken? Und konnte der Mensch überhaupt seinem Schicksal entgehen?

Er trank das Glas mit einem Zug leer und öffnete die Zeitung *La Montagne*, die in einer Zimmerecke auf dem Stuhl lag. Nur Negatives! Nichts als Berichte über Unglück in der Welt. Verbrechen an jeder Ecke. Und Staatschefs, die auch ihren Anteil an allen möglichen Scheußlichkeiten hatten und nie dafür bestraft wurden. Und dann der Übergang ins neue Jahrtausend, auch kein Grund für die Menschheit, sich sicherer zu fühlen.

Seufzend legte er die Zeitung beiseite und wollte gerade die Nummer des Hotelbesitzers wählen, als das Telefon klingelte.

»Hallo, Charles, bist du dran? Hier ist Louis Reynard. Wie geht's dir?«

»Loulou, grüß dich. Na, es muss, es muss … Was hast du auf dem Herzen?«

Der andere schien einen Augenblick zu zögern, bevor er antwortete. Er hüstelte verlegen und sagte dann: »Es ist wegen Francis Lafarge, der wieder bei uns aufgetaucht ist.«

»Ach, der Amerikaner! Ach, du lieber Gott! Heute Morgen redet ja keiner von was anderem. Habt ihr das miteinander verabredet, oder was ist los?«

»Ich weiß nicht, ob wir uns abgesprochen haben, aber ich kann dir eins sagen, mein lieber Charles. Der Kerl, der jetzt wieder hier bei uns gelandet ist, ist ein ganz schräger Vogel.«

»Was soll das heißen?«

»Na ja, er hat eine Nacht hier bei uns im Hotel übernachtet und mit einem ungedeckten Scheck bezahlt, das soll es heißen, werter Bürgermeister. Außerdem hat er wohl gedacht, er könnte hier umsonst Whisky trinken. Ich teile dir mit, verehrter Chef unserer Gemeinde, dass ich ihn anzeige. Solche Gauner können wir hier nicht gebrauchen. Also wirklich, das geht zu weit!«

Loulou legte auf, und Charles sah ihn vor sich, wie er hinter seiner Theke stand und lospolterte. Verflucht, es war wirklich ein hartes Brot, Bürgermeister zu sein.

Er nahm die fast leere Weinflasche und goss sich den Rest ein.

»Du trinkst zu viel, Charly!«, rief die Mutter. »Du wirst schon sehen, was du davon hast!«

»Das geht mir so was von am Arsch vorbei, dein Geschwätz!«

Wieder schlug Charles Bordel mit der Faust auf den Tisch und ging türenschlagend hinaus. Den Hund, der auf der Fußmatte in der Sonne lag, verjagte er mit einem heftigen Fußtritt. Sogar Hahn und Hennen flohen entsetzt mit wackelndem Kamm und flatternden Flügeln in die andere Ecke des Hofes.

Pepsi ist krank. Heute Morgen ist er nicht aufgestanden. Als ich ihn streichelte, machte er kaum seine Augen auf. Ich hatte Angst, er könnte sterben.

Dann kam Doktor Palasse und hat ihn untersucht. Pepsi hatte Fieber, und der Doktor hat ihm ein Antibiotikum verschrieben. Deshalb geht es ihm heute Nachmittag schon etwas besser. Ich spüre aber, dass er sich immer noch nicht wohlfühlt, selbst wenn er versucht, es sich nicht anmerken zu lassen. Das macht er sicher, damit ich mir keine Sorgen mache. Pepsi ist so viel feinfühliger als viele Menschen.

Mein Neffe zum Beispiel. Was für ein unverschämter Kerl! Was für ein Nichtsnutz! Ich würde diesem schrecklichen Menschen gern den Mund verbieten!

Jedes Mal, wenn er mit seinem blöden Schlitten wegfährt, spritzt der Kies in alle Richtungen. Die Scheiben zittern, es ist, als würden wir bombardiert.

Der Mann ist verrückt, das steht mal fest, dabei ist er schon fast fünfzig!

Aber das ist noch lange nicht alles.

Heute Mittag kam die Polizei! Natürlich war Francis nicht da. Aber er hat jetzt eine Vorladung und muss sich, sobald er wieder aufgetaucht ist, auf die Wache begeben. Was hat er bloß wieder angestellt? Das kann ja noch heiter werden.

Pepsi, mein Pepsi!

Was für eine schreckliche Angst! Ich dachte schon, er wäre tot. Aber nein, er schläft nur fest. Das Antibiotikum macht ihn wohl müde.

Vielleicht ist ja Francis an allem schuld. Schon am ersten Tag habe ich gemerkt, dass die beiden sich nicht mögen. Man erkennt sofort, mit was für kalten Blicken die beiden sich gegenseitig mustern. Sie werden einander niemals näherkommen!

Und heute Nacht wieder das Käuzchen. Dieses verdammte Vieh. Immer dasselbe, als wolle es mich kleinkriegen mit seinem Rufen. Als mache es ihm Spaß, dass ich nicht schlafen kann. Am liebsten würde ich ganz oben auf die Platane klettern und ihm den Hals umdrehen.

Jetzt muss ich lachen. Ich sah mich schon rittlings auf einem Ast sitzen und das elende Federvieh köpfen.

Mein rechtes Bein wird ganz steif. In einer Stunde wird es sich anfühlen, als sei es amputiert. Wenn ich mich dadurch wenigstens leichter fühlen würde!

Der arme Pepsi!

Ich habe Angst, dass Pepsi es nicht schafft.

Pepsi, bleib bei mir.

Pepsi!

Inzwischen ist es Morgen. Durch die Herzchen in den Fensterläden dringen die ersten Sonnenstrahlen. Die Vögel singen. Ich höre einen Hund bellen. Im Park schreit eine rollige Katze. Ab und zu hört man Kampfgeräusche. Wahrscheinlich weiß das Mädchen nicht, was es will. Erst lockt es die Männchen an, dann gibt es ihnen einen Korb. Völlig unbegreiflich.

Pepsi schläft friedlich neben mir. Das Fieber ist sicher gesunken. Heute Morgen, als Francis von einer seiner Touren zurückkam und den Motor in der Allee aufheulen ließ, hat Pepsi sich furchtbar erschrocken.

Ich glaube, es macht dem Kerl regelrecht Spaß, uns in Furcht und Schrecken zu versetzen.

Was er daran bloß so gut findet? Und was für eine Rolle spielt er überhaupt in diesem merkwürdigen Film? Ich jedenfalls verstehe das Drehbuch nicht.

6

Seit dem Abend zuvor regnete es ununterbrochen. Echtes Novemberwetter, nur leider eine Woche zu früh.

Durch das große Wohnzimmerfenster beobachtete Francis die Tropfen, die über die Scheiben liefen. Erst waren es ganz kleine Perlen, die langsam herunterrollten, dann taten sie sich mit anderen zusammen, wurden dicker und schwerer und flossen dann eilig in Richtung Fensterbrett und sammelten sich dort.

Francis ging zwischen den Sesseln und dem Sofa hin und her und schob eine Nippesfigur nach hinten ins Regal. Die Haushälterin staubt auch nicht jeden Tag ab, stellte er fest. Er grinste und dachte daran, dass die junge Frau aus ihrer Abneigung gegen ihn keinen Hehl machte, wenn sie ihm im Haus begegnete. Was soll's?, sagte er sich. Was bedeutet das schon? Sie nimmt Partei für die Frau Königin. Ist ja auch ganz normal, sie wird schließlich von ihr bezahlt

Wieso fiel es ihm so schwer, Sympathie für seine Tante aufzubringen? Hatte er immer noch das Bild von früher vor Augen, das Bild von der strengen herrschsüchtigen Frau, die sie gewesen war, als sie noch im Vollbesitz ihrer Kräfte war? Jeder Mensch, und sei er noch so schwach, so wie sie jetzt, hatte ein Recht auf Anerkennung. Also, warum schaffte er es nicht, ihr den gebotenen Respekt entgegenzubringen? Er wusste es selbst nicht.

Francis zuckte die Achseln, verließ das Wohnzimmer und trat vor die Tür. Draußen spürte er den Regen wie kalte Nadelstiche auf der Haut, der Wind trieb ihn gegen das Haus. Sicher würde es bald schneien. Francis blicke zum Himmel auf. Dicke Wolken zogen in südöstlicher Richtung. Eine dichte Wolkendecke, der Himmel hing tief. Schmutzige Farben, die vorbeizogen.

Er lief die Stufen hinunter und ging zu seinem Auto, öffnete die Tür und setzte sich ans Steuer. Dann fuhr er los, Richtung Vallorgues. Dort sollte er sich an diesem Morgen auf dem Revier einfinden zu einem Verhör. Der alte Reynaud hatte eine Riesengeschichte aus dem ungedeckten Scheck gemacht. Dieser alte Blödmann! Aber warum hatte Francis auch bei seiner Ankunft in der *Bonne Marmite* übernachtet? Er wäre besser gleich ganz diskret ins Château eingezogen. Trotz Tante Lucette, die sich dort niedergelassen hatte, und trotz ihres beknackten Dieneräffchens.

Zwei Kilometer vor Vallorgues fielen die ersten Schneeflocken. Zuerst Schnee mit Regen vermischt. Dann dicke Baumwollflocken, die bei der Berührung mit der Windschutzscheibe sogleich schmolzen. Das Gras am Rand der Straßengräben war schon ganz braun. Über den Feldern kreisten Raben. Das Luftballett der Elendsvögel.

Am Ende einer Kurve trat Francis unvermittelt auf die Bremse. Ein Wagen war in die Böschung gefahren und hing dort fest, die Hinterräder in der Luft. Francis stieg aus, lief zu dem Auto und öffnete die Tür. Die Fahrerin schien etwas benommen und atmete heftig. Offensichtlich versuchte sie gerade, sich zu beruhigen.

»Alles in Ordnung, Mademoiselle? Haben Sie sich verletzt?«

Die junge Frau wandte ihm den Kopf zu und öffnete den Sicherheitsgurt, der ihr die Brust eindrückte.

»Ich glaube, es geht schon wieder«, sagte sie schließlich. »So etwas Blödes, ich bin am Ende der Kurve weggerutscht. Ich wollte bremsen, und Sie sehen ja, was passiert ist.«

Francis ließ seinen Blick über die Frau gleiten, er taxierte sie rein gewohnheitsmäßig. Dunkelhaarig, mit schwarzen Augen, dreißig Jahre, vielleicht fünfunddreißig, Minirock aus Jeansstoff, schwarze Strumpfhose, schlanke Beine.

Genau der Typ Mädchen, den er früher gern zur Freundin gehabt hätte und sicher versucht hätte rumzukriegen.

»Sind Sie sicher, dass Ihnen nichts fehlt?«, fragte er. »Seien Sie lieber vorsichtig.«

Sie kletterte langsam aus dem Auto und sagte: »Nein, ist schon gut, alles nicht so schlimm.« Sie stützte sich einen Moment auf ihn, und er spürte ihren Körper, der noch zitterte.

»Könnten Sie mich vielleicht zu einer Werkstatt fahren?«, fragte sie. »Ich muss mein Auto wohl abschleppen lassen.«

Bis nach Vallorgues war es nur ein Katzensprung, und es gab auch nur eine Autowerkstatt. Der Besitzer stieg in den Abschleppwagen und fuhr zur Unfallstelle.

»Wollen wir im Bistro an der Ecke einen Kaffee trinken, bis er wiederkommt?«, schlug Francis vor, und die Frau nickte.

In der Kneipe roch es nach Frittieröl und kaltem Tabak. Eine Gruppe leicht angetrunkener Männer starrte ihnen entgegen. Ihre gierigen Blicke blieben an den Rundungen der jungen Frau hängen, und Francis merkte, dass er sich darüber ärgerte. Es begann ihn in den Fingern zu jucken, aber er beherrschte sich. Er konnte keinen Ärger gebrauchen. Er setzte sich so, dass er die Männer im Auge behielt, und bestellte die Getränke.

»Wohnen Sie hier in der Gegend?«, fragte er nach einem Moment verlegenen Schweigens.

»Ich bin Lehrerin in Coissardon«, sagte sie. »Sie kennen mich sicher nicht, aber ich habe schon von Ihnen gehört.«

»Sie wissen, wer ich bin?«

Sie lächelte und zog ein Päckchen Marlboro aus ihrer Handtasche.

»Na ja, Sie sind ja so etwas wie eine Berühmtheit im Dorf«, erklärte sie mit einem amüsierten Lächeln und ließ sich von Francis Feuer geben. »In den letzten Tagen reden alle von der Rückkehr des jungen Lafarge. Sogar meine Schüler sprechen von nichts anderem.«

»Tja. Die Rückkehr des verlorenen Sohnes«, entgegnet er zynisch.

»Waren Sie denn wirklich so ein schlimmer Junge?«

»Na ja, sagen wir, ich habe schon ein paar Dinge angestellt.«

Jetzt zündete auch er sich eine Zigarette an. Die Rauchwolken stiegen zur Decke auf und lösten sich auf.

»Lehrerin in Coissardon«, sagte er dann. »Sie haben Glück, das muss eine schöne Aufgabe sein.«

»Tja, wenn Sie meinen.«

»Das klingt nicht sehr überzeugend.«

»Die Jahre vergehen, und es ist kein leichter Beruf. Und die Begeisterung, die man am Anfang hatte, vergeht irgendwann.«

Marylise Gardette drückte ihre kaum gerauchte Zigarette im Aschenbecher aus und trank einen Schluck Kaffee.

»Nach dem, was ich so höre, waren Sie nicht gerade der fleißigste Schüler«, sagte sie lächelnd.

»Das ist die Untertreibung des Jahres.« Auch er lachte nun. »Wie es aussieht, sind Sie ja bestens über mich im Bilde.«

Die Männer an der Theke glotzten Marylise mittlerweile ganz unverhohlen an. Offenbar hatten sie so viel getrunken, dass sie überhaupt keine Hemmungen mehr zeigten.

Mit schwerer Zunge machten die Saufkumpane ein paar schlüpfrige Bemerkungen und ließen ein dreckiges Lachen hören.

»Na, was ist? Wollt ihr ein Foto von uns?«, rief Francis und sprang aufgebracht von seinem Stuhl.

»He, krieg dich ein, Globetrotter«, sagte ein Riesenkerl in einem T-Shirt, »wir haben dich nicht gefragt, ob deine Oma die Tour de France gewonnen hat.«

Francis ballte die Fäuste. Diese Typen kannten ihn also auch. Wussten, wer er war und dass er sich in der ganzen Welt herumgetrieben hatte.

»Kommen Sie, wir gehen«, sagte er zu Marylise. »Diese Leute sind die reinsten Deppen.«

Vor der Werkstatt trennten sie sich. Der Unfallwagen war kaum beschädigt, und die Lehrerin konnte sich wieder ans Steuer setzen.

»Sehen wir uns wieder?«, fragte Francis.

Er glaubte ein zustimmendes Kopfnicken zu erkennen. Dann stieg er in seinen Wagen. Jetzt musste er auf die Polizeiwache und den Gendarmen erklären, wieso er in der *Bonne Marmite* mit einem ungedeckten Scheck bezahlt hatte.

Immer mehr weiße Flocken fielen vom Himmel, und die Landschaft verschwand allmählich unter einer dichten Schneedecke.

Als Francis die Polizeiwache verließ, lag schon eine dicke weiße Schicht auf dem Asphalt. Wollige Flocken fielen schräg herab. Die Welt schien aus Watte. Alle Geräusche waren gedämpft, als kämen sie von der anderen Seite einer Scheibe.

Francis ging ein paar Schritte in Richtung Wagen. Bevor er einstieg, entfernte er den Schnee von der Windschutzscheibe. Bilder aus seiner Kindheit und Schneeballschlachten kamen ihm in den Sinn. Das alles war bei ihm zugleich sehr präsent und doch sehr fern.

Als Anführer einer Schar von Lausbuben seiner Größenordnung hatte er befohlen, Munition herzustellen. Dann versteckten sie sich hinter dem Geländer an der Pignolle und überfielen die Jungs, die zu Fuß aus einem weit entfernten Dorf kamen. Was das für einen Ärger gab! Der Lehrer hatte gesagt, das sei eine feige Tat, ein Angriff aus dem Hinterhalt, und Francis, der alles angezettelt hatte, wurde am härtesten bestraft.

Er öffnete die Wagentür, und frischer Schnee fiel vor ihm zu Boden. Das Prickeln in den Fingerspitzen erinnerte ihn wieder an die eiskalten Morgen von damals. Der Klassenraum wurde durch einen Ofen geheizt. Wie angenehm war es, die Finger mit den vor Kälte starren, frierenden Fingerspitzen aufzuwärmen.

Francis schüttelte den Kopf und versuchte, die Starre abzuschütteln, die ihn unwillkürlich erfasst hatte. Er dachte an die Aussage, die er gerade bei der Polizei gemacht hatte. Eine junge Polizistin hatte sie in den Computer eingegeben. Francis dachte bei sich, dass die Frau ziemlich attraktiv gewesen war. Schade nur, dass die Uniform alles verdorben hatte, weil sie ihre wohlgerundeten Formen verdeckte.

Natürlich hatte er gleich zugegeben, im Hotel mit einem ungedeckten Scheck bezahlt zu haben. Er sicherte zu, dies künftig nicht mehr zu tun und schnellstens dafür zu sorgen, dass wieder Geld auf sein Konto kam. Er hatte wahrlich keine Lust, den ganzen Tag mit solchen Lappalien zu vergeuden.

Als er den Wagen anließ, gab der Turbokompressor ein leises Aufheulen von sich. Wie der Liebesschrei der Elchkuh, dachte Francis und musste über den Vergleich grinsen. Er legte den ersten Gang ein und wollte gerade losfahren, als er den alten Iribert Couquelet sah, dessen Kapuze weiß war von Schnee. Der Alte wedelte mit den Armen, um seine Aufmerksamkeit zu erregen.

»Fährst du nach Coissardon, Kamerad?«, fragte Iribert. »Wäre es zu viel verlangt, dass du mich mitnimmst?«

»Sie sind doch wohl nicht zu Fuß hierhergekommen«, sagte Francis ungläubig.

»Aber natürlich, mein Sohn, heute Morgen, ganz früh. Ich hatte zu tun ... Ich habe ein Problem mit meinem Hund. Er ist alt und mag keinen Schnee, seine Pfoten frieren zu schnell.« Der Hund war aus dem Nichts gekommen und in sein Auto gesprungen.

»Sei nicht sauer auf ihn«, sagte der alte Iribert grinsend. »Dieser Köter weiß nicht, was sich gehört. Das ist dir bestimmt schon aufgefallen.«

Und dann stieg auch Iribert in den Wagen.

Auf der Landstraße lag dicker Schnee. Francis bemühte sich, in der Spur der anderen Fahrzeuge zu bleiben, es fuhr sich darin wie auf Gleisen.

»Sieh an«, bemerkte der Alte, »du fährst heute zivilisierter als sonst.«

Im Auto roch es nach nassem Hundefell, und Francis konnte seine schlechte Laune kaum verbergen. Warum hatte er sich bloß breitschlagen lassen, den alten Couquelet nach Coissardon mitzunehmen? Na ja, der Alte war einfach eingestiegen und hatte sich neben ihn gesetzt, den Hund hatte er nicht einmal kommen sehen.

»Du hast wohl Ärger mit den Schutzleuten?«, sagte der Alte und grinste in seinen weißen Bart.

Die *Schutzleute*! Himmel! Was für ein vorsintflutlicher Ausdruck, dachte Francis. Keines seiner drei Kinder würde überhaupt noch verstehen, was damit gemeint war, so altmodisch war dieses Wort.

»Geht es Sie etwas an, was ich für Ärger habe, Papa Couquelet?«, sagte er und konzentrierte sich auf die Straße.

»Was redest du da für einen Schwachsinn? Hat dich eine Hummel gestochen, oder was?« Iribert streichelte unbeeindruckt die Schnauze seines Hundes, der vor sich hin hechelte und seine Spucke auf den Sitz tropfen ließ.

Statt einer Antwort bremste Francis heftig ab. Der Golf geriet ins Schleudern und kam am Ende einer Kurve zum Stehen.

»Bitte sehr – Sie können hier aussteigen, Monsieur Couquelet. Den Rest des Wegs können Sie zu Fuß gehen.«

Zuerst schien der Alte ihn nicht zu verstehen. Seine dicken Brauen, die einen Teil seiner Augen verbargen, hoben sich kaum. Dann raffte er sich auf und öffnete die Wagentür.

Francis beobachtete ihn einen Moment im Rückspiegel, wie er reglos an der Böschung stand, seinen Köter ebenso unbeweglich neben sich.

»Das hat er nun von seinen blöden Sprüchen«, sagte er grimmig.

Als er wieder anfuhr, konnte er den Wagen nur mühsam in der Spur halten.

Francis fuhr gleich zum Château zurück. Die Allee war von einer zehn Zentimeter dicken Schicht Neuschnee bedeckt. Rasch lief er die Stufen der Freitreppe hinauf. In der Halle ging er zum Telefon. Er suchte die Nummer der Schule im Telefonbuch und wählte.

»Hallo? Bonjour. Kann ich bitte mit Mademoiselle Marylise Gardette sprechen?«

»Ist am Apparat.«

»Ah, Marylise! Hier ist Francis … Francis Lafarge. Ich habe mir Sorgen um Sie gemacht, wegen des verrückten Wetters. Sind Sie gut angekommen?«

»Danke, alles in Ordnung.«

Plötzlich kam er sich ziemlich dumm vor. Wie ein schüchterner junger Mann, der Angst vor der Weiblichkeit hat. Als habe er Scheu vor dem schönen Geschlecht.

Eine Weile herrschte Schweigen, dann sagte die junge Frau:

»Es ist nett von Ihnen, dass Sie sich Sorgen um mich gemacht haben.« Sie lachte amüsiert. »Wissen Sie, ich fahre nicht in sämtliche Gräben, die es hier in der Gegend gibt. Aber noch einmal vielen Dank für heute Morgen. Da haben Sie mir wirklich aus der Patsche geholfen.«

»Aber das war doch ganz selbstverständlich.«

Er war noch immer seltsam verlegen, doch dann fasste er sich ein Herz.

»Könnten wir uns wiedersehen?«, fragte er vorsichtig.

»Uns wiedersehen?« Sie schien einen Augenblick zu überlegen. »Aber ja. Warum denn nicht?«, sagte sie dann.

Sie verabredeten sich für den Abend. Er würde zur Schule kommen und sie auf einen Aperitif treffen.

Als Francis den Hörer auflegte, war ihm leicht ums Herz und er fühlte sich wie ein Schüler nach dem ersten Kuss in einem geheimen Winkel des Schulhofs. Er begegnete dem Blick von Pepsi, der im Türrahmen stand und ihn beäugte, und streckte ihm zum Spaß die Zunge heraus. Der Affe schnitt eine Grimasse, wandte ihm den Rücken zu und lief zu seinem Frauchen.

»Ich gehe auch gerade zur Königin«, rief Francis und steuerte auf das Zimmer seiner Tante zu.

Dreimal klopfte er an die Tür und trat dann ein, ohne eine Antwort abzuwarten.

»Guten Tag, Dornröschen«, sagte er. »Ihr Märchenprinz ist gekommen, um Sie zu wecken.«

»Sehr witzig!«, bemerkte Lucette. »Du bist wirklich äußerst komisch, lieber Neffe.«

Er setzte sich auf einen der Rattansessel im Zimmer, schlug die Beine übereinander und tat, als wolle er sein Zigarettenpäckchen aus der Tasche holen.

»Ach, ich vergaß – das ist hier ja streng verboten«, sagte er grinsend und gab sich einen Klaps auf die rechte Wange. Dann räkelte er sich und verschränkte die Arme über dem Kopf.

»Na, was gibt's Neues, Tantchen?«, fragte er mit einem scheinheiligen Lächeln, während Pepsi, der oben auf dem Schrank hockte, kleine, heisere Schreie von sich gab.

»Was es Neues gibt? Was glaubst du denn, was mir noch aufregendes Neues passiert? Soll ich dir erzählen, dass ich heute Morgen einen neuen olympischen Rekord im Marathonlauf aufgestellt habe? Oder soll ich lieber sagen, ich hätte eine wilde Nacht in den Armen von Richard Gere verbracht?«

Ihr hysterisches Lachen erfüllte das ganze Zimmer. Doch plötzlich wurde sie ernst.

»Sag mal, mein Lieber, der Ärger mit der Polizei, wie schlimm ist die Sache?«

»Könnte schlimm werden, Tantchen. Außer du leihst mir ein bisschen Geld, damit ich die Rechnung in der *Bonne Marmite* bezahlen kann.«

Lucette riss erstaunt die Augen auf und wurde von einem Hustenanfall geschüttelt. Der Affe sprang auf das Bett. Francis hätte schwören können, dass er ihn mit einem feindseligen Blick ansah. Aber da kam schon die Haushaltshilfe und klopfte der bettlägerigen Alten auf den Rücken.

Er ging hinaus und ließ die Tür offen.

7

Wie an jedem Morgen fuhr Mathias Taillandier auch heute in die Schreinerwerkstatt. Ein Scheibenwischer seines Lada-Geländewagens funktionierte kaum, und so hatte der Fahrer größte Mühe, im Schneesturm seinen Weg zu finden.

»Was für ein Sauwetter!«, schimpfte er.

Die Schreinerwerkstatt lag ein wenig abseits von der Straße zwischen Vallorgues und Coissardon. Nach drei- oder vierhundert Metern musste er nach rechts auf einen holperigen Weg einbiegen, und dann war es noch ein knapper Kilometer bis zum Ziel.

Er war zu spät dran. Ein verärgerter Kunde hatte sich beschwert, weil er in der letzten Woche das bestellte Holz verschnitten hatte. Mathias sah auf seine Uhr.

»Halb elf!«, rief er aus. »Ich hoffe, die Jungs haben nicht auf mich gewartet, um das Langholz zuzuschneiden.«

Die Jungs waren vier an der Zahl. Drei jüngere, die er kürzlich eingestellt hatte, und dann noch der Landwirt Daniel Ferret, der schon lange da war. Seit fast zwanzig Jahren arbeitete er nebenberuflich in der Schreinerei.

Mathias seufzte. Der Schnee fiel immer dichter, und er konnte nicht mehr als zehn Meter weit sehen. Plötzlich sah er etwas auf der Fahrbahn, bremste und konnte gerade noch so die Spur halten.

»Verflucht noch mal, was ist denn das jetzt?«, schrie der Schreiner und stieß die Wagentür auf. Dann beugte er sich entsetzt herunter.

»Um Himmels willen, das ist ja Iribert Couquelet!«

Der Alte atmete nicht mehr. Sein Mund stand weit offen, die Augen blickten ins Leere.

Iribert Couquelet war tot.

Die Polizei stellte kurze Zeit später fest, dass er keines natürlichen Todes gestorben war. Ein Fahrzeug hatte den alten Couquelet angefahren. Aber was zum Teufel hatte er auch bei einem solchem Wetter draußen zu suchen? Irgendwer in Vallorgues hatte gesehen, wie er in einen Golf eingestiegen war. Der Zeuge war sich nicht hundertprozentig sicher, aber es konnte gut sein, dass der Fahrer Francis Lafarge gewesen war.

»Was haben Sie gemacht, nachdem Sie gestern die Polizeiwache verlassen haben?«, fragte Monsieur Blancheton, der Chef der Gendarmerie von Vallorgues, mit donnernder Stimme nun bereits zum zehnten Mal. Sein Gesicht war tiefrot und angeschwollen, und er schwitzte über die Maßen. Unter den Achseln waren auf seinem blauen Hemd dunkle Flecken zu sehen.

Francis drückte seine Zigarette im Aschenbecher aus und seufzte.

»Ich habe es Ihnen doch schon gesagt«, entgegnete er genervt. »Ich bin ins Auto gestiegen und habe den alten

Couquelet ein Stück mitgenommen. Aber sein Hund stank so erbärmlich, dass ich den Mann gebeten habe, auszusteigen und den Rest des Wegs zu Fuß zu gehen.«

»Und den alten Mann mitten auf der Straße allein im Schneesturm stehen zu lassen, das finden Sie in Ordnung, ja?«

Francis zuckte mit den Schultern. Der Bulle hatte ihn sowieso in der Mangel. Und was hätte er auch sagen sollen, um sein Verhalten zu rechtfertigen.

»Sie haben eine ziemlich undurchsichtige Vergangenheit, Monsieur Lafarge«, legte der Polizist nach. »Und man hat den Eindruck, Sie vermeiden jede Anspielung darauf.«

»Meine Güte, langsam reicht es mir! Was hat das mit dem Tod des alten Couquelet zu tun?«, rief Francis wütend und sprang von seinem Stuhl auf.

»He, he, he. Was ist denn das für ein Benehmen?« Blancheton machte eine unwirsche Handbewegung. »Setzen Sie sich bitte und beruhigen Sie sich.«

Das Verhör ging noch eine volle Stunde weiter. Dann wurde der Golf genau untersucht, aber nirgends war an der Karosserie eine Spur zu finden, nicht mal ein Kratzer, der hätte beweisen können, dass der alte Couquelet mit diesem Wagen angefahren worden war.

»Also gut, Sie können gehen«, erklärte Blancheton schließlich. »Ich möchte Sie aber darauf hinweisen, dass Sie den Kanton nicht verlassen dürfen, bis die Angelegenheit geklärt ist. Halten Sie sich bereit.« Er nickte grimmig. »Auf Wiedersehen, Monsieur Lafarge!«

Ohne zu antworten, wandte Francis sich um und ging hinaus. Der Schnee war inzwischen überfroren, und die Eiskruste krachte unter seinen Sohlen. In der Nähe flogen Spatzen auf, die nach Nahrung suchten. Der Wind plusterte die Federn an ihrer Brust auf, und sie sahen aus wie kleine Wollknäuel.

Francis entfernte sich von der Polizeiwache. Als er durch die Straße ging, bemerkte er, wie die Vorhänge der umstehenden Häuser hastig zugezogen wurden, und sagte sich, dass er wieder mal Gesprächsthema in der Region sein würde. Lauter geschwätzige Zungen, die nach Strich und Faden über ihn herziehen würden. Vermutlich regte man sich bereits darüber auf, dass die Polizei ihn hatte gehen lassen. Manche würden sicher sagen, es sei ein Skandal, dass in dieser schlechten Welt die Gauner immer gut wegkämen.

Ja, in der Tat – dass diese Welt schlecht war, konnte Francis nur bestätigen. Er war weit genug herumgekommen und hatte diese Erfahrung auf allen Kontinenten gemacht. Er setzte sich ans Steuer und steckte den Zündschlüssel ins Schloss. Der Motor heulte auf, und Francis machte sich einen Spaß daraus, dreimal kräftig Gas zu geben. Prompt erschienen wieder die neugierigen Gesichter an den Fenstern. Er schnitt eine hässliche Grimasse und schüttelte die Faust.

»Ihr blöden Idioten, da glotzt ihr, was?!«, rief er, und dann fuhr er in rasendem Tempo los.

Auf dem Weg nach Coissardon war die Straße vereist, und er musste sehr vorsichtig fahren, um nicht ins

Rutschen zu geraten. Die kleinen Schottersteinchen, die von der Straßenwacht gestreut worden waren, spritzten von unten gegen die Karosserie. Das machte einen ohrenbetäubenden Lärm, und er musste das Autoradio lauter stellen, um etwas verstehen zu können.

Marylise.

Plötzlich musste er an die hübsche Lehrerin denken. Am Vorabend hatten sie nach der Schule zusammen einen Aperitif getrunken. Marylise war von großer Sanftheit, ihre Stimme war honigsüß. Früher hätte er bestimmt versucht, noch am selben Abend mit ihr ins Bett zu gehen. Doch darauf hatte er verzichtet und sich damit begnügt, ihr zuzuhören, als sie aus ihrem Leben als Dorflehrerin erzählte. Von der Befriedigung, die der Beruf ihr gab, und auch von den Enttäuschungen, die sie bei der Arbeit erleben musste.

»Manche Eltern sind wirklich unverantwortlich«, hatte sie gesagt. »Sie bringen den Kindern allen möglichen Unsinn bei. Sie glauben, das Beste für sie zu tun, machen sie damit aber nur unglücklich.«

Francis sagte sich, dass seine Kinder in ihrer Schulzeit nur selten Gelegenheit hatten, ihn überhaupt zu sehen. Immer war er unterwegs gewesen, in der Luft oder auf dem Meer, was hatte er ihnen in ihrer Schulzeit schon gegeben?

Als er Coissardon erreichte, bog Francis in Richtung Schule ab. Es war offenbar gerade Pause, die Kinder tobten ausgelassen umher und schrien wie das Federvieh im Hühnerhof. Er betrat den Schulhof.

»Wo finde ich Mademoiselle Gardette?«, fragte er einen Lehrer, der die Pausenaufsicht hatte.

»Sie wird in ihrer Klasse sein. Zweite Tür links.«

Francis dankte ihm und betrat das Schulhaus. Marylise saß an ihrem Schreibtisch und korrigierte Hefte. Sie trug eine Hornbrille und war so in ihre Arbeit vertieft, dass sie gar nicht hörte, wie er eintrat.

Er räusperte sich, und sie schrak auf.

»Francis?«, sagte sie erstaunt. »Was machen Sie denn hier?«

»Ich wollte Sie gern sehen«, gestand er. »Ich hatte sogar große Lust dazu, und zwar bei der Arbeit, sozusagen voll in Aktion.« Er hüstelte verlegen, bevor er sagte: »Wissen Sie, dass Sie ganz süß aussehen mit Ihrer Brille?«

Sie errötete ein wenig und nahm die Gläser schnell ab. »Machen Sie sich nicht lustig über mich, das finde ich nicht nett.«

»Ich mache mich nicht lustig! Ich sage nur, was mir durch den Kopf geht.«

Er setzte sich in eine Schulbank, und da sagte sie spöttisch:

»Nicht so einfach, Ihr Riesengestell auf den Sitz eines kleinen Schuljungen zu zwängen, oder?«

Francis lachte.

»Ich habe schon so lange keinen Fuß mehr in eine Schule gesetzt«, sagte er dann. Aus purer Gewohnheit griff er zu seinen Zigaretten.

»He, he«, sagte Marylise und warf ihm einen strengen Blick zu. »Diese Dinger sind im Klassenraum verboten!«

»Oh, Entschuldigung, ich hatte ganz vergessen, dass wir in einer Schule sind.« Er tat, als wolle er sich auf die Finger hauen. »Bitte nicht böse sein, Frau Lehrerin.«

Das brachte sie zum Lachen. Ermutigt fuhr er fort.

»Würde es Ihnen Spaß machen, wenn ich Sie heute Abend ins Restaurant einlüde?«

Sie lächelte. »Das ist eine ganz ausgezeichnete Idee. Aber nur, wenn es dort eine Raucherecke gibt.«

Beide lachten wieder, und dann läutete die Glocke, und die Pause war zu Ende.

Als Francis durch das Schultor trat, begegnete er Corinne. Die hübsche Serviererin aus dem *Bonne Marmite* warf ihm einen ermunternden Blick zu. Aber er konnte schließlich nicht zwei Frauen auf einmal den Hof machen und grüßte sie nur zurückhaltend, bevor er ins Auto stieg. Corinne zuckte mit den Achseln.

»Armer Idiot!«, sagte sie so laut, dass er es hören musste.

Im November hielt eine sibirische Kälte in der Gegend ihren Einzug. Halb verhungerte Raben durchzogen das Land mit müden Flügelschlägen. Nachts krachten die dicken Äste der Buchen bedrohlich. Und eines Tages legte sich über die düstere Landschaft ein aschfarbener Himmel, vor dem sich wie mit Tusche gezeichnet die federartigen Spitzen der Nadelbäume abzeichneten. Am fünften November kam der Nordwind, er wirbelte die letzten verwelkten Blätter auf. Man konnte den Eindruck gewinnen, dass die Zeit in einem ewigen Winter gefangen sei. Eine tote Jahreszeit, deren Ende man nicht erleben würde.

Monique hatte Madame Barland hinter dem Wohnzimmerfenster postiert. Die bettlägerige alte Dame lag eingemummelt in ihrer warmen Decke und beobachtete mit Freuden das Spiel der Elemente auf den Parkwegen. Pepsi kauerte neben ihr und kratzte sich immer wieder, als suchte er nach Flöhen.

»Man könnte meinen, du hättest Flöhe, mein Schätzchen!«, rief Lucette. »Du kratzt dich ja wirklich wie verrückt!«

Sie schenkte ihm einen vorwurfsvollen Blick, aber Pepsi drehte ihr einfach den Rücken zu und setzte seine Reinigungsarbeiten fort.

Da kam Monique ins Zimmer. »Ihr Neffe ist immer noch nicht aufgestanden«, beschwerte sie sich.

Lucette lachte nur.

»Offenbar lebt er immer noch in seiner amerikanischen Zeit«, meinte sie dann.

Es hatte neutral klingen sollen, doch in ihrer Stimme lag Bitterkeit. Es war schon fast elf, und Francis lag immer noch im Bett. Klar, er war erst nach zwei Uhr nach Hause gekommen. Nur ein tauber Mensch hätte überhören können, wie er mit seinem Wagen angeprescht kam. Im Dorf gab es Gerüchte, dass er mit der Lehrerin anbändelte. Offenbar trafen sie sich jeden Abend und verbrachten die Nacht zusammen. Das war ohne jede Moral, und was für ein schlechtes Beispiel für die Schulkinder! Na ja, solange Francis seine Geliebte nicht ins Haus schleppte. Aber bei diesem Kerl musste man ja mit allem rechnen.

»Wie soll ich denn sein Zimmer machen, wenn er nicht aufsteht?«, frage Monique beleidigt.

»Lassen Sie es einfach. Soll er doch in seinem Dreck umkommen. Machen Sie sich deswegen keine Gedanken, Monique.«

Es klingelte an der Eingangstür. Pepsi sprang auf die Anrichte im Esszimmer und stieß drei kurze heisere Schreie aus.

»Wer könnte denn das sein?«, fragte Lucette erstaunt. »Monique, schauen Sie mal nach!«

Die Haushälterin ging mit ratloser Miene hinaus. Als sie wieder ins Zimmer trat, hatten sich ihre Wangen rosa verfärbt, und sie schien sehr aufgeregt.

»Monique, was ist los? Sie sind ja ganz außer sich!«

»Madame, da …«

Im Türrahmen erschien die Gestalt einer jungen Frau mit dunklem Haar.

»Madame, diese Person da will Monsieur Lafarge besuchen. Ich weiß nicht, ob …«

Monique sah aus, als treffe sie gleich der Schlag.

»Und wie heißt diese Person?«, fragte Lucette Barland mit hochmütiger Miene und blickte auf die junge Frau, die jetzt hereinkam.

»Ich bin Marylise Gardette. Francis hat mich zu sich nach Hause eingeladen. Würden Sie ihm bitte Bescheid geben, dass ich da bin?«

»Ach so, dann sind Sie also die Lehrerin, von der alle reden«, sagte Lucette. »Na, dann herzlichen Glückwunsch, Mademoiselle, da haben Sie sich ja mit einem merkwürdigen Kerl eingelassen.«

»Und hier ist der merkwürdige Kerl und hört alles mit, mein liebes Tantchen.«

Die alte Dame wurde blass. Mühsam richtete sie den Blick auf ihren Neffen, der im Türrahmen stand und sich eine Zigarette anzündete.

»Meine Süße«, sagte er und legte den Arm um Marylise, »dies ist meine alte, kranke, griesgrämige Tante. Und da oben auf der Kredenz sitzt Coca-Cola – oder heißt das Vieh Pepsi? Ich hab's vergessen. Die beiden leben sozusagen in den Flitterwochen.«

Er grinste, nahm einen tiefen Zug aus der Zigarette und blies den Rauch ins Zimmer.

»Komm, mein Schatz, wir gehen zu mir nach oben. Madame mag den Geruch von Zigaretten nicht. Da wird sie ganz ungehalten. Eigentlich erstaunlich bei einer so liebenswürdigen und höflichen alten Dame, oder?«

Er gab der jungen Frau einen lauten Kuss in den Nacken, nahm ihren Arm und führte sie ins Treppenhaus, wo er in Lachen ausbrach.

Pepsi ist ganz durcheinander. Und auch diesmal ist Francis wieder daran schuld. Warum musste er unbedingt diese Frau hierher bringen? Die ist doch viel zu jung für ihn. Ich wage ja gar nicht, den Altersunterschied auszurechnen. Sie könnte vermutlich seine Tochter sein …

Das scheint ihm aber völlig egal zu sein. Er will mich damit bestimmt provozieren. So wie alle anderen Leute im Dorf. Er bezeichnet sie alle als Bauerntrampel. Er blickt auf sie herab.

Das Fräulein selbst ist eigentlich nicht so übel. Heute Morgen hat sie mich mit einem strahlenden Lächeln begrüßt. Aber Pepsi ist ihr gegenüber sehr reserviert. Kommt es daher, dass er an ihr den Menschen riecht, den er am meisten auf der Welt verabscheut?

Ja, mein Pepsi ist nicht mehr derselbe. Francis macht ihm Angst. Gestern hat er ihn im Treppenhaus erschreckt. Mein dummer Neffe hielt es für schlau, sich hinter einem Schrank zu verstecken und mein armes Schätzchen in dem Augenblick, in dem es vorbeikam, nachzuäffen.

Pepsi nachzuäffen! Man ist doch wirklich nicht mehr klar im Kopf, wenn man so etwas tut!

Gestern hat Monique mir erzählt, dass die Polizei wegen des angeblichen Unfalltodes des armen Iribert ermittelt. Sie hat mir zu verstehen gegeben, dass mein Neffe etwas mit der Sache zu tun haben könnte. Was soll ich von all dem halten? Hat Francis vielleicht …

Ich zittere bei dem Gedanken, dass er…

Auch Pepsi fängt schon wieder an zu zittern. Heute Abend ist die Atmosphäre alles andere als fröhlich. Und immer diese Kälte, die uns hier unaufhörlich heimsucht …

Heute Nacht hat das Käuzchen schon wieder geschrien. Die Läden standen offen, und vom Bett aus konnte ich die Mondsichel sehen. Ein paar blasse Sterne bemühten sich, in seinem hellen Umkreis nicht übersehen zu werden. Ich stellte mir vor, wie das Käuzchen hoch oben in der Platane saß und sein Sterbelied sang.

Ich finde, dieses Käuzchen ist eine schaurige Kreatur. Was für neue Katastrophen kündigt es an?

Heute Morgen hatte Pepsi ganz hohes Fieber. War es richtig von mir, ihn hierher in diese Gegend zu holen? Wahrscheinlich verträgt er das Klima der Auvergne nicht. Er ist so empfindlich gegenüber Temperaturschwankungen.

Aber vielleicht hat sein Fieber mit dem Wetter gar nichts zu tun …

Vor Francis' Rückkehr nach Coissardon war er niemals krank, jedenfalls kann ich mich nicht daran erinnern.

Pepsi ist eingeschlafen. Vorher hat er ein ganzes Glas Wasser ausgetrunken, in dem Monique ein Aspirin aufgelöst hatte.

Pepsi, mein Freund, mein Begleiter: Bitte verlass mich nicht!

Bitte!

Der Abend ist so lang. Und auch die Winternacht, die gleich beginnt. Ich höre Francis und Marylise im Zimmer nebenan immer wieder laut lachen. Bei ihren ungeordneten Lebensverhältnissen müssten sie doch wenigstens diskret sein.

Ja, ich weiß, ich bin von der alten Schule. Die Leute sagen über mich, ich repräsentiere das alte Frankreich.

8

Montag, der sechste November, war der erste Schultag nach den Herbstferien, und er war ohne jeden Zweifel für Coissardon ein schwarzer Tag, den man so leicht nicht wieder vergessen sollte.

Der Winter mit seinem rauen Wetter hatte viel zu früh eingesetzt. Erst am Morgen hatte Roland Chantegrel am Ufer der Pignolle dreizehn Grad unter null gemessen. Der Weinhändler war von jeher ein Frühaufsteher gewesen, und er führte seine Statistik gewissenhaft. Es war der absolute Kälterekord für diese Jahreszeit.

Roland Chantegrel schob die Tür zwischen dem Krämerladen und dem Bistro auf. Im Gastraum war es feucht. Kalter Tabakgeruch hing in der Luft, dazu der unangenehme Dunst von Alkohol. Offene Weinflaschen vom Vorabend, die er vergessen hatte, wieder zu schließen. Aschenbecher, die überquollen von schwarzbraunen Zigarettenkippen.

Trotz der Kälte riss Roland eines der Fenster weit auf, stützte sich auf das Fensterbrett und holte tief Luft. Aus seinem Mund drang eine weiße Wolke, die bald wieder verschwand.

»Verflucht noch eins, wie das friert!«, rief er und zog sich wieder ins Innere des Gastraums zurück.

Denise stocherte im Ofen. Das tat sie morgens immer als Erstes. Sie hatte sich immer gegen eine Zentralheizung gewehrt. »Ich will in unserem Bistro keine Heizkörper haben!«, sagte sie, wenn jemand nachfragte. »Und im Laden schon gar nicht. Da würde ja alles verderben.«

Wenn Denise gesprochen hatte, dann war das Urteil verkündet, und man brauchte erst gar nicht wieder auf das Thema zu sprechen zu kommen.

Sie schob Zeitungspapier in den Ofen, legte Holzscheite darüber und zündete ein Streichholz an. Bald schlugen die Flammen auf, und sie legte eilig zwei dicke Kastanienscheite nach. Nun wurde es warm in dem Raum. Roland seufzte vor Wohlbehagen.

»Ah, jetzt fühlt man sich schon besser!«, rief er aus.

Er verschwand hinter der Theke und setzte die Kaffeemaschine in Gang. Dann goss er sich eine große Tasse ein und seiner Frau eine kleine. Beide setzten sich an einen Tisch nahe beim Ofen, in dem es inzwischen lichterloh brannte und bollerte.

Auf der Wanduhr war es zehn nach neun, als Daniel Ferret die Eingangstür aufstieß. Hinter ihm kam die Kälte herein, und er schloss die Tür eilig wieder.

»Verflucht noch mal!«, rief er und suchte nach einem Taschentuch in seiner Manteltasche. »Der Winter zeigt sein Gesicht dieses Jahr aber wirklich früh.«

Er wischte sich die Augen und schnäuzte sich laut. Seine Nase war vom Weg ganz rot, und ein paar Tränen liefen über seine schlecht rasierten Wangen, hier und da sah man in seinem Gesicht rote Flecken von geplatzten Äderchen.

»Einen Glühwein, bitte!«, sagte er und stützte sich auf die Theke.

Daniel Ferret war nicht nur Sägearbeiter in Mathias Tailandiers Schreinerei, sondern auch Landwirt in Le Mas, einem winzigen, zwei Kilometer von Coissardon entfernten Weiler. Seine Frau Monique arbeitete als Haushaltshilfe bei Madame Barland, und so wusste er aus erster Hand alles über Francis Lafarge, dessen Anwesenheit im Dorf immer noch für heftiges Gerede sorgte.

»Was gibt's heute Morgen Neues?«, fragte Denise Daniel Ferret.

Die Ladenbesitzerin wischte mit dem Schwamm über die Theke und reinigte zwei Aschenbecher. Vor lauter Neugier waren ihre Wangen ganz rot, und sie wartete ungeduldig auf die neuesten Nachrichten, die Daniel Ferret gleich zum Besten geben würde. Die Serie mit dem Amerikaner als Hauptdarsteller war noch lange nicht zu Ende.

Der Bauer nahm sich die Zeit, seine Lippen in den Wein zu tauchen, sagte: »Oh Gott, ist das heiß hier drin!«, holte tief Luft und fing an zu berichten.

»Was es Neues gibt? Eigentlich nicht viel. Außer dass Madame Lucette sich nicht mehr sicher ist, ob sie bis zum Schluss im Château bleiben kann. Ihr komischer Neffe soll ihr gedroht haben, sie auf die Straße zu setzen.

Er soll auch gesagt haben, dass er vorhat, den Kasten so schnell wie möglich zu verkaufen.«

»Aber das kann er doch wirklich nicht machen!«

Denise schrie, als handelte es sich um ihr eigenes Haus. Es ging doch einfach nicht an, dass ein Fremder, der quasi gar nicht mehr zu ihnen gehörte, hier ohne jede Rücksicht tun und lassen konnte, was er wollte!

»Das darf er nicht!«, sagte sie noch einmal und hätte vor Empörung beinahe ein Glas in ihrem Spülbecken zerbrochen.

Ihr Mann sah sie schräg von der Seite an.

»Was geht es dich an, ob Lafarge das verdammte Haus verkauft oder nicht? Das ist nicht unsere Sache, und deswegen musst du noch lange kein Glas zerdeppern!«

»Jedenfalls«, fuhr Ferret genüsslich fort, »gehört der Kasten eigentlich Francis, und die alte Lucette wird von ihm nur geduldet.«

Er trank einen Schluck Glühwein. »Was soll man schon sagen?«, meinte er dann. »Der Lafarge hat so einiges hinter sich, da gibt es so einige Geschichten, die ihm angehängt werden. Da braucht er eben Bargeld, und je schneller, desto besser. Man muss sich an seine Stelle versetzen.«

Ein neuer kalter Luftstoß drang in den Raum, zusammen mit Charles Bordel. Der Bürgermeister sah wütend aus. Er schlug die Glastür hinter sich zu und kam näher, um sich die Hände am Ofen zu wärmen.

»Die wird in der Hölle schmoren, das ist ganz klar!«, stieß er grimmig hervor.

Roland Chantegrel grinste und versuchte, den Bürgermeister zu beschwichtigen.

»Was ist denn mit dir los, Charles? Bist du heute mit dem linken Bein aufgestanden?«

»Ich werde ihr eins verpassen, einen kräftigen Fußtritt bekommt sie in ihren kleinen Arsch«, polterte Charles Bordel. »Und jetzt spendier mir einen Schoppen!«

Dann erklärte er, dass er heute Morgen, beim Öffnen der Post im Rathaus, eine Vorladung erhalten hätte zur Kommission für Gebäudesicherheit. Auf Verlangen von Mademoiselle Marylise Gardette, Lehrerin der Dorfschule, würde sie am achtundzwanzigsten November in der Schule tagen, und zwar unter Vorsitz eines Oberbrandmeisters der Stadt Clermont-Ferrand, dessen Namen und Titel er schon wieder vergessen habe.

»Die sollte lieber auf ihr gutes Benehmen achten und auf das Beispiel, das sie anderen gibt, statt sich um Dinge zu kümmern, die sie nichts angehen«, stieß er immer noch wütend hervor. Er leerte sein Glas in einem Zug und goss sich ein neues ein, bevor er fortfuhr: »Ich werde an ihren Inspektor schreiben und ihm mal was über den fragwürdigen Lebenswandel von Mademoiselle berichten. Die wird was auf die Finger kriegen, wenn er erfährt, dass sie es mit einem Kriminellen treibt.«

Wie um seine Worte zu bekräftigen, fuhr Francis' Golf GTI mit aufheulendem Motor an dem Bistro vorbei. Das Auto fuhr auf die Schule zu.

Ja, der sechste November war wirklich ein schlimmer Tag für Coissardon! Wenn es nur das Wetter gewesen wäre, es fror nämlich Stein und Bein, wäre es ja noch gegangen, aber nein, der Teufel hatte entschieden, bei dem Spiel auch noch mitzumachen. Und wenn der Teufel einmal seine Finger im Spiel hat …

Natürlich fuhr Francis zu schnell. Wie immer übrigens. Und so war es bei allem gewesen, das er im Leben gemacht hatte. Aber wie kann man einen Menschen in seinem Alter noch ändern?

Er war auf dem Weg zur Schule. Als er durch das Dorf fuhr, ließ er den Motor mit voller Lautstärke aufheulen, um die Leute zu provozieren. Es bereitete ihm ein Riesenvergnügen, sich vorzustellen, wie die Klatschweiber sich hinter den Gardinen das Maul über ihn zerrissen.

»Die verdammten Waschweiber!«, rief er und drückte noch fester auf das Gaspedal.

Er erreichte das Café mit dem Krämerladen Chantegrel und fuhr in die Kurve, die in den Kirchplatz einmündete. Doch er hatte das Glatteis unterschätzt. Der Wagen geriet mit allen vier Rädern ins Rutschen und schlingerte über die Fahrbahn. Und genau in diesem Augenblick überquerte Riton die Straße. Francis riss die Augen auf, aber er war machtlos. Das Auto ließ sich nicht mehr steuern und erfasste den Fußgänger. Sein Körper wurde fünf Meter weit gegen einen Bordstein geschleudert, und der gute Riton erlitt einen Schädelbasisbruch. An diesem Tag würde er wohl kaum mit seinem Saufkumpan Jojo bei Loulou seinen Ricard trinken.

Marylise unterrichtete gerade. Die Schüler waren an diesem Tag besonders unruhig. Dreimal schon hatte sie schimpfen müssen, damit sie aufhörten, Unsinn zu machen. Hatte der Herr Bürgermeister ihr schon den Kampf angesagt, und dies waren die ersten Anzeichen? Oder hatte ihre Beziehung zu Francis den Ärger der Leute erregt? Natürlich hörten die Kinder zu Hause allerlei Gespräche mit und redeten hinterher auf dem Schulhof darüber. Da war sich Marylise sicher.

Sie schlug dreimal mit dem Zeigestock gegen die Tafel, damit die Schüler endlich aufpassten.

»Also gut, klappt die Bücher zu«, sagte sie. »Wir schreiben jetzt ein Diktat.«

Ein unwilliges Murmeln ging durch die Reihen, aber Marylise tat, als bemerke sie es nicht. Diktate mochten die Kinder sehr ungern. Und doch gab es sie mindestens einmal pro Woche, selbst wenn diese Übung nicht mehr ganz zeitgemäß war und auch nicht im Lehrplan stand.

Unter der Tür fegte ein eisiger Wind hindurch. Marylise schüttelte unwillig den Kopf. Sie war ziemlich wütend auf den Bürgermeister, der sich weigerte, dringend notwendige Bauarbeiten in der Schule in Auftrag zu geben. Schon mehrmals hatte sie sich deshalb mit ihm angelegt, aber er hatte bisher all ihre Anträge abgewiesen.

Dieser Sturkopf, dachte sie und legte eine dicke Stoffrolle vor die Tür, um das Klassenzimmer vor der Kälte von draußen zu schützen.

Bei dem Gedanken, dass der alte Charles Bordel bei dem Treffen mit der Kommission gezwungen würde, die Arbeiten endlich durchzuführen zu lassen, huschte ein triumphierendes Lächeln über ihr Gesicht. Da würde er ausnahmsweise mal nicht nach seiner Meinung gefragt werden.

»Haben alle ihre Bücher geschlossen?«, fragte sie und blickte streng auf die Tische.

Die Klasse antwortete einstimmig mit Ja.

»Dann nehmt eure Hefte. Ich lese den Text einmal vor, danach diktiere ich ihn.«

Sie wollte gerade mit dem Lesen beginnen, als die Tür aufging. Ihr Kollege Alain stand im Türrahmen und gab ihr ein Zeichen, zu ihm zu kommen. An seinem Gesicht erkannte sie sofort, dass etwas Schlimmes passiert war. Ohne zu wissen, warum, dachte sie sofort an Francis.

»Marylise«, stotterte Alain, »die Gendarmerie hat angerufen. Sie wollen, dass du nach Vallorgues auf die Wache kommst.«

»Jetzt sofort? Und was wird aus meiner Klasse?«

»Du kannst ruhig fahren. Ich kümmere mich um die Schüler. Pack deine Sachen zusammen und tu, was man von dir verlangt.«

Alain hustete verlegen herum, schließlich ließ er die Katze aus dem Sack.

»Dein Freund … dieser Lafarge hat einen Unfall verursacht. Er hat mit seinem Angeberschlitten einen Fußgänger umgefahren. Ich glaube, um den armen Kerl steht es ziemlich schlecht.«

»Haben Sie denn nicht gemerkt, Monsieur Lafarge, dass Sie zu schnell fuhren? Sie scheinen der Einzige zu sein, der das nicht gemerkt hat!«

Blancheton öffnete das Fenster seines Büros. Wie üblich hielt er es in der Hitze des kleinen überheizten Zimmers nicht aus. Er tupfte seine Stirn mit dem Taschentuch ab, wischte sich über die Hängebacken und schnaufte.

»Und wissen Sie was, Monsieur Lafarge, solche Raser wie Sie haben auf unseren Straßen nichts zu suchen! Bei uns in der Region geht es friedlich zu. Ich garantiere Ihnen, dass Sie Ihren Führerschein für eine ganze Weile los sein werden!«

Francis blickte auf. Ein paar Sekunden lang studierte er den Chef der Gendarmerie, der in größter Erregung zu sein schien. Am liebsten hätte er ihm geraten, mal runterzukommen und ganz Zen zu werden. Ihm gesagt, dass es für seine Gesundheit sicherlich besser wäre. Und dass er nicht mehr lange auf dieser Welt verweilen würde, wenn er so weitermachte. Er verzog den Mund.

»Was grinsen Sie so blöd!«, schrie der Chef sogleich, und seine Augen quollen fast über. »Ach so, Monsieur macht sich wohl darüber lustig, dass er einen unbescholtenen Fußgänger überfahren hat. Na, so ein Spaß! Wirklich, Lafarge, Sie sind ein ganz mieser Charakter, ein ganz blöder Hund sind Sie!«

Francis hatte wortlos zugeschaut, wie der Krankenwagen abfuhr. Riton hatte auf der Trage gelegen und ab und zu ein lautes Stöhnen von sich gegeben. Die Dorfbewohner standen bei den Männer von der Feuerwehr und den Leuten der Gendarmerie und beschimpften den Fahrer mit derben Worten.

Wäre es möglich gewesen, dann hätten sie ihn sicherlich gelyncht. Francis war nur deshalb nicht angespuckt und zusammengeschagen worden, weil die Ordnungshüter einen Sicherheitskordon gebildet hatten.

Und nun saß er im Büro der Gendarmerie und hatte das seltsame Gefühl, nur ein Zuschauer zu sein. Vor seinen Augen spielte sich eine Szene aus irgend so einem Fernsehdrama ab. Vor seinen Augen verlor gerade ein Mann in Uniform die Nerven. Sein Gesicht war purpurrot, und dicke Schweißtropfen liefen ihm über die fleischigen Wangen.

»Was sehen Sie mich so an?«, schrie Blancheton wieder. »Sie sind wirklich völlig durchgeknallt, Lafarge!«

Es klopfte an der Tür.

»Mademoiselle Gardette ist da, Chef.«

Gleich nach ihrer Mitteilung verschwand die diensthabende Wachtmeisterin wieder im Nebenzimmer. Francis sprang in seinem Sitz hoch.

»Ist Marylise hier?«, rief er laut. »Ich will sie sehen.«

»Bleiben Sie sitzen, Lafarge!«, brüllte Blancheton. »Halten Sie Ihre Klappe, oder wollen Sie lieber, dass ich Sie einsperre?«

Marylise Gardette betrat das Zimmer des Chefs. Sie trug eine Daunenjacke und sah darin sehr zerbrechlich aus. Zerbrechlich und erstarrt vor Kälte.

Der Chef de Police wies ihr einen Stuhl neben Francis zu. Ohne zu überlegen, nahm Marylise seine Hand und drückte sie an ihre Brust. Plötzlich war ihm sehr nach Weinen zumute.

Blancheton wandte sich seinem Computer zu und begann, die Aussage der Lehrerin aufzunehmen.

»Geburtsdatum und Geburtsort … Vorname des Vaters … Geburtsname der Mutter …«, leierte er herunter. »Können Sie bestätigen, dass Sie in wilder Ehe mit diesem Mann hier leben?«

Und den ganzen Rest.

9

Seit dem achtzehnten November hatte die große Kälte wieder nachgelassen. Ein milderes Wetter setzte ein, das ebenso ungewöhnlich war wie die sibirischen Temperaturen zu Beginn des Monats. Es folgten schöne sonnige Tage mit einer ganzen Palette von Ockertönen, am spektakulärsten war das Gold der Lärchen, das zwischen den Fichten und den Douglastannen leuchtete. Riton lag im Krankenhaus von Ambert und war gerade aus dem Koma erwacht. Die Ärzte hatten sich lange Zeit geweigert, überhaupt etwas zu seinen Überlebenschancen zu sagen.

»Verflixt noch mal, der Kerl ist stark, der packt es!«, erklärte Jojo, sein engster Kumpel, der mit ihm durch dick und dünn ging. Trotz aller düsteren Prognosen blieb Jojo optimistisch: Riton würde bestimmt wieder gesund. Schon in ein paar Wochen würde er wieder am Tresen bei Loulou Reynard stehen und eimerweise seinen Ricard trinken.

Francis hatte an jenem schwarzen Tag des Unfalls die Polizeistation zusammen mit Marylise verlassen.

»Unterstehen Sie sich, Ihr Fahrzeug zu benutzen«, hatte der Chef ihm hinterhergerufen. »Das Auto ist beschlagnahmt. Sie haben striktes Fahrverbot, bei Zuwiderhandlung buchte ich Sie ein.« So wie er es sagte, bestand kein Zweifel daran, dass er es ernst meinte. Deshalb hatte ihn Marylise nach Hause gefahren.

Dort erwartete ihn eine Überraschung: Isabel, seine zweite Ehefrau, war gekommen. Als sie das Haus betraten, war sie gerade bei Tante Lucette im Wohnzimmer und unterhielt sich mit ihr. Isabelle war eine schöne Frau, die sich gut zu kleiden wusste. Sie trug ein langes, leuchtend rotes katalanisches Kleid mit tiefem Ausschnitt. Francis konnte nicht anders, als genauer hinzusehen.

»Hallo, mein lieber Exmann«, sagte Isabel mit ihrem unnachahmlichen spanischen Akzent, an den er sich nur allzu gut erinnerte.

»Was machst du denn hier?« Der Ärger, der in seiner Stimme mitschwang, war nicht zu überhören. Er packte Marylise fester am Arm. Isabel brach in ein Lachen aus.

»Ich stelle fest, dass du dich freust, mich wiederzusehen«, sagte sie. »Nun, die Freude ist ganz auf meiner Seite, Liebling.« Sie musterte Marylise überrascht und fügte mit einem ironischen Lächeln an:

»Und wer ist die glückliche Auserwählte, die unseren Don Juan bezirzt hat?«

Francis musste sich beherrschen, sie nicht zu schütteln, dieses unverschämte Weibstück. Stattdessen legte er seinen Arm um Marylises Schulter und sagte:

»Das, meine teure Ex, ist Mademoiselle Gardette, die ich dir hiermit vorstellen möchte. Sie ist Lehrerin und die Rektorin der Schule von Coissardon.«

»Ach was, eine Lehrerin?!« Isabel grinste. »Wie ich sehe, kommst du wieder auf deine Vorlieben von damals zurück«, spottete sie. »Nun, man kann sich gegen seine Natur wehren, trotzdem kommt man …«

»Halt den Mund, Isabel! Was machst du hier überhaupt, außer mir auf die Nerven zu gehen?«

»Charmant wie immer. Vielen Dank, du bist wirklich ausgesprochen höflich!«

Lucette streichelte beruhigend die Schnauze von Pepsi, der sich, als Francis eingetreten war, sofort auf ihren Schoß geflüchtet hatte. Der kleine Affe war zutiefst erschrocken und stieß kleine schrille Schreie aus. Die alte Frau drückte ihn fester an ihre Brust, und natürlich brauchte sie nicht lange auf die bissige Reaktion ihres Neffen zu warten.

»Na, Tantchen, flirtest du jetzt schon in der Öffentlichkeit, damit alle es erfahren? Was für einen schönen Anblick du bietest, wirklich komisch, deine Liebesaffäre mit diesem Äffchen.«

Isabel griff ein. »Meine Güte, Francis, du bist noch genau so ein Flegel wie früher«, seufzte sie. »Das Leben hat dich nicht ruhiger gemacht. Dabei bist du doch nun auch nicht mehr der Jüngste. Ich fürchte, du bist ein hoffnungsloser Fall.«

Sie trat hinter Lucettes Rollstuhl und schob die Tante aus dem Zimmer. Vermutlich sollte die alte Dame den Rest des Gesprächs nicht mit anhören.

»Ich bin in einer Minute wieder da«, rief sie und wandte sich um. »Ich habe noch etwas wegen der Kinder mit dir zu besprechen. Und versuch bloß nicht, dich aus dem Staub zu machen!«

Francis zündete sich eine Zigarette an und setzte sich auf eine Sessellehne. Das unerwartete Erscheinen von Isabel im Château war für ihn alles andere als erfreulich. Er zog an seiner Zigarette und blies dicke Rauchschwaden zum Kronleuchter an der Decke des Salons hinauf.

»Diese Frau ist eine echte Nervensäge«, seufzte er und versuchte, Marylises Blick auszuweichen.

Kurze Zeit später erschien die Nervensäge wieder im Zimmer. Sie schien wütend zu sein und ihre Krallen schon geschärft zu haben. Da Angriff die beste Verteidigung ist, sagte Francis: »Ich habe in Afrika ja schon so manchen Panther gesehen, aber im Vergleich zu dir waren das alles liebe Kätzchen.«

»Und der Panther möchte dich daran erinnern, mein Herzchen, dass du ihm noch sechs Monate Unterhalt schuldest.«

Francis verschlug es die Sprache, er starrte seine angriffslustige Exfrau an, die in ihrer Tirade nicht mehr zu stoppen war.

»Was ist? Muss ich dich wirklich daran erinnern, dass du zwei Söhne hast? Sie heißen Julien und Jérémie, falls du das vergessen haben solltest. Und du bist verpflichtet, für sie zu zahlen.«

»Isabel, bitte, ich bin selbstständig, das weißt du ganz genau. Und im Moment habe ich einen finanziellen Engpass. Ich verspreche dir, dass im nächsten Monat alles besser wird.«

»Blablabla! Ich kenne dich, mein Freund. Heb dir dein Geschwätz für deine kleine Lehrerin auf. Bei mir ziehen diese Sprüche nicht mehr!«

Marylise hätte am liebsten etwas zu der »kleinen Lehrerin« gesagt, doch sie beschloss, den Seitenhieb zu überhören. Schweigend lehnte sie sich an den Kamin und fragte sich, wie Francis sich wohl aus der Affäre ziehen würde.

Er warf wütend seine Zigarettenkippe in die Kaminasche und wandte den beiden Frauen den Rücken zu. Er presste die Lippen aufeinander. Schließlich steckte er die Hände in die Taschen seiner Jeans und drehte sich wieder um.

»Wie geht es den Kindern denn überhaupt?«, fragte er.

»Hocherfreut stelle ich fest, dass du dich noch an sie erinnerst.«

Isabel schwieg eine Weile, bevor sie antwortete.

»Es geht ihnen gut, danke. Im Übrigen kannst du sie das demnächst selbst fragen. Bald kannst du deine Kinder nämlich so oft sehen, wie du willst.«

»Was soll das, Isabel?« Francis runzelte die Stirn.

»Nun – Väter sollten ihre Kinder erziehen, oder? Ich werde für ein paar Monate nach Barcelona gehen und besuche dort meine Familie. Ich überlege, in Barcelona etwas Neues mit Antiquitäten aufzuziehen und meinen alten Laden aufzugeben.«

»Deinen Laden in *Paris*?«, fragte Francis begriffsstutzig.

»Mein Lieber, ich habe nur einen Laden.«

Isabel lächelte, strich sich eine dunkle Haarsträhne aus ihrem hübschen Gesicht und sah ihn unschuldig an.

Francis blickte zu ihr herüber, und wie immer entwaffnete ihn das madonnenhafte Aussehen seiner Exfrau.

»Ich habe es dir schon ein paar Mal gesagt, aber du hörst mir einfach nicht zu«, fuhr sie fort. »Ich gehe wieder nach Spanien zurück. Am ersten Dezember ziehe ich um. Ich habe die Kinder bereits in einem Privatgymnasium in Clermont-Ferrand angemeldet, es ist ein Internat. Aber am Wochenende und in den Ferien musst du dich nun zur Abwechslung mal um die Kinder kümmern.«

Sie betrachtete sich im Spiegel der Eingangshalle und schenkte Francis dann einen zufriedenen Blick.

»Tja, mein Lieber. Das bedeutet natürlich, dass du dich nicht mehr überall in der Welt herumtreiben kannst, wie es dir passt. Aber nun weißt du ja Bescheid. Es wird dir wohl nichts anderes übrig bleiben, als ein bisschen sesshafter zu werden.«

Sie warf ihre Handtasche mit einem koketten Schwung über ihre Schulter, zwinkerte ihm zu und sagte:

»Hasta la vista, my love.«

An diesem Morgen herrschte reges Treiben in der Schule. Es war der achtundzwanzigste November – der Tag, an dem das Treffen mit der Kommission für Gebäudesicherheit anberaumt war. Da Marylise dabei sein musste, hatte die Schulbehörde einen Vertretungslehrer geschickt.

Die Kinder waren über den unbekannten Eindringling etwas verwirrt und konnten nicht still sitzen. Sie schrien herum, trampelten mit den Füßen oder bekamen ganz plötzlich heftige Lachanfälle. Schon dreimal hatte der hilflose junge Mann Marylise gerufen, um Ordnung zu schaffen, und sie fluchte über den jungen Kollegen, der augenscheinlich nicht in der Lage war, für Disziplin zu sorgen, und nicht einmal mit ein paar harmlosen Dorfkindern umzugehen wusste. Was wollte so einer erst machen, wenn man ihn in den Pariser Vororten einsetzte?

Der Brandmeister kam eine Viertelstunde vor allen anderen. Marylise begrüßte ihn am Tor der Schulhofs. Er war ein lebhafter Mann, der viel redete und mit den Händen gestikulierte. Auch Charles Bordel, der Bürgermeister, war zu früh. Schnaufend betrat er den Schulhof und machte sich wichtig, wie es seine Art war.

Dann kam der Vertreter der Schulbehörde, ein kleiner Mann mit einem Backenbart und eher spröde, und hinter ihm erschienen Blancheton von der Gendarmerie und der Generalsekretär der Sous-Préfecture.

»Sind alle da?«, fragte der Feuerwehrmann. »Dann können wir ja mit unserem Rundgang beginnen.«

Er kratzte sich am Kopf und wandte sich Bordel zu.

»Haben Sie die Sicherheitsvorschriften dabei, Bürgermeister?«, fragte er und begann, die Namen auf das erste Blatt des Protokolls zu schreiben.

»Ich weiß nicht, wovon Sie reden«, brummte der Bürgermeister unwillig.

»Aber jede öffentliche Schule muss ein solches Dokument haben, das müssten Sie doch wissen, Herr Bürgermeister.«

Charles Bordel warf ihm einen bösen Blick zu.

»Was, was?! Sie glauben wohl, Sie könnten hier den Chef spielen, Brandmeister?«, donnerte er. »Sie sind ein kleiner Feuerwehrmann, die Gesetze hier mache immer noch ich. Am besten verschwinden Sie gleich wieder mit Ihrer Kommission und lassen uns in Frieden. Uns ist es bisher ohne Sie sehr gut gegangen.«

Marylise fühlte sich genötigt einzugreifen.

»Bitte erlauben Sie, Herr Bürgermeister, aber ich möchte der Kommission schon erklären, dass in dieser Schule keine der Sicherheitsvorschriften eingehalten wird. Deshalb ist eine gründliche Inspektion dringend notwendig, auch wenn dies vielleicht nicht jedem hier gefällt.«

Bordel schnaufte ärgerlich. Diese kleine dickköpfige Dorfschullehrerin ging ihm mächtig auf den Geist mit ihren ewigen Verbesserungsvorschlägen und Forderungen. Missmutig musste er mit ansehen, wie die Inspektion durchgeführt wurde. Der Vertreter der Schulbehörde sah sich alles an, setzte eine bedenkliche Miene auf und stellte fest, dass zahlreiche Verbesserungen notwendig waren. Die Mitglieder der Kommission nickten.

Je mehr der Brandmeister in sein Heft schrieb, zum Beispiel die Schäden an den Elektroinstallationen, die nicht vorhandenen Notausgänge oder den katastrophalen Zustand der Schultoiletten, desto verschlossener wurde

Charles Bordels Gesicht. Manche böse Zungen, alles Mitglieder der Kommission, behaupteten später, sein Gesicht sei zuerst rot, dann grün und dann grau geworden.

Und mit einem solchen Gesicht unterzeichnete er am Ende das Protokoll, das ihn aufforderte, in kürzester Zeit alle Sanierungsarbeiten durchführen zu lassen, damit die Schuleinrichtungen den Vorschriften entsprachen.

»Sie kommen bestimmt nicht in den Himmel, Mademoiselle Gardette, Sie nicht. Am Ende finden Sie dort auch noch etwas, was sich sanieren lässt«, erklärte der Bürgermeister mit finsterer Miene, bevor er sich verabschiedete und wütend die Eingangstür hinter sich zuschlug.

Der Brandmeister zuckte die Achseln.

»Machen Sie sich nichts daraus, Mademoiselle«, sagte er. »Monsieur Bordel kann toben, wie er will – er ist verpflichtet, all diese Arbeiten ausführen zu lassen. Noch nie hat es jemand geschafft, die Beschlüsse einer Sicherheitskommission zu unterlaufen. Sie haben Ihr Ziel erreicht, zum Wohl Ihrer Schüler, das ist die Hauptsache. Ich wünsche Ihnen jedenfalls weiterhin die nötige Courage im Umgang mit diesem rückständigen Bürgermeister.«

Die Begehung war offiziell beendet, und die Mitglieder der Kommission trennten sich.

Marylise blieb allein auf dem Schulhof zurück und schaute einen Moment den Spatzen und Meisen zu, die sich um ein paar Brotkrümel balgten.

Die Vögel sind nicht schlimmer als die Menschen, dachte sie und kehrte in ihre Klasse zurück, wo die Kinder wild durcheinandertobten, trotz der Anwesenheit des

Vertretungslehrers, der entmutigt hinter ihrem Schreibtisch saß und in all dem Getöse kein Wort hervorbrachte.

Francis durfte wieder Auto fahren. Nachdem Riton aus dem Krankenhaus entlassen worden war, weniger schwer verletzt, als man zunächst angenommen hatte, war der Polizei von Vallorgues nichts anderes übrig geblieben, als ihm sein Fahrzeug zurückzugeben.

Es war der erste Dezember, und er hatte den Wagen am Bahnhof von Clermont-Ferrand geparkt. Der Zug aus Paris war schon angekündigt und sollte jeden Moment eintreffen.

Francis atmete die kalte Luft ein, die von den Gipfeln der Vulkane herüberwehte, und fröstelte. Es wird bald schneien, dachte er.

»Papa! Papa!«

Am anderen Ende des Bahnsteigs winkte Cécile und kam auf ihn zugelaufen. Seine älteste Tochter aus seiner ersten Ehe hatte also von der Uni freigenommen, um ihre Halbbrüder zu begrüßen. Es war lange her gewesen, dass er alle drei Kinder bei sich gehabt hatte, und das Gefühl der Rührung, das ihn plötzlich ergriff, war verwirrend.

Er umarmte Cécile und fühlte sich plötzlich als stolzer Vater.

»Also hast du dir freinehmen können?«, sagte er.

Sie lachte herzlich.

»Na, was denkst du? Deshalb stehe ich doch hier. Ich habe Julien und Jérémie seit Ewigkeiten nicht mehr gesehen.«

Sie dachte einen Augenblick nach.

»Es muss über drei Jahre her sein«, sagte sie.

Am anderen Ende des Bahnsteigs tauchte der Zug auf und fuhr ein. Die Räder bremsten und gaben ein kreischendes metallisches Geräusch von sich. Dann wurde der Zug langsamer und kam zum Stehen. Im nächsten Moment öffneten sich die Türen, und die ersten Passagiere eilten zum Ausgang.

Julien und Jérémie gehörten zu den Letzten, die ausstiegen. Julien, ein großer, schlaksiger Junge, kam mit müden Schritten den Bahnsteig entlang, als trüge er eine zu große Last auf den Schultern. Jérémie ging ein wenig hinter ihm und klopfte rhythmisch gegen seine Adidas-Tasche. Er hatte Kopfhörer auf und seinen iPod in voller Lautstärke an und hörte nicht, wie sein Vater nach ihm rief.

»Immer diese verdammten Dinger auf den Ohren«, sagte Francis, »irgendwann werden sie alle taub werden.«

Als der Junge ihn endlich bemerkte, fiel er ihm um den Hals.

»Hi, Papa. Cool, dich zu sehen!«, sagte er und klopfte weiter mit dem Fuß einen imaginären Rhythmus.

Julien grüßte etwas zurückhaltender und hielt dann Cécile seine Wange hin.

»Ich dachte mir, wir gehen zu McDonald's, was meint ihr?«, sagte Francis.

»Okay«, sagte Julien, »gehen wir Ratten essen.«

An diesem Freitagabend war es bei McDonald's brechend voll. Inmitten der jungen Leute aus Clermont saß eine alte Dame am Tresen und aß ihren Hamburger. Von Zeit zu Zeit nahm sie einen Schluck aus einem Bierglas und blickte scheu in die Runde.

»Da kannst du aber froh sein, Papa«, sagte Julien. »Du verdankst es nur dieser Oma da, dass du hier nicht der Älteste bist.«

Francis war getroffen. Was hatte sein Sohn nur gegen ihn, dass er sich so abweisend verhielt? Was hatte er getan oder was hatte er nicht getan, dass er nur solch hässliche Bemerkungen kassierte?

»Jetzt halt aber mal den Mund«, sagte Cécile und funkelte ihren Bruder an. »Vom Kopf her ist Papa hier bestimmt der Jüngste von uns allen.«

»Und deshalb durfte er auch durch die Welt reisen und seine Familie vernachlässigen, ja?«

Aha, dachte Francis. Daher wehte also der Wind. Wie es aussah, hatte Isabel die Kinder erfolgreich indoktriniert. Julien redete fast in ihren Worten. Er beschloss, es mit Humor zu nehmen.

»Wenn ich dich so reden höre, dann glaube ich, deine Mutter spricht. Vielleicht ist sie jetzt auch unterwegs, um durch die Welt zu reisen.«

Er hätte sich gern eine Zigarette angezündet.

»Bis sie wiederkommt, müssen wir wohl miteinander auskommen, meinst du nicht?«

Der Junge starrte auf seinen Teller mit Pommes frites und betrachtete dann die Ketchup-Flasche, die sein Bruder auf den Tisch stellte, nachdem er sich ausgiebig bedient hatte.

»Papa«, sagte Jérémie jetzt, »warum hast du uns eigentlich nie nach Afrika oder Amerika mitgenommen?«

Der Vorwurf saß. Diesmal rettete ihn Cécile.

»Papa ist zwar viel gereist«, sagte sie. »Aber er hat keine Ferien gemacht, er ist wegen seiner Arbeit unterwegs gewesen.«

»Und was für eine Arbeit war das?«, fragte Jérémie.

Francis spürte, wie er rot wurde. Ob er seinen Kindern irgendwann einmal wirklich erzählen könnte, mit was für Dingen er sich auf seinen endlosen Reisen beschäftigt hatte?

Die alte Frau an der Theke sah ihn neugierig an. Es schien ihm, als mache sie sich über ihn lustig, während sie in ihrer Frittentüte herumstocherte und ihr Bier trank.

Diese Nichtsnutze! Zwei sind es, Julien und Jérémie, und sie wären besser zu Hause in Paris geblieben. Oder mit ihrer Mutter nach Barcelona gegangen.

Der Große erinnert an einen Storch mit seinen langen dünnen Beinen. Außerdem ist er immer unzufrieden. Andauernd hat er was zu meckern. Meistens hat er es auf seinen Vater abgesehen, und allein deshalb müsste er mir schon sympathisch sein. Aber so bin ich nicht. Jedenfalls wenn Pepsi ihn sieht, dann will er nur eins – sich so schnell wie möglich in Sicherheit bringen. Und das verrät alles. Ich vertraue auf den Instinkt meines kleinen Äffchens. Ich weiß aus Erfahrung, dass er in seinem Urteil über Menschen meistens richtig liegt.

Der andere, der Jüngere, macht nichts anderes, als den ganzen Tag Techno-Musik zu hören, oder er blockiert mit diesem komischen Gerät meinen Fernseher und guckt seine Videospiele. Er nennt das Playstation. Noch so ein technisches Spielzeug, das ich nicht verstehe.

Sie hängen jedes Wochenende im Haus herum und verderben mir die Laune! Glücklicherweise sind sie an den anderen Tagen in ihrem komischen Internat in Clermont-Ferrand. Wenn sie wieder weg sind, kann ich wenigstens in Ruhe meine Quizsendungen sehen.

Pepsi geht es wieder besser. Nachdem die Polizei meinem Neffen den Führerschein weggenommen hatte, hat mein kleiner Schatz sich wieder etwas beruhigt. Er wurde nachts nicht mehr aufgeschreckt, wie sonst, wenn Francis in wilder Fahrt nach Hause kam und der verdammte Kies gegen die Scheiben spritzte.

Manchmal könnte man meinen, Francis sei weiser geworden. Jedenfalls benimmt er sich am Steuer nicht mehr wie ein Kriegsheld. Hat das mit den Kindern zu tun oder kommt es durch Marylise? Hat er vielleicht endlich gelernt, sich anständig zu benehmen?

Auch mir gegenüber schießt er keine giftigen Pfeile mehr ab. Aber keine Ahnung, wie lange das anhält.

Heute Nacht kann ich wieder keinen Schlaf finden. Immerhin, der Mond am Dezemberhimmel ist wunderschön. Er ist ganz rund und fast orange und ist eben hinter den Hügeln aufgegangen. Jetzt bescheint er die Dächer der Häuser im Dorf.

Sogar das Käuzchen scheint von der Schönheit des Mondes beeindruckt. Sein Rufen klingt fast wie ein sehnsüchtiges Klagen. Als ob das Tier begreift, dass das Universum unseren kleinen irdischen Dingen überlegen ist.

Allmählich geht die Nacht zu Ende. Ich bin ganz nass und mir ist kalt. Ich weiß, ich sollte abends nicht diesen Lindenblütentee trinken, durch den man angeblich besser einschläft. Kräutertee ist harntreibend, das weiß doch jedes Kind. Wenn er nur auch tatsächlich ein wenig beruhigend wirken würde. Und dann höre ich eine Stimme, die mir ins Ohr zu flüstern scheint:

»Auf alles hat der Tee seine Wirkung, nur nicht auf deinen Schlaf.«

Also wirklich!

Endlich ist es Morgen. Seltsam, die ganze Nacht liegt man da und sagt sich, dass er auf sich warten lässt wie ein affektiertes schönes Mädchen. Und dann öffnet man die Augen, und da ist er plötzlich. Man hat geschlafen – endlich schlief man tatsächlich! – und hat gar nicht gemerkt, wie es Morgen wurde.

Ich weiß, dass ich in irgendeiner Nacht sterben werde, und deshalb ist Morgenlicht für mich wie eine Gnadenfrist. Man kann es aber auch ein unerträgliches Warten nennen.

Warten bis zur nächsten Nacht, in der ich vielleicht endlich …

Monique hat mir erzählt, dass Riton es geschafft hat. Es geht ihm wieder gut. Da kann Francis aber froh sein. Jetzt hat er wenigstens nicht mehr diese Last auf der Seele. Aber ich muss immer wieder an Iribert Couquelet denken. Die Ermittlungen sind noch nicht abgeschlossen. Ob es eines Tages mal so weit ist? Und ist Francis in dieser Sache wirklich unschuldig, weiß wie Schnee?

Apropos Schnee, es fällt wieder welcher. Also wird Weihnachten ganz bilderbuchmäßig. So, wie es sich gehört. Gut so.

Ich muss an meine Kindheit denken. Weihnachten war immer wunderbar. Wie schön kam mir der Weg zur Kirche vor und die Mitternachtsmesse! Ich weiß, Menschen idealisieren die Vergangenheit immer. Die Jahre lassen alles schöner erscheinen, als es in Wirklichkeit war.

Jetzt ist mir aber sehr kalt. Wenn ich darüber nachdenke, dann sage ich mir, dass auch mein Herz kalt geworden ist. Mein Herz ist wie ein Eisblock.

Nur mein Äffchen kann ihn zum Schmelzen bringen. Mein Pepsi!

10

Der Schnee. Der Schnee und dann noch einmal Schnee.

Das ganze Land lag unter einer dichten Schneedecke. Weiler ohne Elektrizität waren isoliert, und die Leute blieben hinterm warmen Ofen, in Erwartung besserer Tage. In den Faschinen verbarg sich alles mögliche Getier. Manchmal näherte es sich den Häusern. In Coissardon hatten Füchse sogar in Hühnerställen gewütet. Es war die Rede von Treibjagden und Strafaktionen, aber das Wetter war zu schlecht.

Zehn Tage vor Weihnachten verschwanden die Wolken, und der Himmel wurde klar. Kristallene Eisformationen hingen wie Blumen an den Fensterscheiben, die Brunnen froren zu. In den wohlbeheizten Fernsehstudios war von einem Kälterekord die Rede, Europa war wie gelähmt, und in der Auvergne war es nicht anders.

Der Bürgermeister zog die Leute seiner Gemeinde zu Arbeiten heran. Bei gemeinschaftlichen Aufgaben, die dem öffentlichen Interesse dienten, durfte sich niemand drücken. Das war lebenswichtig für die Kommune, es war der Preis, den man zahlte.

Wie alle anderen spuckte auch Francis in die Hände, nahm eine Schaufel und räumte die Schneemassen um das alte Gebäude beiseite. Julien und Jérémie halfen ihm dabei, Julien mit Widerstreben, Jérémie machte es Spaß. Die Bürgersteige vor den Häusern mussten mit Salz bestreut werden. Francis verzichtete darauf mit der Begründung, dass sein Haus außerhalb des Dorfes lag und kaum jemand hierherkam.

Dann begannen die Weihnachtsferien.

An Weihnachten würde das Feuer in allen Kaminen prasseln. Ob man dafür Ostern wohl im Garten feiern konnte?

Julien ging frühmorgens aus dem Haus und streifte durch den Park, durch den die große Allee führte. Auf dem feuchten Lehmboden klebten die Sohlen fest, nasse braune Blätter lagen überall herum. Über ihm flog ein Taubenpaar auf. Sie ließen sich oben auf der großen Platane nieder und begannen zu gurren. Das Wetter war wieder milder geworden. Der Schnee schmolz, und man hörte glucksende Geräusche wie von einer Quelle. Es klang, als ob die Welt neu erstehen würde.

Julien schlug den Kragen seiner Jacke hoch und ging durch das große Eingangsportal nach draußen. Kleine Wasserbäche flossen den Abhang hinunter Richtung Dorf. Er ging an einem Rinnstein entlang, in den sprudelnd das Wasser hineinfloss. Ein Auto fuhr vorbei und spritzte Wasser gegen seine Beine. Er wollte schimpfen, aber dann war es ihm zu lästig, und so ging er einfach weiter. Als er die ersten Häuser erreichte, blieb er stehen und blickte auf Coissardon.

»Was für ein ödes Nest!«, hätte er am liebsten gesagt.

Bilder von Paris stiegen in ihm auf und wurden lebendig. In der Schule war er ein guter Schüler gewesen. Tagsüber ging er zum Unterricht, die Abende verbrachte er mit Freunden und Freundinnen. Sie gingen zusammen aus. Was war seiner Mutter bloß in den Sinn gekommen, ihn und seinen Bruder diesem verantwortungslosen Kerl zu überlassen, der lediglich ihr Erzeuger war? Und dann noch dieses komische Privatgymnasium in Clermont-Ferrand. Die Lehrer dort hatten echt keine Ahnung, und man sah ihnen ihr Provinzlertum aus drei Kilometern Entfernung an.

Julien zündete sich eine Marlboro an. Dieses Laster immerhin hatte er von seinem Vater. Er rauchte sicher zu viel. Das hatte er schon hundertmal gehört. Na und? An irgendwas musste man sowieso sterben, oder? Das jedenfalls hatte er seiner Mutter gesagt vor der Abfahrt ihres Zugs in Paris, am Bahnhof von Lyon.

Er erreichte den Kirchplatz. Spatzen pickten Nahrungsreste auf, die vom Wasser angespült worden waren. Raben flogen um den Kirchturm, ihr Krächzen erfüllte die Luft. Julien stellte sich vor, dass die Vögel zu einem geordneten Luftballett gehörten, und er verfolgte eine Weile ihren Flug.

»Na, junger Mann, ist es Ihnen nicht zu langweilig auf dem Land?«, fragte eine Stimme hinter ihm.

Julien sah sich um. Zwei Schritte entfernt stand ein Mann, offenbar ein Obdachloser, in seltsamen Kleidern, die vor Schmutz starrten.

»Bist du nicht der Sohn von Francis Lafarge?«, fragte der Typ und grinste ihn mit seinem zahnlosen Lächeln an. Dann brach er in meckerndes Gelächter aus.

»Was machst du für ein Gesicht? Du siehst aus, als hättest du gerade einen Marsmenschen gesehen, der auf der Erde gelandet ist. Keine Angst, ich bin hier aus dem Dorf. Die Leute nennen mich Jojo. Und das ist auch ganz richtig so, denn eigentlich heiße ich Georges.«

Jojo fuhr sich mit einer Hand durch das zerzauste Haar und zog sich die Baskenmütze zurecht. Graue Locken hingen ihm in die Stirn und fielen im Nacken über den Hemdkragen. In seinem Mundwinkel steckte eine halb aufgerauchte Gitane mais.

Julien starrte den Mann schweigend an.

»Sehr redselig bist du ja nicht gerade«, sagte Jojo. »Dein Vater übrigens auch nicht. Liegt wahrscheinlich in der Familie, und es gibt ja nun mal Leute, die nicht gern reden.«

»Bei Ihnen scheint das jedenfalls nicht der Fall zu sein.«

»Oha! Das saß!«, meinte der Mann und grinste. »Immer schlagfertig. Du bist ein würdiger Sohn deines Vaters. Francis redet wenig, aber wenn, dann haut er rein.«

Jojo zündete sich den Zigarettenstummel wieder an. Die große Flamme seines Benzinfeuerzeugs schoss fast bis zu seinen buschigen Brauen, und er schloss schnell ein Auge. Dann verfinsterte sich sein Gesicht.

»Weißt du eigentlich, du kleiner Nichtsnutz, dass dein Vater mit seinem Auto fast meinen besten Freund umgebracht hätte?«, sagte er mit rauer Stimme. »Hat man dir das nicht erzählt?«

Julien wollte dieses Gespräch, das offensichtlich in eine merkwürdige Richtung lief, so schnell wie möglich beenden. Er beschloss, Jojo zu ignorieren und die Richtung zu wechseln, weg von der Kirche. Doch der Typ gab nicht so einfach auf. Er lief hinter ihm her und fuhr mit seinen ausfallenden Bemerkungen fort.

»Na, du Papasöhnchen, ist dir wohl ganz egal, dass mein Freund Riton fast abgekratzt wäre! Und dein Vater ist schuld daran!«

In wenigen Schritten hatte Jojo Julien eingeholt, und dieser roch jetzt die Alkoholfahne. Angewidert wandte er den Kopf zur Seite.

»He! Sieh mich an, wenn ich mit dir rede«, rief Jojo wütend. »Dein Vater ist ein Mistkerl, und du bist offenbar vom selben Schlag!«

Ohne nachzudenken, holte Julien aus und verpasste dem Säufer einen Schlag aufs Kinn. Jojo stürzte und lag da, alle viere in der Luft. Er rieb sich den Kiefer und meinte drohend: »Du blöder Hund, wart's nur ab. Du und dein Vater, ihr werdet bald von mir hören!«

Julien drehte sich nicht einmal um. Eilig verließ er den Kirchplatz. Ein paar Gardinen hoben sich, als er an den Häusern vorbeikam. Am rußfarbenen Himmel krächzten immer noch die Raben.

Der Fausthieb, den der Sohn von Lafarge dem alten Jojo verpasst hatte, war das neue große Gesprächsthema im

Dorf. In der *Bonne Marmite*, im Bistro von Chantegrel und dem Tante-Emma-Laden seiner Frau wurde über nichts anderes mehr geredet.

Charles Bordel mischte kräftig mit und erklärte, er werde diesen unerwünschten Flegel aus Paris wieder nach Hause schicken. »Ist aus demselben Holz geschnitzt wie sein Vater, genauso unverschämt«, sagte er. »Ach, was für ein schönes Land wäre doch Frankreich ohne diese neue Generation der Tunichtgute! Wenn's nach mir ginge, würde ich sie alle in den Knast stecken!«

Der Bürgermeister sagte nichts anderes als das, was seine Schäfchen auch dachten. Sie nahmen alle Partei für den armen Jojo. Jojo, der keiner Fliege etwas zuleide tat! Nun gut, vielleicht trank er ein bisschen viel. Aber wer auf dieser Welt ist schon ohne Fehler? Er und sein Freund Riton waren eine Institution im Dorf. Wehe, wenn ihnen einer auch nur ein Haar krümmte.

Doch Francis und nun auch noch sein Sohn, sie hatten dieses ungeheuerliche Sakrileg begangen, und deshalb scharte sich das ganze Dorf nun schützend um die beiden Opfer.

»Du erwartest doch wohl nicht im Ernst von mir, dass ich dich krankschreibe, nur weil ein junger Kerl, mit dem du Streit anfangen wolltest, dir eine kleine Ohrfeige verpasst hat?«, sagte Doktor Palasse am Abend dieses denkwürdigen Tages zu Jojo.

Der Arzt hatte ihn gerade abgehorcht, weigerte sich aber, schwere Verletzungen zu attestieren und mit der

Meute über Julien Lafarge herzuziehen. Es kam gar nicht infrage, einen solch absurden Wunsch zu erfüllen.

»Das war keine Ohrfeige, Doktor«, erregte sich Jojo. »Das war ein Fausthieb, und zwar was für einer!«

»Hör auf zu jammern, verstanden? Dein Kiefer ist ja nicht einmal richtig rot. Du bist doch kein Mädchen!«

Doktor Palasse öffnete die Tür des Behandlungszimmers und schob den maulenden Jojo hinaus.

»Los, zieh ab und geh mit Riton dein Bier trinken. Er ist ja glücklicherweise nicht mehr im Krankenhaus. Vergiss die ganze Geschichte«, sagte er ärgerlich. »Ich habe hier ein ganzes Wartezimmer voller Leute, die wirklich krank sind und die ich nicht warten lassen kann!«

Niemand traute sich, Doktor Palasse zu kritisieren. Der Arzt war im Dorf beliebt. Mehr als einmal hatte er schwierige Situationen gemeistert, und keiner seiner Patienten hatte etwas zu klagen gehabt. Und was Jojo anging … nun ja, der Doktor hatte sicher recht gehabt, ihm keinen Krankenschein auszustellen. Schließlich war durch einen kleinen Schlag mit der Faust noch keiner ums Leben gekommen.

Nach dem Sturm im Wasserglas trat Windstille ein. In Coissardon, wo sich die Leute gegen Vater und Sohn Lafarge verbündet hatten, bereitete man sich auf Weihnachten vor und wollte dies in aller Ruhe tun.

Und dann kam das Weihnachtsfest.

Francis streckte sich der Länge nach aus. Er warf einen Blick auf den Radiowecker. Es war neun Minuten vor acht. Ich habe alle Zeit der Welt, dachte er. Er drehte sich auf die andere Seite, nachdem er sich ein Stück Decke herangezogen hatte. An seiner rechten Seite schlief Marylise. Der erste Morgenschimmer drang durchs Fenster. Die Läden waren nicht geschlossen, und so konnte er ihre Schulter und ihre Brüste sehen.

Am Abend zuvor hatten sie miteinander geschlafen. Ganz wild und heftig, als täten sie es zum letzten Mal und mit dem Wissen, dass alles endlich war, vor allem das Leben. Ihre Körper und ihr Atem vermischten sich, und sie hatten das Gefühl, auf einer weiten Reise zu sein, die sie bis an alle Grenzen führte.

Diese Weihnachtsnacht war für sie die allerschönste gewesen. Nachdem sie sich geliebt hatten, stützte sich Francis auf sein Kopfkissen auf. Marylise lag an ihn geschmiegt und atmete regelmäßig.

Mit einem Mal kam ihm in den Sinn, dass er dabei war, sich Erinnerungen zu schaffen, und bei diesem Gedanken lächelte er.

Mitten in der Nacht war er aufgewacht. Er war aufgestanden, hatte sich eine Zigarette angezündet und war ans Fenster getreten. Der Schnee fiel in dichten Flocken vor dem Fenster. Lange sah er dem Schneefall zu, der nicht aufhören wollte und unendlich schien. Plötzlich musste er an sein eigenes Ende denken. An den Tod.

Vor dem Winter und seiner kalten Klarheit lief der Film seines Lebens ab. Was hatte er bis zu diesem Tag aus seinem Leben gemacht? Konnte er behaupten, nicht gescheitert zu sein?

Es war jetzt zweieinhalb Monate her, dass er in die Einsamkeit der Auvergne geflohen war, nach einer wilden Verfolgungsjagd durch die Straßen von Paris, die er sich mit einer Bande von Wahnsinnigen geliefert hatte. Konnte er wirklich sicher sein, sie am Boulevard Périphérique abgehängt zu haben?

Bei dieser Art von Kriminellen konnte man nie sicher sein. Sie waren wie die Aasgeier und gaben die Spur ihrer Opfer nur ungern auf.

Schon damals als junger Mann hatte er sich in Irland gegen die Bierschmuggler zur Wehr setzen müssen, die ihn in einem Pub in Galway überfallen hatten. Das würde er sein Lebtag nicht vergessen. Die Jungs waren ganz schön rangegangen. Wie hatte er nur auf die Idee kommen können, ein paar Fässer für sich selbst beiseitezuschaffen? Damit waren die anderen nicht einverstanden. Schließlich war Francis am Fuß der Klippen von Moher gelandet. Irgendwer hatte ihn dort gefunden. Es folgten ein langer Krankenhausaufenthalt und Rehabilitation in einer Einrichtung in Connemara. Dabei war ihm für lange Zeit die Lust auf Abenteuer vergangen.

Martine lernte er kennen, als er ins Dorf zurückkehrte. Dann folgten die Eheschließung, die Geburt von Cécile und ein geordnetes Leben mit einer Lehrerin. Ein paar Jahre war er brav und bieder zu Hause geblieben und hatte das Kind mit aufgezogen. Er ging einer regelmäßigen Arbeit als Lagerverwalter nach und wurde immer am Monatsende bezahlt. Ein schönes Leben. Gepflegte Langeweile.

Dann war die schöne Isabel aufgetaucht. Er wurde ihr Liebhaber. Martine machte ihm zu Hause eine Szene nach der anderen. Die kleine Cécile war mittendrin und weinte. Sie konnte nicht verstehen, wieso Papa und Mama sich in einem Grabenkrieg aufrieben, der jeden Tag neu begann.

Martine reichte schließlich die Scheidung ein. Noch bevor sie geschieden waren, kam Julien zur Welt, und Francis zog mit Isabel nach Paris.

Er heiratete erneut, und es ging alles von vorne los. Isabel, die Frau vom Mittelmeer, war eine feurige Geliebte. Jetzt begriff Francis, was das heiße Blut der Spanierinnen bedeutete.

Kurze Zeit später wurde Jérémie geboren. Isabels Antiquitätengeschäft florierte. Francis arbeitete in einer Brauerei in der Nähe des Eiffelturms. Alles ging gut.

Alles.

Doch es reizte Francis, herauszufinden, ob die Welt anderswo nicht noch schöner war ... Er reagierte auf eine Anzeige »Begleiter mit Englischkenntnissen gesucht für Reisen nach Ostafrika, Kenia und Tansania. Gute Bezahlung. Vertrag mit sechs Monaten Laufzeit, evtl. verlängerbar«.

»Sechs Monate, das ist doch nicht so lange«, sagte er zu Isabel, die überall erzählte, ihr Mann sei verrückt geworden.

»Sechs Monate, mein Schatz, und eine dicke Stange Geld, wenn ich wiederkomme, das ist nicht zu verachten, oder?«

So war er ungeachtet der Tränen und des Geschreis seiner zweiten Ehefrau wieder fortgegangen. Auf den Hochplateaus in Afrika wurde er Führer bei Fotosafaris. Ausführlich erklärte er seinen Kunden den Unterschied zwischen dem Fell der Massai- und der Netzgiraffe, er erzählte vom Sexualleben der Löwen und dem nächtlichen Gebaren der Geparden. Von den regelmäßigen Wanderungen der Gnu-Herden, der Päderastie der Paviane, von den Schlammbädern der Elefanten, den prächtigen Sprüngen der Thomson- und Grant-Gazellen. Manchmal machten ihm verliebte Amerikanerinnen schöne Augen. Mitunter schämte er sich dafür, seine Gunst irgendwelchen steinreichen Fünfzigjährigen zu verkaufen, die durch seine spannenden Geschichten in Erregung geraten waren. Aber *money is money*, und in nur sechs Monaten konnte er nicht wählerisch sein.

Doch aus den sechs Monaten wurden mehr …

In Paris tobte derweil Isabel, die es nicht mehr ertrug, mit einem Mann verheiratet zu sein, der nichts war als ein Phantom. Auch sie reichte die Scheidung ein und setzte sie durch. In gegenseitigem Einvernehmen.

Francis stellte sich ihr nicht in den Weg und nahm alles hin, auch die hohen Unterhaltszahlungen, die er fortan seiner zweiten Exfrau leisten musste.

Francis öffnete das Fenster und kehrte in die Realität zurück. Er warf die Zigarettenkippe hinaus. Wie viele Jahre war er in Afrika geblieben? Drei Jahre oder vier? Er wusste es nicht mehr genau und brachte die Daten durcheinander. Schneeflocken landeten auf seinem Gesicht. Ihn fröstelte, und er schloss das Fenster. Dann legte er sich wieder hin und schlief weiter.

An jenem Weihnachtsmorgen, als er neben Marylise aufwachte, war er ganz heiterer Stimmung. Wieder sah er auf den Radiowecker. Inzwischen war es Viertel nach acht. Ein Sonnenstrahl fiel auf die Kommode und erleuchtete den Rahmen mit dem Schuldiplom seines Vaters.

Wie lächerlich das doch alles war, wie lächerlich und eitel.

Plötzlich sah er das Panorama der Wolkenkratzer von New York vor sich, die Spitze des Empire State Building. Die USA, der *american dream* waren ihm als Land der Verheißung erschienen. Die Gewissheit, dass er es dort nach seiner Rückkehr aus Afrika und einem zweiten Irlandaufenthalt zu einem großen Vermögen bringen würde. Er verschränkte die Arme hinter dem Kopf und starrte an die Decke.

Er wusste nur zu gut, wie alles geendet hatte. Wie er sich aus den Klauen dieser Aasgeier befreit hatte, die seine Spur in Paris wiederentdeckt hatten. Auch jetzt war er sich nicht sicher, ob er sie wirklich abgeschüttelt hatte.

Francis wandte sich Marylise zu und bemerkte erst jetzt ihren Blick. Sie war wach. Wie lange sah sie ihn wohl schon so an?

»Woran denkst du?«, fragte sie liebevoll.

Sie legte ihren Arm um ihn und rieb ihren warmen Bauch an seinem Glied, das sofort reagierte. Er nahm sie fest in den Arm. Er hätte sich gewünscht, dass diese Umarmung bis an das Ende des Tages anhielt.

»Chéri«, murmelte sie, »ach, Chéri!«

Er liebte ihre etwas kehlige Stimme, wenn sie sich liebten. Mit der Hand griff er nach einer ihrer Brüste und spielte mit der Brustwarze. Dann umkreiste er mit dem Zeigefinger den Hof und knetete erneut die Spitze, die sich sogleich aufrichtete. Sekunden später lag sie auf ihm.

Während ihre Körper sich ineinander verschlangen, tobte draußen der Sturm. Fast gleichzeitig kamen sie zum Höhepunkt, und dann blieben sie dicht beieinander liegen. Ein heftiger Wind fegte die Schneeflocken gegen die Fensterscheiben.

An diesem fünfundzwanzigsten Dezember blieb man am besten im Bett.

11

Als Corinne hinter die Theke trat, gähnte sie aus Leibeskräften. Die Besitzer der *Bonne Marmite* waren für einen Tag zur Beerdigung eines entfernten Cousins in ein winziges Dorf im Departement Allier gefahren, und sie sollte in ihrer Abwesenheit den Laden in Schwung halten. Sie hätte gern darauf verzichtet und wäre lieber länger im Bett geblieben. Natürlich hätte ihr die Stimme der Vernunft sagen können, am Vorabend früher ins Bett zu gehen, statt sich mit einer Schar Jugendlicher in einer Spelunke in Vallorgues herumzutreiben.

Aber Corinne war nun mal so. Sie war frei und ungezwungen und sie machte, was ihr passte.

Sie nahm ein Geschirrtuch vom Haken und begann mechanisch, die Gläser zu polieren. Dann warf sie einen prüfenden Blick auf den großen Spiegel über der Bar, in dem sich die Rückseite der Flaschen spiegelte. Sie sah das Bild einer übernächtigten jungen Frau. Dicke blonde Strähnen fielen ihr in die Stirn. Ihre blauen Augen hatten einen besonderen Schimmer, den sie mit einem sorgfältig gemalten dunklen Lidstrich betonte. Das einfache weiße T-Shirt, das in einer Jeans steckte, betonte ihre jugendlichen Brüste.

Nach dieser Inspektion pfiff Corinne leise durch die Zähne und fuhr sich mit der Hand durch ihren Haarschopf.

»Na ja, das geht ja noch, hätte schlimmer sein können nach der wilden Party gestern«, sagte sie.

Sie zündete sich eine Zigarette an – was sie sich im Beisein des Chefs und seiner Frau nie gestattete –, setzte ihre Arbeit fort und behielt zugleich die Eingangstür im Blick, die an diesem Vormittag noch kein einziges Mal geöffnet worden war. Noch eine Stunde arbeitete sie weiter. Auf der Stereoanlage hörte sie Chansons von Patrick Bruel, ihrem Idol. Sie sang alles mit, kannte jeden seiner Texte auswendig, sie sprachen ihr aus dem Herzen. Sie war zugleich Zuschauerin und Hauptdarstellerin all der Geschichten, die da erzählt wurden. Irgendwann hatte sie Tränen in den Augen, die sich am Lidrand stauten. Ach, hätte Patrick sie nur kennengelernt, dann hätte er die krankhafte Traurigkeit, die bei ihm wie eine zweite Natur war, sicherlich vergessen.

Die Glocke an der Tür erklang und riss Corinne aus ihren Tagträumereien. Zwei Männer kamen herein und rieben sich geräuschvoll die Hände. Es musste kalt sein da draußen, und tatsächlich drang ein eisiger Schwall Luft, die sie mit hereinbrachten, bis zur Bar. Die Männer setzten sich an einen Tisch in der Ecke und bestellten einen Kaffee.

Während Corinne die Kaffeemaschine bediente, beobachtete sie die beiden Fremden. Der ältere trug einen khakifarbenen Gabardinemantel und sprach mit starkem Pariser Akzent. Die junge Frau sah nur seinen Rücken und das graue Haar, das ihm tief in den Nacken hing. Er musste so um die fünfzig sein. Anscheinend hatte er großen Einfluss auf seinen Begleiter, der ihm aufmerksam zuhörte, während er einen Zigarillo rauchte. Jedes Mal, wenn er einen Zug nahm, kniff er die Augen zusammen, um sich vor dem Rauch zu schützen. Er hatte dunkles Haar, einen braunen Teint und einen schwarzen Schnurrbart. Der Mann musste vom Mittelmeer stammen, hatte aber keinen südlichen Akzent.

Als Corinne den Fremden den Kaffee brachte, bemühte sie sich zu lächeln. Aber tief im Innern spürte sie ein Unbehagen. Und zwar schon seitdem die beiden den Gastraum betreten hatten. Als der ältere Mann sie ansah, lief ihr ein Schauer über den Rücken. Er hatte merkwürdige Augen, die unterschiedlich gefärbt waren, eines hellblau, das andere grau.

»Zahlen, Mademoiselle«, rief er nach einer Weile und hielt ihr einen Hundert-Euro-Schein hin.

»Haben Sie es nicht kleiner, Monsieur?«

»Ich würde es Ihnen geben, wenn ich's hätte, schöne Frau!«

Verwirrt ging Corinne zur Theke zurück und öffnete die Kasse. Mit diesem Mann war nicht zu scherzen. In ihrem Rücken spürte sie, dass er jede ihrer Bewegungen beobachtete.

Sie legte das Wechselgeld in eine Schale. Die Männer hatten sich schon erhoben und standen ihr gegenüber, auf der andere Seite der Theke. Der ältere sah sie prüfend an.

»Wie ich sehe, ist in Ihrer Kneipe nicht viel los«, sagte er in lauerndem Ton.

Wieder lief ihr ein eiskalter Schauer über den Rücken, und sie schloss schnell die Kasse.

Der Typ mit dem Zigarillo brach in Gelächter aus.

»Sie haben wohl Angst vor uns, Kleine. Halten Sie uns etwa für Verbrecher?«

»Machen Sie sich mal keine Sorgen«, meinte der Ältere. »Wir sind nämlich ganz redliche Leute.«

Er grinste anzüglich, sammelte sein Geld ein und hinterließ ein großzügiges Trinkgeld. Als die Männer das Lokal verließen, trat Charles Bordel ein, begleitet von einem kalten Windstoß. Der Bürgermeister schenkte den beiden Fremden einen misstrauischen Blick.

»Wer sind denn diese Cowboys in dem schwarzen Mercedes?«

Hinter der Glastür des Bistros von Roland Chantegrel stand Riton und beobachtete aufmerksam, was die beiden seltsamen Männer trieben, die gerade aus der *Bonne Marmite* gekommen waren. Jojo, der ein Glas mit ihm getrunken hatte, trat neben ihn.

»Sehen nicht gerade vertrauenswürdig aus, diese beiden Typen«, meinte er, nachdem er mit gerunzelter Stirn eine Weile nachgedacht hatte.

»Ja, allerdings, das kann man sagen, mein Freund«, antwortete Riton. »Ich glaube, feine Leute sind das nicht!«

Roland Chantegrel gesellte sich zu ihnen an die Tür und wischte mit dem Ärmel über die beschlagenen Scheiben.

»Du willst wohl sagen, die sehen wie Gangster aus«, sagte er dann. »Wenn du solchen Typen im Wald begegnest und sie haben einen ganzen Korb voll Uhren dabei, dann traust du dich nicht, sie zu fragen, wie spät es ist.«

Er lachte laut, aber es klang irgendwie schief. Niemandem hier war zum Lachen zumute.

»Wer können die nur sein?«, fragte Riton und strich sich über den Kinnbart.

Er überlegte eine Weile, dann kam ihm eine Idee.

»Aber klar! So wie die aussehen, sind das Freunde unseres Amerikaners. Nur Lafarge kann solches Gesocks hier ins Dorf locken!«

Gesocks oder nicht. Nachdem die beiden fremden Männer sich eine Weile beratschlagt hatten, stiegen sie in ihren dunklen S-Klasse-Mercedes, der wenig später mit dem gedämpften Geräusch eines Achtzylinders um die Ecke schoss. Charles Bordel, der gerade aus der *Bonne Marmite* gekommen war und mit seinem 2CV-Lieferwagen losfahren wollte, musste sich rechts auf den Bürgersteig flüchten, um nicht gerammt zu werden.

»Verfluchte Pariser!«, brüllte er und schüttelte drohend die Faust. »Nur weil auf dem Nummerschild 75 steht und sie ein dickes Auto haben, glauben die, sie könnten sich alles erlauben!«

Erst dann stellte sein vom billigen Wein benebelter Geist den Zusammenhang her zwischen den beiden komischen Kerlen, denen er in der *Bonne Marmite* begegnet war, und dem Auto mit dem Pariser Kennzeichen, in dem zwei fremde Männer saßen. Nach Coissardon kam keiner rein zufällig.

Kopfschüttelnd sah er dem dunklen Wagen nach und fragte sich, wer die beiden Männer wohl waren.

Francis steckte die Nase zum Fenster heraus. Augenblicklich wurde es so kalt, dass er schnell zurück ins Zimmer ging. Er schloss das Fenster und zog die Gardinen ganz zurück. Heute fing die Schule an, und Marylise war schon zum Unterricht gefahren. Julien und Jérémie waren seit gestern Abend wieder in ihrem Internat in Clermont-Ferrand. Er war allein, nur seine bettlägerige alte Tante war noch im Haus.

Eine Kohlmeise setzte sich auf das Fenstersims. Der Wind zerzauste die Federchen an ihrer Brust. Sie wirkte wie eine kleine Eiskugel. Als Francis sich etwas vorbeugte, um sie besser zu sehen, flog sie davon und ließ sich auf einer Birke in der Allee nieder.

Kalte Luft drang durch alle Ritzen. Polare Kälte trotz der Zentralheizung. Die Elemente tosten, als ob sie das alte Gebäude einreißen wollten. Oben im Gewölbe krachten die Balken.

»Was für eine verfluchte Gegend!«, rief Francis und zog den Reißverschluss seiner Rollkragenjacke zu. Er ging im Zimmer auf und ab und ließ die Absätze auf den Holzfußboden knallen. Der Winter war da, überall, sogar in den Zimmern und im Kaminschacht. Trotz der

Wärme des Feuers konnte man seinen kalten Atem spüren. Wie ein wildes Tier biss er zu, krallte sich fest, ließ nicht locker. Er kroch an den Fußbodenleisten entlang, drang in den Granit der Wände, sog die warme Luft ein und verwandelte sie in Kälte.

Ein paar Sekunden lang träumte Francis von warmen Ländern, von Gegenden, in denen man das ganze Jahr über fast nackt herumlief und im Sand liegen konnte. In was für eine unangenehme Lage war er bloß geraten! War er etwa auf die Welt gekommen, um am Ende hier in diesem miesen Auvergne-Kaff zu verrecken, das ihm schon als Jugendlichem so feindselig begegnet war?

»Verdammter Mist!«, sagte er und öffnete erneut das Fenster.

Trotzig atmete er die kalte Schlechtwetterluft ein und zündete sich eine Zigarette an. Er stellte sich Fragen zu seiner Zukunft. Wäre es nicht besser, nach Paris zu fahren und dort seine Angelegenheiten in Ordnung zu bringen? Ein für alle Mal? Auch wenn er dabei Federn lassen musste? Auch wenn er dabei sein Leben riskierte?

Ja, aber da waren die Kinder. Isabel hielt ihn hier fest, sie hatte ihm die Jungen geschickt wie eine Grippe, die ihn ans Bett fesselte.

Oh, diese Megäre. Sie war schuld, dass er jetzt in diesem Kaff festsaß.

Dann wieder dachte er an Marylise. Nein, er durfte solche Überlegungen nicht anstellen. Schließlich war Marylise in sein Leben getreten, und er wollte sich nicht vorstellen, dass sie wieder gehen und ohne ihn leben könnte. Oder dass er sie eines Tages verlassen müsste.

Es klopfte an der Tür, und er schaute auf. Monique steckte den Kopf zum Zimmer herein.

»Ihre Tante will Sie sprechen. Sofort«, sagte sie vorsichtig.

»Meine Tante, meine Tante«, brummte er. »Was will sie denn jetzt schon wieder?« Er verdrehte die Augen. »Sagen Sie ihr, ich komme gleich. Sie liegt ja noch nicht im Sterben, nehme ich an, also kann sie wohl einen Moment warten, oder?«

Monique zuckte die Achseln, zog eine Grimasse und schlug die Tür hinter sich zu.

»Ganz schön sauer, die Haushälterin«, sagte er grinsend und machte eine lässige Handbewegung.

Dann stellte er sich wieder ans Fenster und staunte, mit welcher Wut der Wind sein Spiel trieb. Alte Blätter wurden aufgewirbelt und blieben auf den unteren Stufen der Freitreppe liegen. Eschen und Linden schüttelten wild ihre Äste, die aussahen wie abgemagerte Arme, dunkle Gerippe. Surrealistische Schreckensbilder, die sich in den tiefgrauen Himmel reckten.

Er seufzte schwer. Er sehnte sich nach neuen Abenteuern unter einem anderen Himmel. Nicht umsonst hatte er das Sternzeichen des Schützen, des Kentauren, der den Bogen spannt und seine Pfeile ins Anderswo schießt. Genau so war er, Francis. Wie oft in seinem Leben hatte er versucht, dahin zu gehen, wo der Pfeil gelandet war? Und wie oft war er weitergezogen?

»Verflucht, ich glaub's einfach nicht, dass ich hier abgemalt bin!«

Wütend warf er seine Kippe aus dem Fenster und biss sich auf seinen Fingerknöchel. In Paris hatte er Rücklagen, von denen er gut fünf Jahre leben konnte, und jetzt saß er hier in diesem gottverdammten Kaff seiner Kindheit fest und wartete darauf, dass endlich der Winter vorüber war.

Wieder tauchte das Bild von Marylise vor ihm auf.

Marylise!

Auch sie hielt ihn zurück. Zum ersten Mal seit langer Zeit spürte er, dass eine Frau ihn durch die Kraft ihrer Liebe davon abhielt, wieder auf Abenteuerfahrt zu gehen. Hätte er sie bloß eher kennengelernt, dann hätte er nicht all diese Fehler gemacht, die ihm die Rückkehr aus den USA so schwer gemacht hatten. Dann hätte es vermutlich auch keine Verfolgungsjagden durch die Straßen von Paris und über den Périphérique gegeben.

Immer noch durchfuhren ihn Zweifel, ob es ihm wirklich gelungen war, diese schrecklichen Typen loszuwerden, die ihm auf den Fersen gewesen waren. Der Tag würde kommen, an dem er Marylise alles gestehen musste. Wenn sie ihn wirklich liebte, würde sie sicher bereit sein, die Wahrheit anzuhören. Und sie würde ihm verzeihen.

»So, dann gehe ich mal runter zum Tantchen.«

Francis verließ sein Zimmer und ging die Treppen hinunter. Auf dem Treppenabsatz stand er plötzlich Pepsi gegenüber, der sofort kehrtmachte und sich hinter dem Schirmständer bei der Eingangstür versteckte.

»Was für ein dummes Tier!«, rief Francis und warf dem Kapuzineräffchen einen genervten Blick zu. »Glaubst du Dummkopf, dass ich dich fressen will? Nein wirklich, ich mag keine Affen.«

Dann betrat er, ohne anzuklopfen, das Zimmer von Tante Lucette.

Nachdem Monique sie am Morgen fertig gemacht hatte, saß die Kranke in ihren Kissen, hielt ein Kreuzworträtsel in der Hand und war dabei, in zittriger Schrift die Felder auszufüllen. »Das ist ja alles viel zu einfach«, sagte sie verärgert.

Sie hatte versuchte, sich bequemer hinzulegen, doch danach schmerzte ihr der Rücken mehr als vorher. Erneut warf sie einen Blick auf die Wanduhr und konnte nicht umhin, sich zu beschweren.

»Was macht er denn so lange, zum Kuckuck noch mal?«

Ihr Neffe taugte wirklich zu gar nichts. Er hatte keinerlei Respekt vor ihr. Er tat sogar alles, um ihr das Leben schwer zu machen. Es war jetzt schon mehr als eine Viertelstunde her, dass Monique ihn gebeten hatte herunterzukommen, aber der Herr ließ sich eben bitten.

»Er ist und bleibt ein Flegel!«, rief sie und warf die Zeitschrift auf den Boden.

Lucette Barland war gereizt. Sie war heute Morgen in einer wahrhaft katastrophalen Stimmung. Am liebsten hätte sie alles um sich herum zerschlagen. Alles kaputt zu machen und sich selbst zu vernichten, das wäre das Beste gewesen, wenn sie nur die Kraft dazu gehabt hätte.

Sie zog die Beine an, dreht sich zur Seite und rollte sich zusammen wie ein Embryo. »Atmen Sie in den Bauch«, hatte ihr Doktor Palasse neulich geraten. Er hatte ihr eine Technik beigebracht, welche die Yogis zur Entspannung anwenden. Aber heute überstieg diese Übung ihre Kräfte. Sie atmete so, dass sich der Bauch wölbte, hielt den Atem an und atmete langsam aus, während sie ihre Muskeln anspannte. Drei- oder viermal wiederholte sie das und war dann ganz erschöpft. Nein, es war vollkommen sinnlos. Da konnte man genauso gut in die Luft spucken.

Sie streckte die Beine wieder aus. Wie immer spürte sie nichts in ihren Extremitäten. Ein kraftloser Körper, der dahinsiechte, Muskeln wie Gelatine, wie Quallen, die auf dem Sand gestrandet waren.

»Pepsi!«, rief sie. »Wo bist du denn schon wieder?«

Das Äffchen erschien im Türrahmen. Mit weit aufgerissenen Augen versuchte er zu verstehen, warum sein Frauchen so in Rage war.

»Sieh nach, ob sich Francis endlich entschieden hat herzukommen. Los, spute dich!«, rief sie ungehalten.

Sobald Pepsi sich brav umgedreht hatte und loslief, warf sie sich ihre Heftigkeit vor. Als wüsste sie nicht, dass ihr kleiner Begleiter eine unsägliche Angst hatte, wenn er ihren Neffen nur sah!

»Pepsi, Pepsi!«, rief sie wieder, um ihn zu sich zu locken.

Doch es war zu spät. Der Affe musste bereits nach oben gegangen sein, wie sie es von ihm verlangt hatte.

Jetzt standen ihr die Tränen in den Augen.

Was für ein Hundeleben!, dachte sie. Warum mussten sich die Menschen immer so verletzen?

Wieder konzentrierten sich ihre Gedanken auf Francis. Schon am Tag seiner Ankunft im Château hatte sie gewusst, dass er nichts als Ärger im Gepäck hatte. Und heute Morgen dann die Nachricht, dass zwei Unbekannte im Dorf ihr Unwesen trieben. Monique hatte es ihr erzählt. Sie fuhren in einer großen dunklen Limousine durch die Straßen des Dorfes und die Umgebung. Sie sahen aus wie Gangster und machten den Leuten Angst. Was die wohl im Schilde führten? Sicher nichts Gutes!

Eins war jedenfalls sicher: Diese Leute waren wegen Francis hier. Was hatte ihr Neffe nur angestellt, dass er solch zwielichtige Gestalten ins Dorf lockte?

Sie war gerade bei dieser Frage angelangt, als die Zimmertür aufging. Francis trat ein, die Hände in den hinteren Taschen seiner Jeans. Zwischen den Lippen hing eine nicht angezündete Zigarette.

»Na, was möchte die Königinmutter denn jetzt schon wieder von mir?«

Er stand vor ihr, und auf seinem Gesicht lag dieses unverschämte Grinsen, mit dem er die Leute schon als Kind provoziert hatte.

12

Die Männer im Mercedes schienen sich in Luft aufgelöst zu haben. Seit einer Woche jedenfalls hatte sie keiner mehr auf den Straßen von Coissardon gesehen. Vielleicht waren die beiden komischen Vögel weggeflogen, aufgescheucht vom Wirbel, den ihre Gegenwart ausgelöst hatte. Aber war es wirklich ein Abschied für immer?

Francis war diese ganze Aufregung furchtbar leid. Tante Lucette hatte ihm direkt ins Gesicht gesagt, was sie von der Sache hielt. Seine blasse, klapperdürre Tante. Man musste allerdings zugeben, dass er es ihr nicht gerade leicht machte. Hatte sie eine solche Behandlung verdient?

Er zuckte mit den Schultern und versuchte, an etwas anderes zu denken. An diesem Samstag im Januar wollte er mit Marylise ein paar Besorgungen in Clermont-Ferrand machen. Schaufenster angucken. Ein bisschen bummeln. Genau das wollten sie tun. Francis bedauerte, dass sein Bankkonto nicht gut genug bestückt war, um die Wünsche seiner Schönen zu erfüllen. So würde sie sich das, worauf sie Lust hatte, selbst kaufen müssen, und er würde sich deswegen schämen.

Er trat hinaus auf die Freitreppe. An diesem Januartag war es erstaunlich mild. Verrücktes Wetter! Er lauschte.

Die Meisen sangen wie am schönsten Tag im März, das Geäst der Bäume zeigte Knospen voll Saft, und die Kätzchen, die an den Haselsträuchern aufbrachen, würden schon bald ihre Pollen freilassen.

Francis ging die Stufen hinunter. In einem Sonnenstrahl tanzten ein paar Insekten. Als er nach oben sah, konnte er hinter den Gardinen das Gesicht seiner Tante erkennen. Als sie gehört hatte, dass er losging, hatte sie offenbar Monique gebeten, sie in den Rollstuhl zu setzen und ans Fenster zu fahren. Er kämpfte gegen die Versuchung an, ihr eine Grimasse zu schneiden. Dabei war ihm Lucettes Meinung völlig egal. Sie konnte ihn beobachten, so viel sie wollte, in den hintersten Winkeln seiner Persönlichkeit graben, wenn es ihr Spaß machte, ihm war das gleich.

Er ging die Allee hinunter und sah zum Himmel auf. Dicke weiße Wolken zogen nach Osten und verdeckten zeitweise das blasse Gelb der Sonne. Er machte sich eine Zigarette an und sah auf den Weg, der von welken Blättern aus dem vergangenen Jahr bedeckt war.

Die Erkenntnis hatte ihn unvermittelt getroffen, als er von den Männern im Mercedes hörte: Diese furchtbaren Typen hatten seine Spur wiedergefunden. Damit hätte er rechnen müssen. Diese Kerle waren in der Lage, die entlegensten Winkel ausfindig zu machen. Sie waren ausdauernd, sie ließen sich Zeit. Es war ja auch gar nicht so schwer, ihn hier zu finden, in dem Ort seiner Kindheit in der Auvergne.

Er ging auf den kleinen Teich zu, hinter dem im Süden der Zaun des Parks entlangführte. Langes gelbes

Gras hing im Wasser und erinnerte an Haare, die auf der Oberfläche schwammen. Die Wurzeln einer aufrecht stehenden Weide sahen aus wie Finger, die sich in die Erde krallen. Francis dachte daran, wie er als Kind Frösche und Salamander gefangen hatte. Wenn er welche fand, warf er sie ins Feuer. Er hatte irgendwo gelesen, dass das Tier ohne Schaden das Feuer der Hölle durchqueren könne. Dieses Schauspiel hatte er unbedingt sehen wollen, doch keines der Tiere hatte das Feuer überlebt.

Er sammelte Steinchen auf und warf sie in den Teich. Sie bildeten Kreise auf dem Wasser, die immer größer wurden und schließlich am Ufer verschwanden. Was hatte er im Leben anderes gemacht, als zu versuchen, an Orten zu verschwinden, von denen er glaubte, dort könne er ewig bleiben? Wie diese Wellen hatte er seine Energie an verschiedene Orte der Erde getragen. Und jetzt war er wieder zum Ausgangspunkt zurückgekehrt.

»Na, Chéri, träumst du?«

Die helle Stimme von Marylise ließ ihn zusammenzucken.

»Meine Güte, du hast mich erschreckt«, sagte er lachend, nahm sie bei der Taille und küsste sie auf den Hals.

»Ich dich erschreckt? Das würde mich aber wundern. Was auf dieser Welt kann dir überhaupt noch Angst machen?«

»Die Vorstellung, dass du nicht mehr bei mir bist, meine Liebste. Allein bei dem Gedanken wird mir eiskalt.«

Er drückte sie an sich und zwang sie, ihn anzusehen.

»Ich weiß, Liebling, dass du oft Angst hast«, sagte er. »Du machst dir Sorgen um Dinge, die es nicht wert sind.«

»Glaubst du wirklich, die beiden Kerle, die dir auf den Fersen sind, sind kein Anlass zur Sorge?«

Er sah sie überrascht an. Woher wusste sie …?

Marylise schwieg eine Weile, senkte die Augen und blickte zu Boden. Dann sagte sie:

»Ein ganzer Teil deines Lebens ist mir vollkommen fremd, Francis. Ich weiß nicht, was passiert ist, und das kann ich nur schwer ertragen.«

Sie nahm ihm die Zigarette aus der Hand, setzte sie an ihren Mund und nahm einen tiefen Zug. Dann machte sie sich aus seiner Umarmung los und ging zwei Schritte auf den Teich zu.

»Alle Leute hier oder fast alle jedenfalls behaupten, du hättest allen möglichen Unsinn angestellt«, sagte sie müde. »Die Meinung der Leute ist mir egal, das weißt du. Aber Francis, eines möchte ich doch wissen. Die beiden Kerle, die offensichtlich nach dir suchen, wer sind die? Und was hast du getan, dass sie dich mit so viel Energie verfolgen?«

Sie sah aus wie ein kleines Mädchen, das gleich in Tränen ausbrechen wird. Francis kämpfte gegen das Verlangen, sie schützend in den Arm zu nehmen und zu trösten. Schweigend verharrte er beim Teich und starrte zu Boden.

»Ich habe eine Dummheit gemacht«, sagte er plötzlich kaum hörbar. »Ja, man kann es eine riesengroße

Dummheit nennen … Es war in New York, letztes Jahr. Ich dachte, ich wäre hier in Sicherheit. Aber du siehst ja, sie haben es geschafft, mich zu finden. Diese Leute finden jeden, den sie suchen.«

Er bückte sich, hob ein paar Steinchen auf und warf sie alle auf einmal in den Teich. Nachdem er tief ausgeatmet hatte, ging er auf Marylise zu und legte die Hände auf ihre Schultern.

»Marylise, ich liebe dich«, sagte er leise. »Ich liebe dich so, wie ich noch nie jemanden geliebt habe. Eines Tages erzähle ich dir, wie mein Leben wirklich ausgesehen hat. Und ich hoffe, dass du mich dann immer noch liebst.«

Einen Moment lang verdüsterte sich Marylises feines Gesicht. Ihre Besorgnis war unschwer zu erkennen. Dann nahm sie einen weiteren Zug aus der Zigarette und blickte in den Teich.

René und Marcel Bordel gingen im Hof auf und ab. Seit heute Morgen war der dicke Mercedes mit dem Pariser Kennzeichen schon mindestens zehnmal an ihrem Hof vorbeigefahren, und Charles, ihr Bruder, war nicht da!

Was trieb er nur wieder in der Gemeinde? Die Angelegenheiten dort stahlen ihm seine ganze Zeit!

Marie-Louise erschien an der Haustür und zeigte mit der Krücke auf ihre Söhne. »Habt ihr nichts Besseres zu tun, als hier hin und her zu laufen?«, rief sie und konnte ihren Ärger kaum beherrschen.

Sie bewegte sich mühsam in ihrer schwarzen Kleidung und lehnte sich gegen den Türrahmen. Die beiden

Männer, die wie zwei gealterte Jungs aussahen, gingen nach der Ermahnung ihrer Mutter brav mit zwei Eimern voller Gemüseschalen und Fettbrühe zum Schweinestall. Die Schweine warteten schon ungeduldig auf ihr Futter und grunzten so laut, dass René einem Eber, der den Eingang zum Stall versperrte, einen Fußtritt verpasste.

Die Mutter zuckte die Achseln. Wenn das so weiterging, würden diese Nichtsnutze sie noch in den Wahnsinn treiben. Wieder sah sie sich auf dem Hof um. Ihr Blick war besorgt. Zum einen war da dieses große dunkle Auto, das immer wieder hier vorbeifuhr, und dann wollte ihr Ältester wohl gar nicht mehr heimkommen. Dieser Charles! Wenn er nicht aufpasste, würde er noch zum Alkoholiker. Jeden Tag verbrachte er mehr Zeit im Bistro von Roland Chantegrel oder der *Bonne Marmite*. Manchmal ging er sogar in beide Kneipen, um Rotwein zu trinken, oder noch schlimmer, Schnaps!

Marie-Louise schob die Küchentür auf. Sie verscheuchte ein Huhn, das sich auf dem Tisch niedergelassen hatte und Brotkrumen und Käserinden aufpickte. »Weg mit dir, du Schmutzvieh!«, rief sie und schlug mit dem Putzlappen nach dem Huhn, das laut gackernd mit wackelndem Kamm entfloh.

Das Geläut vom Kirchturm in Coissardon wurde vom Wind bis hierher getragen. Die Alte warf einen Blick auf die Wanduhr. Es war schon elf, und Charles war immer noch nicht wieder da. Dieser Sohn trieb es wirklich zu weit.

Seufzend schälte sie Kartoffeln und spülte sie am Spülbecken unter kaltem Wasser ab. Dieser Nichtsnutz! Dabei hatte sie ihm doch, als er klein war, wahrlich genug Ohrfeigen verpasst. Heute hätte er sie noch genauso verdient. Ach, wenn sie nur noch stark genug wäre. Aber Charles hatte sowieso immer nur gemacht, was er wollte, und selbst mit Fußtritten in den Hintern hätte man sein Verhalten nicht ändern können.

Um zwanzig nach elf kam der Postbote. In seiner Tasche steckten eine Zeitung und eine Stromrechnung.

»Haben Sie vielleicht meinen Sohn im Dorf gesehen?«, fragte Louise, während sie den Umschlag aufriss.

»Nein, heute Morgen nicht, Maman Bordel.«

Lachend fügte er hinzu:

»Ich hab den Eindruck, dass der Herr Bürgermeister, wenn er heute nach Hause kommt, verdammt brav sein muss. Sieht so aus, als ob er sonst Ärger kriegt.«

Als der Postbote wieder weg war, kochte die Mutter am Ofen das Mittagessen. Um zwölf hielten René und Marcel mit ihren Rattengesichtern Ausschau, aber von Charles war immer noch nichts zu sehen. Der Kerl war wie aus dem Verkehr gezogen.

Die alten Jungs hatten sich hungrig an den Mittagstisch gesetzt. Ihre Ellbogen lagen auf dem Tisch, und sie warteten darauf, dass ihre Mutter ihnen sagte, sie dürften jetzt anfangen.

»Also, essen wir«, sagte Marie-Louise.

Die beiden stürzten sich auf die Würstchen, die sie in einem Rutsch verschlangen. Mit den Bratkartoffeln, die es danach gab, machten sie es genauso. Die Mutter kaute mühsam. Charles war ja schon manchmal später nach Hause gekommen, aber so spät noch nie.

Marie-Louise fing an, sich ernsthaft Sorgen zu machen.

Nach dem Essen ging sie zum Telefon und rief Roland Chantegrel an. Der erzählte ihr, Charles sei um neun gekommen und habe seinen Schoppen getrunken. Danach habe ihn keiner mehr gesehen. Vater Reynard aus der *Bonne Marmite* sagte ihr in etwa das Gleiche. Schließlich fiel ihr nichts anderes mehr ein, als im Rathaus anzurufen, wo natürlich niemand ans Telefon ging.

»Verflixt noch mal, er kann sich doch nicht in Luft aufgelöst haben!«, rief sie.

Sie räumte den Tisch ab, während die Söhne ihren Tabak kauten und sie mit großen Augen anglotzten.

»Los, geht den Hof fegen, aber ein bisschen schnell!«, befahl sie ihnen.

Betreten verließen die beiden Söhne die Küche, während die Mutter ihnen nachrief, sie seien »wirklich zu nichts gut, Schmarotzer und außerdem unfähig«.

Sie gingen gerade hinaus, als der Nevada der Gendarmerie in den Hof fuhr.

Blancheton, der Chef, setzte sein Käppi auf und öffnete die Wagentür. Mühsam stieg er aus dem Fahrzeug, strich sich die Hose glatt und knöpfte sein Hemd zu, das sich auf der Höhe seines Bauchs geöffnet hatte.

»Ist eure Mutter da?«, rief er René und Marcel zu, die beim Anblick der Uniform nur noch steif und starr dastanden.

René nickte schwerfällig, und Marcel ließ ein Brummen hören. Aber da war schon Marie-Louise, die sie beiseiteschob und dem Gendarmen entgegenlief.

»Was ist passiert?«, fragte sie tief beunruhigt und krallte sich an der Uniform des Chef de Police fest.

Blancheton räusperte sich unbehaglich, und nach einigem Zögern sagte er: »Der Herr Bürgermeister hatte einen Autounfall.«

Hatte es am Wein gelegen? Als er das Bistro von Roland Chantegrel verlassen hatte, war Charles Bordel schon in angriffslustiger Stimmung gewesen. Als er dann mitbekam, dass die beiden Fremden nach all den Tagen, an denen sie sich nicht hatten blicken lassen, wieder in ihrem dicken Mercedes durch die Straße rollten, war dem Bürgermeister der Kragen geplatzt.

»Diese Mistkerle!«, schrie er. »Was haben die hier zu suchen? Sie sollen uns gefälligst in Ruhe lassen!«

Statt gleich zu seinem 2CV zu gehen, lief er entschlossen auf den Wagen der Fremden zu, die jetzt gelangweilt an ihrem Mercedes lehnten.

»Wer seid ihr beiden eigentlich?«, fragte er. »Seid ihr vom Geheimdienst oder einfach nur Gauner?«

»Bist du von der Polizei, Opa?«, erwiderte einer der Männer frech. Er zog an seinem Zigarillo und baute sich vor Charles Bordel auf. Sein Gefährte in dem khakifarbenen Regenmantel hatte sich nicht von der Stelle gerührt und blickte ostentativ auf die Hausdächer.

»Lass ihn in Ruhe«, sagte er. »Es hat keinen Zweck, sich mit Bauerntölpeln zu unterhalten. Los, fahren wir nach Hause.«

Er wollte gerade einsteigen, doch der Bürgermeister war kein Mann, der sich so etwas gefallen ließ. Beflügelt vom Wein wurde er energisch.

»Ich zeige euch bei der Polizei an, meine lieben Freunde«, sagte er drohend. »Die werden sich freuen, euch kennenzulernen.«

»Fahr los!«, sagte der Mann im Regenmantel zu seinem Kumpanen, der jetzt hinter das Steuer gerutscht war, und schlug dem Bürgermeister die Tür vor der Nase zu.

Im Handumdrehen verschwand der Mercedes aus dem Blickfeld des Bürgermeisters, und auch Jojo und Riton, denen nichts entgangen war, konnten ihn nicht mehr sehen.

»Diesmal habe ich mir die Autonummer gemerkt«, sagte Bordel. »Ich fahre jetzt gleich nach Vallorgues und gebe sie der Polizei. Das wollen wir doch mal sehen.«

Schnaufend quetschte er sich hinter das Steuer seines 2CV-Lieferwagens und fuhr in Richtung der Kantonshauptstadt.

Alkoholdunst. All die Gläser, die er bei Roland und in der *Bonne Marmite* getrunken hatte. Und dann diese kurvige Straße. Und außerdem die Wut, die immer größer wurde.

Ein Bauerntölpel! Einer der beiden Herumtreiber hatte ihn Bauerntölpel genannt! Er würde ihnen zeigen, wozu der Bauerntölpel in der Lage war. Also wirklich! Das musste er sich nicht gefallen lassen.

Der Wagen kam nur mühsam den Berg hinauf, und Charles Bordel schaltete in den zweiten Gang zurück. Das Auto schien eine Art Schluckauf zu haben. Er umfasste energisch das Lenkrad und rückte sich in seinem Sitz zurecht. Die Straße war glatt. Am Morgen hatte es gefroren. Im Unterholz, das die Sonne nie erreichte, lauerte das Eis. Die Schlaglöcher, die der Straßendienst nicht ordentlich zugeteert hatte, waren voller Eis.

»Denen werde ich mal Bescheid stoßen, den Leuten vom Straßendienst«, raunte der Bürgermeister, dessen Fahrzeug am Ende einer Kurve leicht ins Rutschen geriet.

Er schnaufte. Die Windschutzscheibe beschlug. Bordel wischte sie mit dem Handrücken ab und betätigte ungeschickt den Scheibenwischer. Nur einer der Wischer funktionierte und hinterließ dicke Schlieren auf dem schmutzigen Fenster.

»Verfluchter Karren!«

Jetzt konnte er gar nichts mehr sehen, weil ihm auch noch die Sonne in die Augen schien. Er trat auf die Bremse, so fest er konnte. Der Wagen rutschte wie ein Schlitten nach vorn, geriet über die Leitplanke, rollte rückwärts den Abhang hinunter, dann über die Seite, drehte sich und überschlug sich dreimal, bevor er gegen den Stamm einer Tanne prallte, deren Nadeln auf den Moosteppich rieselten.

Es war ganz still. Nur der Scheibenwischer bewegte sich beharrlich weiter.

Oben auf der Straße hielt ein schwarzer Mercedes an.

Die beiden Männer stiegen aus und sahen mit drohendem Blick die Böschung hinunter.

»Wir fahren«, sagte der Typ im Regenmantel.

Er spuckte auf den Boden und setzte sich auf den Beifahrersitz. Sein Begleiter zündete sich noch einen Zigarillo an, bevor er den ersten Gang einlegte.

Es war sehr kalt.

Monique hat mir heute Morgen gesagt, dass die Leute nur noch von den zwei Männern aus Paris und ihrem dicken Auto reden. Der Bürgermeister soll sie als Letzter gesehen haben. Das hat ihm offenbar kein Glück gebracht. Der Arme schwebt zwischen Leben und Tod.

Zwischen Leben und Tod, was für ein schöner Ausdruck. Ich frage mich, wer ihn erfunden hat. Sicher irgendein Schriftsteller, der lange darüber nachgedacht hat. Was ist Leben? Was ist Tod? Wo ist der Übergang zwischen beidem? Und gibt es überhaupt so einen Übergang?

Bin ich noch am Leben? Bin ich nicht schon tot? Nein, ich denke ja noch. Aber wer sagt denn, dass Tote nicht mehr denken?

Sein oder nicht sein, das ist immer noch die Frage. Shakespeare war alles andere als ein Dummkopf.

Vielleicht weiß ich die Antwort bald. Kommt die Nacht … schlägt die Stunde … Die Tage vergehen …

Charles Bordel hat es auf jeden Fall schwer erwischt. Wahnsinn, wie viele Verkehrsunfälle es hier gab, seit Fran-

cis wieder da ist. Erst der alte Iribert. Und dann der Säufer Riton.

Na ja, der Herr Bürgermeister hat ja auch immer gern ins Glas geguckt. Aber musste er deswegen in einer Schlucht landen, in seinen Wagen eingeklemmt?

Ich muss immer wieder an diese Männer aus Paris denken. Wer sind sie? Was wollen sie? Haben sie etwas mit Francis zu tun?

Allein wenn ich mir diese Frage stelle, glaube ich, dass ich die Antwort schon weiß.

Francis äußert sich nicht klar dazu, aber ich spüre seine Unruhe. Ich sehe auch, wie schnell er sich aufregt. Selbst gegenüber Marylise ist er reizbar. Schon das kleinste bisschen lässt ihn aus der Haut fahren.

Manchmal beobachte ich ihn vom Fenster aus, wenn er im Park spazieren geht. Beim leisesten Geräusch fährt er auf oder dreht sich um. Hat er vielleicht Angst? Aber wovor? Vor wem?

Pepsi ist dieses ganze Durcheinander mittlerweile egal. Er hat sich offenbar damit abgefunden, dass Francis auch hier im Haus ist. Und da Francis mit anderen Dingen beschäftigt ist …

Ja, mein kleiner Gefährte lebt sein Leben und hat wieder die alte Energie. Oder jedenfalls tut er so …

Neulich morgens, als ich ihn darum gebeten habe, hat er mir sogar die Fernsehzeitschrift gebracht. Er ist so schlau, fast hätte er mir noch die Seiten der Sendungen, die mich interessieren, angekreuzt.

Nein, ich mache Witze. Seine Intelligenz sitzt anderswo. Manchmal sieht er mich an, und ich denke, er kann jedes Wort verstehen. Und er ist so auf dem Quivive wie eine Sprungfeder. Erst springt er hierher, in der nächsten Sekunde sitzt er auf dem Buffet, und dann ist er in zwei, drei Sprüngen auf dem Treppengeländer und überwacht das Kommen und Gehen der anderen.

Mein treuer Geselle leistet mir weiterhin gute Dienste. Was würde ich nur ohne ihn machen? Und in der Nacht, das muss ich sagen, liegt er manchmal auf meinen Füßen und wärmt mich.

Die Nacht.

Diese Winternächte sind endlos. Ich hasse sie ebenso, wie ich das Licht liebe. Aber welches Licht kann mir noch das Herz erwärmen?

Mein Herz ist alt und müde. Die Winternacht ist feucht. Feucht und kalt. Eher kalt als feucht.

Und das Käuzchen ist unermüdlich in seinen Klagegesängen. Es geht mir so sehr auf die Nerven, dass ich es glatt für einen Eintrag ins Guinnes-Buch der Rekorde *vorschlagen könnte.*

Neulich Nacht – es war Vollmond – hat es nicht gekrächzt wie üblich. Und am nächsten Tag hat Charles Bordel den Unfall gehabt.

Gibt es irgendwelche Zusammenhänge, die ich nicht sehe? Mit dem Mond? Oder mit dem Käuzchen?

Ich habe heute Nachmittag in einem Buch mit Aphorismen gelesen. Einen von ihnen fand ich besonders interessant. Ein indisches Sprichwort, das ungefähr so lautet:

»Morgen ist der erste Tag von dem, was uns zu leben bleibt.«

Das ist von einer solchen Wahrheit, dass ich ganz verblüfft war.

Morgen … Der erste Tag … Das, was mir zu leben bleibt… Das, was ich noch gerne hätte …

Um zehn Uhr abends kam Wind auf. Er war nicht so stark wie beim letzten Wintersturm, der in unseren Wäldern so viele Bäume umgerissen hat. Ich habe immer den Eindruck, dass wenn es so stürmt, die ganze Natur außer Atem ist und sich über die Dummheit der Menschen beklagt. Ehrlich gesagt, sie hätte nicht ganz unrecht.

Francis geht nicht mehr aus dem Haus. Ich glaube, er hat wirklich Angst. Dabei haben sich diese zwei Herren aus Paris seit einiger Zeit nicht mehr blicken lassen. Heißt das, dass wir sie nicht mehr sehen werden?

Nun haben wir schon die zweite Januarhälfte. Nach dem milden Wetter zu Beginn des Monats herrscht jetzt wieder Winter. Monique hat mir heute Morgen gesagt, es sei minus sechzehn Grad am Ufer der Pignolle. Meine Knochen werden ganz steif durch die Kälte, meine alten schmerzenden Knochen.

Manchmal in der Nacht höre ich sie knacken wie morsches Holz. Sie knacken, aber sie brechen nicht. Ich bin wie das Schilf in der Fabel von La Fontaine. Ich beuge mich, aber ich breche nicht. Manchmal frage ich mich, was besser wäre – sich beugen oder doch lieber zerbrechen. Beides ist nicht sehr erfreulich. In jedem Fall spielt der Wille eine Rolle, die Weigerung, sein Scheitern anzunehmen. Aber die Weigerung, sein Scheitern klar zu erkennen, ist wohl noch schlimmer.

Die Polizei ist wiedergekommen, ich glaube wegen Francis. Ich bekomme nicht mehr alles mit, was sich um mich herum abspielt. Das erschreckt mich ein wenig. Ich kann nur vermuten, dass meinem Neffen nicht wohl ist in seiner Haut.

Sie sind nicht lange geblieben. Es hätte ein Höflichkeitsbesuch sein können, hätte der Chef beim Hinausgehen nicht so ein Gesicht gemacht. Ja, man hätte das glauben können, aber nicht bei dieser Fratze.

Vermutlich haben sie über den Bürgermeister gesprochen. »Zustand unverändert.« Das ist das, was man sich im Dorf erzählt. Nach Moniques Meinung kann das nur bedeuten, dass die Lage ziemlich schlimm sein muss. Aber keiner weiß etwas Genaues. Und es gibt nichts Schlimmeres als die Ungewissheit, denn die Ungewissheit ist zermürbend und raubt am Ende jede Hoffnung, zerstört jede Illusion.

Illusionen … Seit wie vielen Jahren habe ich meine Illusionen verloren? Ich hätte Mutter werden können. Hören, wie mein Kind mich Mama nennt und mir um den Hals fällt. Nächtelang hätte ich seinem Atem lauschen und seine Stirn streicheln können, um die ersten Anzeichen von Fieber zu erkennen, ich hätte an meiner Schulter seine Tränen trocknen können, in der Dunkelheit eines späten Herbsttages.

Aber mein Kind ist ja Pepsi. Zugleich mein Kind und mein Gefährte. Mein Diener und mein Herr.

13

Francis ging an Lucettes Zimmer vorbei, ohne stehen zu bleiben. Durch die Tür hörte er Klagelaute. Seine Tante war verzweifelt. Ob es Doktor Palasse gelingen würde, den Affen wieder gesund zu machen? Francis zuckte die Achseln und ging dann ins Freie.

Die Windschutzscheibe vom Wagen des Arztes war fast gänzlich vereist. Nur ein kleines Guckloch hatte der Fahrer freigekratzt. Francis vermutete, dass Doktor Palasse am Morgen so unter Zeitdruck gestanden hatte, dass er es nicht einmal geschafft hatte, das ganze Eis zu entfernen.

Die Alte hat ihn wegen des Äffchens sicher dermaßen unter Druck gesetzt, dass er sofort losgesaust ist, dachte er und zündete sich die erste Morgenzigarette an.

Die Luft war eiskalt, und er spürte ein Brennen in der Luftröhre. Die Hände in der Tasche und die Philip Morris zwischen den Lippen öffnete er das Garagentor. Bevor er die Wagentür aufmachte, wandte er sich um und suchte mit den Augen den Park ab. Schon seit mehreren Tagen fühlte er sich beobachtet und war vorsichtig. Die beiden Kerle, die seine Spur aufgenommen hatten, würden bestimmt wiederkommen.

Er versuchte, seine Angst zu verscheuchen. Am hellichten Tag, wo es jeder sehen kann, werden sie mir schon nichts tun, dachte er.

Dann setzte er sich ans Steuer und lenkte den Wagen aus der Garage.

Er musste heute nach Clermont-Ferrand.

»Ihr Sohn Jérémie verweigert systematisch jede Mitarbeit in der Schule«, hatte der Direktor ihm geschrieben. »Ich muss Sie dringend sprechen.«

Wie aus dem Brief hervorging, war Jérémie kurz davor, von der Schule zu fliegen, wenn er sich weiter so störrisch verhielt.

»Wenn seine Mutter nicht einfach abgehauen wäre, dann wäre es erst gar nicht so weit gekommen!«, schimpfte Francis, nachdem er durch das große Tor gefahren war und nun den ersten Gang einlegte.

Zügig fuhr er über die Bergstraße, die in die Ebene der Limagne führte.

Clermont-Ferrand lag vor ihm im Nebel. Der Gipfel des Puy de Dôme, der die Stadt überragte, war heute von dichten weißen Wolken verdeckt und hatte etwas Gespenstisches.

Als er die ersten Ampeln erreichte, ging es nur noch im Schritttempo voran. Vor ihm war eine Schlange von Autos, die sich im Schneckentempo bewegten. Aus dem Auspuff der Wagen quoll blauer Rauch. Die Gesichter der Fußgänger, die die Straße überquerten, waren trübselig, und die Autofahrer hingen am Steuer wie Schiffbrüchige an einem Rettungsring.

»Was für ein verfluchter Ort!«, rief er, als er zum x-ten Mal die Kupplung bediente, aber wieder nur zehn Meter vorwärtskam.

Endlich sah er am anderen Ende des Boulevards das Internatsgebäude. Jetzt brauchte er noch einen Parkplatz. Erst nach einer guten Viertelstunde fand er eine Lücke in einer Sackgasse, doch hier war Parkverbot.

»Himmel!«, fluchte er. »Jetzt fehlt mir nur noch, dass sie mich abschleppen. Bei dem Glück, das ich im Moment habe, ist das nicht ausgeschlossen!«

Dennoch ließ er sein Fahrzeug im Parkverbot stehen und machte sich zur Schule auf. An der Pforte forderte ihn eine näselnde Stimme auf, seinen Ausweis vorzuzeigen.

Der Internatsleiter war ein strenger Mann um die fünfzig. Er trug einen dunkelgrauen Dreiteiler, ein graues Hemd und eine Krawatte von derselben Farbe. Er hatte eine Hornbrille auf der Nase und Glubschaugen. Sein Haar war vielleicht einmal blond gewesen, jetzt hatte es einen hässlichen Gelbstich.

»Ich habe Sie gebeten herzukommen, Monsieur Lafarge«, sagte er in feierlichem Ton, »damit wir gemeinsam eine Lösung für Jérémies Problem finden. Ich will nicht vor Ihnen verbergen, dass mir sein Fall besonders schwierig erscheint. Ich fürchte sogar, wir könnten bald in eine Sackgasse geraten.«

Francis ließ sich auf einem Stuhl nieder. Was der Direktor ihm sagen wollte, wusste er schon, denn als Kind hatte man es ihm immer wieder vorgehalten. Was die

Lehrer über Jérémie dachten, würde kaum anders sein als der Sermon der Pädagogen in den verschiedenen Schulen, die er früher besucht hatte.

»Monsieur Lafarge«, wiederholte der Direktor lauter, »Monsieur Lafarge, hören Sie mir zu?«

Francis richtete sich gerade auf und fand sich in diesem unpersönlichen Büro, in dem ein Computer leise vor sich hin summte. Der Direktor wirkte überrascht über seine mangelnde Aufmerksamkeit.

»Entschuldigen Sie bitte«, sagte Francis. »Sie sagten, dass Jérémie …«

»Jérémie macht uns große Sorgen. Was soll man tun, wenn ein durchaus begabter Schüler sich weigert, die Regeln der Schule zu befolgen? Was ist das für ein Benehmen? Können Sie mir das erklären, Monsieur Lafarge?«

»Mein Sohn ist wegen der Abreise seiner Mutter und dem damit verbundenen Ortswechsel noch immer ziemlich verstört«, meinte Francis.

»Aber das entschuldigt doch nicht seine permanente Verweigerungshaltung.«

Der Direktor war aufgestanden, stützte sich mit den Fäusten auf der Schreibtischplatte auf und blickte unzufrieden auf den Familienvater, der die Schuld für das Scheitern seines Sohnes in der Schule seiner Exfrau anlastete.

»So einfach können Sie es sich nicht machen, Monsieur Lafarge«, begann er erneut. »Kinder werden von beiden Eltern erzogen, und soweit ich weiß, waren Sie, bevor die Mutter fortging, in den letzten Jahren kaum präsent.«

Francis fühlte sich angegriffen.

»Ich habe mein Geld im Ausland verdient!«, entgegnete er empört. »Und Sie haben wohl kein Recht, über mich zu urteilen!«

»Ich urteile nicht, ich stelle nur fest«, sagte der Direktor.

Dann erklärte er, Jérémie interessiere sich für nichts anderes als Informatik. Im Web surfen, in verschiedene Programme gehen und stundenlang am Computer sitzen, das könne er.

»Aber Sie werden verstehen, dass das nicht genügt, Monsieur Lafarge. Wir leben zwar im einundzwanzigsten Jahrhundert, aber es gibt Fächer, die nun mal auf klassische ... auf traditionelle Weise unterrichtet werden müssen.«

Da das Gespräch sich im Kreis zu drehen drohte, wurde Francis ungeduldig. Immer dasselbe Lied, und wenn der Direktor so weitermachte, würde er gleich die Geduld verlieren.

»Was soll ich also Ihrer Meinung nach tun?«, fragte er ungeduldig und stand auf.

Der Direktor nutzte den Moment, um sich wieder zu setzen. Er kratzte sich am Kinn, nahm die Brille ab, setzte sie wieder auf, rückte sie zurecht und hüstelte.

»Ich glaube, Monsieur Lafarge«, sagte er schließlich, »dass Ihr Sohn professionelle Hilfe braucht. Darüber sind sich die Mitglieder des Lehrkörpers einig. Wenn Sie wünschen, kann ich Ihnen ein paar Adressen von einigen guten Kinderpsychologen geben. Es wäre wichtig, dass Sie schnell Kontakt aufnehmen. Glauben Sie mir, es ist im Interesse Ihres Kindes.«

Leicht verärgert und in dem Bewusstsein, dass er wohl nicht die richtigen Gene hatte, um seine Kinder zu erziehen, fand sich Francis eine halbe Stunde später am Eingangstor der Schule wieder. In seiner Tasche steckte ein Post-it-Zettel, auf den der Direktor die Namen von drei oder vier Therapeuten geschrieben hatte, die sich mit Kinderpsychologie auskannten.

Da bin ich ja prima weitergekommen, dachte Francis und ging ein paar Schritte. Dann stellte er sein Mobiltelefon an und wählte die Nummer der Dorfschule von Coissardon.

Marylise unterrichtete gerade, und er hatte den Eindruck zu stören.

»Entschuldige bitte, ich ruf dich später wieder an«, sagte er, bevor er auflegte.

In Clermont-Ferrand herrschte eine feuchte Kälte. Der eisige Nebel ging einem durch Mark und Bein. Francis schob den Pelzkragen seiner Fliegerjacke hoch und ging zu seinem Auto, das dreihundert Meter weiter in der Sackgasse stand. Er wollte gerade mit der Fernbedienung die Tür öffnen, als er in seinem Rücken einen Motor brummen hörte. Der Stoß des Autos schleuderte ihn gegen die Motorhaube seines Golfs. Dann verlor er das Bewusstsein. Er sah nicht mehr, wie der Mercedes zurücksetzte und dann schnell davonfuhr.

Marylise hatte gerade den Text für das Diktat vorlesen wollen, als das Telefon klingelte.

Immer wenn ich es nicht gebrauchen kann, stört mich dieser blöde Apparat, dachte sie. Was für eine dumme Idee, das Telefon in den Klassenraum zu stellen.

Sie gab den Schülern die Aufgabe, den Text leise zu lesen, und nahm den Hörer ab.

Am Apparat war Francis, und er schien mit den Nerven am Ende.

»Das kannst du mir alles später erzählen«, sagte sie, als sie ihn über Jérémie klagen hörte. »Im Moment ist es gerade schlecht.«

Ohne dass sie es eigentlich wollte, hatte ihre Stimme abweisend geklungen. Francis musste selbst gemerkt haben, dass er sie im Unterricht störte, und hatte schnell wieder aufgelegt.

Als Marylise wieder an ihr Pult trat, machte sie sich Vorwürfe. Vielleicht hätte sie sich doch einen Moment Zeit nehmen sollen. Schon seit ein paar Tagen war Francis furchtbar nervös und reizbar. Aber hätte sie nicht trotzdem versuchen sollen, ihn zu verstehen und ihm zu helfen, statt ihn auf diese Weise abzuwimmeln?

Sie seufzte, nahm wieder ihr Buch zur Hand und ermahnte die Schüler: »Passt gut auf, dieser Text von Alphonse Daudet ist sehr schön, aber er enthält drei Stolpersteine, bei denen ihr etwas falsch machen könnt. Seid ihr bereit?«

Nach einem einstimmigen Ja begann sie zu diktieren:

»Ich will euch sagen, wenn es warm wird, dann ist es in der Provence Sitte, sein Vieh in die Berge zu schicken. Tiere und Menschen verbringen fünf oder sechs Monate dort oben, sie leben im Freien, und das Gras reicht ihnen bis zum Bauch …«

Sie hielt inne, hob den Kopf und las weiter. Sie war an diesem Morgen nicht richtig bei der Sache. Inzwischen schrieben die Schüler den schönen Satz aus den »Briefen von meiner Mühle« in ihre Hefte.

Marylise konnte schon mit ziemlicher Sicherheit vorhersagen, an welcher Stelle die meisten von ihnen Fehler machen würden. Sie wurde diese ungute Gefühl nicht los, das sie plagte, seitdem sie den Hörer aufgelegt hatte. Francis … Francis war am Ende seiner Kräfte. Um sich zu beruhigen, hatte er ihre Stimme hören wollen. Und sie war nicht in der Lage gewesen, das zu begreifen. Wie dumm sie doch war! Und da behauptete sie, ihn zu lieben. Was war denn das für eine Liebe?

»Madame, das Diktat ist doch noch gar nicht fertig. Warum haben Sie denn aufgehört?«

Marylise errötete verlegen, dann fasste sie sich und sagte:

»Entschuldigung. Wo waren wir stehen geblieben? Ach ja, es fehlt ja noch ein Satz.«

Dann las sie weiter:

Und plötzlich, am Abend ein lauter Schrei: »Da sind sie!« Und dort, in der Ferne sehen wir, wie sich die Herde in einer Staubwolke nähert.

»Punkt und Schluss«, sagte Marylise. »Schreibt den Namen des Autors darunter: Alphonse Daudet.«

In der Zehn-Uhr-Pause blieb sie im Klassenraum und korrigierte ein paar Hefte. Aber sie war nicht mit dem Herzen bei der Sache und wurde andauernd durch andere Gedanken abgelenkt. Der Vormittag zog sich dahin. Mehrmals war sie versucht, Francis auf seinem Handy anzurufen. Endlich, mittags, als der Vormittagsunterricht vorbei war, entschloss sie sich dazu, doch Francis hatte das Telefon ausgestellt. Natürlich. Jetzt war er sicher eingeschnappt. Obwohl sie es eigentlich gern getan hätte, hinterließ sie ihm keine Nachricht auf der Mailbox.

Würde er nach dem Treffen mit dem Direktor gleich zurück nach Coissardon kommen? Würde er auch nicht zu schnell fahren bei den verschneiten Straßen des Livradois? Sie kannte ihren Francis schon sehr gut. Erst seit ein paar Wochen teilte sie sein Leben, und doch konnte sie all seine Reaktionen voraussehen. So genervt, wie er heute war, konnte sie sich leicht vorstellen, dass er sich am Steuer seines Wagens abreagieren würde.

Um sich zu beruhigen, zündete sie sich eine Zigarette an und machte sich einen Tee. Das warme Getränk gab ihr etwas Trost. Sie blickte auf den leeren Klassenraum und kam zu dem Schluss, dass eine Schule ohne Kinder eine todtraurige Sache war.

Sie trank den Tee in kleinen Schlucken. Francis hätte sicher gesagt: »Uh, dieser Kräutertee ist die reinste Katzenpisse.« Sie lächelte und stellte sich vor, was er noch alles sagen würde, wenn er jetzt hier wäre.

Aber er war ja leider nicht da. Francis … Francis, den sie so gut kannte und zugleich auch nicht. Den sie aber schon so sehr liebte. Für den sie, ohne zu wissen warum, alles gegeben hätte. Und der jetzt in Clermont-Ferrand herumlief, allein mit seinem Kummer.

Sie fröstelte. Seit fünf Tagen war sie sich nicht mehr sicher. Ihr Körper war aus seinem Rhythmus geraten. Noch nie hatte ihre Regel so lange auf sich warten lassen. Sie wagte es noch nicht, es sich einzugestehen, aber irgendwann musste sie sich Klarheit verschaffen.

Sie drückte ihre Zigarette außen am Fensterbrett aus und warf sie in den Papierkorb, zwischen das Papier und die Schmierzettel der Kinder.

Zum Glück wissen sie nicht, dass ich rauche, dachte sie. Dann überlegte sie, dass es in ihrem Zustand möglicherweise besser war, mit dem Rauchen aufzuhören.

Als um ein Uhr die Glocke läutete, wachte sie aus ihren Träumen auf. Schüler spielten im Hof, rannten in alle Richtungen und schrien mit durchdringenden Stimmen, die ihr Trommelfell peinigten. Sie führte Aufsicht, sah in die Runde, behielt alle Kinder im Blick und ging dabei auf und ab.

Plötzlich klingelte das Telefon. Marylise stürzte in das Klassenzimmer. Ihr Herz schlug wie wild, als sie den Hörer abnahm.

»Ist dort Mademoiselle Gardette?«, fragte eine ernste Stimme mit südfranzösischem Akzent.

»Ja, ich bin es.«

»Hier ist die Notaufnahme des Krankenhauses von Clermont-Ferrand. Wir haben bei den Sachen von Monsieur Lafarge Ihren Namen und Ihre Telefonnummer gefunden und …«

»Francis!«, schrie sie auf.

»Monsieur Lafarge hatte einen Unfall. Können Sie in die Notaufnahme kommen? So schnell wie möglich.«

Marylise hatte das Gefühl, dass ihr der Boden unter den Füßen weggezogen wurde. Sie legte eine Hand auf ihren Bauch und schloss die Augen.

Der Abgrund näherte sich …

Francis fiel in einen Abgrund mit Wänden so glatt wie Glas. Ein unergründlicher Schlund. Er hatte den Eindruck, seine Eingeweide fielen heraus. Freier Fall. Wie bei den Drachenfliegern, die in schwindelnder Schnelligkeit herabstürzten und aussahen, als schwebten sie.

Falsch herum, richtig herum, oben, unten. Nichts mehr war von Bedeutung außer dem Blasen eines kosmischen Windes, der durchsichtige Segel blähte. Segel außerhalb der Zeit, irgendwo im Weltall.

Das Leben auf der Erde hatte keine Substanz mehr. Im Übrigen hatte nie irgendwo etwas Substanz gehabt. Francis befand sich außerhalb seines Körpers. Außerhalb jedes greifbaren Ortes. Und weit weg von jeder Energie, die Leben schaffen könnte.

Selbst die Farben waren farblos geworden. Sie hätten Klänge sein können oder Gerüche. Doch die Gerüche verbreiteten sich nicht mehr. Sie verwandelten sich in Gefühle, Angstschreie im Tunnel des Nichts.

Dann tauchte eine weiße Insel auf. Eine Insel. War es wirklich eine? Francis hatte große Lust, am perlmuttfarbenen Strand dieses opalfarbenen Meers haltzumachen. An Land gehen … ans Land gelangen …

Er streckte die Hand aus, das Bild löste sich auf, der Sand rann ihm durch die Finger. Sand oder Blut? Das Blut gerann. Sofortige Gerinnung vor einer neuen Landschaft, die bald zu erkennen war, an derselben Stelle, da, wo die frühere gewesen war. Beschleunigte Bilder von der anderen Seite des Spiegels.

Und plötzlich war sie da …

Ihre Gegenwart. Nacktheit. Da war sie, am Strand, und lächelte ihm zu. Ihre Zähne waren weiß wie Schnee, welch ein Kontrast zu ihrer goldbraunen Haut. Sie öffnete die Arme und sagte: »Mein Liebster, meine große Liebe.« Ihre Brüste bebten. Sie bewegte die Hüfte, bot ihm ihren ganzen Körper dar.

Doch die Trauminsel verschwand aus dem Blickfeld. Francis schlingerte. Er wurde mit großem Schwung in die Ferne geschleudert. Dunkle Türen, die sich im letzten Moment öffneten. Atomare Beschleunigung.

War das die Ewigkeit?

Liegt Francis im Sterben? Oder ist er vielleicht schon tot? Diese Frage muss gestellt werden. Und ich stelle sie.

Wie seltsam alles ist, seit dem »Unfall«. Pepsi hat seine Lebensfreude wiedergefunden. Er ist gesund. Es ist wie ein

Wunder. Mein kleines Äffchen ist wie früher. Wie damals, bevor Francis hier das erste Mal auftauchte, oder besser gesagt vor seiner Rückkehr ins Château.

Niemand kann mich daran hindern zu glauben, dass es in diesem Fall eine Beziehung zwischen Ursache und Wirkung gibt. Es ist geradezu übersinnlich. Wie soll man sonst die plötzliche Heilung erklären? Innerhalb weniger Stunden war mein kleiner Geselle, der dem Tod so nahe gewesen ist, wieder das hüpfende, munter umherspringende Wesen von vorher.

Und das gleich nachdem wir erfahren hatten, dass Francis in der Notaufnahme des Universitätskrankenhauses von Clermont-Ferrand liegt.

Ich sehe fern. Ich berausche mich daran. Ich stopfe mich mit Bildern voll. Ich bin süchtig nach Übertragungswellen und nehme alles auf, was ich zu sehen bekomme.

In dieser Zeit brauche ich wenigstens nicht nachzudenken.

Denken …

Es gibt gute Gründe, sich Sorgen zu machen. Ich spreche nicht von mir, nein, nein. Ich weiß, dass meine Tage gezählt sind. Es wird schon bald Nacht um mich sein.

Nein, ich spreche von Francis und seiner Vergangenheit. Wie er sich durchgeschlagen hat. Was für zwielichtige Dinge er getan hat. Als er über die Meere fuhr. In wessen Auftrag geschah das alles, um Himmels willen?

Die Gendarmen waren schon wieder da. Mehrmals. Was sollte ich ihnen sagen, was ihnen erzählen? Ich weiß doch selbst nichts über diesen Neffen, er ist mir unbekannt wie ein Marsmensch.

Ich würde am liebsten laut rufen, dass ich nichts mit seinen Geschichten zu schaffen habe. Das geht mich alles nichts an. Aber wie soll man das diesen Dummköpfen, die sich hinter ihren Käppis verstecken, klarmachen?

Doktor Palasse hat im Reanimationszentrum der Uniklinik von Clermont-Ferrand angerufen. Francis liegt in einem tiefen Koma, und es ist sehr unwahrscheinlich, dass er daraus wieder erwacht. Die Ärzte haben wenig Hoffnung. Ich frage mich, warum man ihn künstlich am Leben erhält. Na ja, manche schaffen es auch. Vielleicht geht es bei ihm wie bei einem jener Fälle, über die Professor Moody damals berichtet hat, und er kann später in einem Buch schreiben, wie das Leben nach dem Tod aussieht. Vielleicht könnte er dann wieder flüssig werden, finanziell meine ich.

Marylise läuft durch die Gegend wie ein Zombie. Ich mache mir ehrlich Sorgen um sie.

Gestern hat sie mir gestanden, dass sie ein Kind von Francis erwartet. Das hat gerade noch gefehlt.

Warum habe ich mich überhaupt mit dieser Frau eingelassen? Dass sie Francis liebt, versetzt mich immer wieder in Erstaunen. Wie kann man sich nur an solch einen Mann binden?

Marylise ist wirklich sehr leidenschaftlich.

Wieder ist es Nacht. Eine Vollmondnacht. Ich habe Monique gebeten, die Läden nicht zu schließen. So sehe ich unseren nächsten Planeten durch das Fenster an uns vorbeiziehen. Und das ist ein wunderbarer Anblick.

Leider hat das Käuzchen mir mit seinem trübseligen Geschrei alles verdorben.

Nein, du alter Kauz, in dieser Nacht begleitest du meine Seele noch nicht in die Abgründe der Verzweiflung.

Neben mir liegt Pepsi und lächelt. Mein lieber kleiner Geselle!

Heute Morgen sind schon wieder die Gendarmen hier aufgetaucht. Sie wollten uns mitteilen, dass Jérémie aus seinem Gymnasium in Clermont-Ferrand weggelaufen ist. Er ist unauffindbar. Ob er bald zu der Schar jener Jugendlicher gehört, die jedes Jahr in Frankreich verschwinden und die man nicht mehr wiedersieht?

Francis, du bist nicht bei Bewusstsein und kannst mir nicht sagen, wie ich es anstellen soll, seiner Mutter Bescheid zu geben. Manchmal ist es schwer, eine alte alleingelassene Tante zu sein.

Und wenn auch ich mich entschlösse, sie alle im Stich zu lassen, den Neffen und alle anderen?

Wie schwer es ist manchmal, seinen Weg weiterzugehen!

Es schneit und hört gar nicht mehr auf. Der Wind hat ganze Schneewehen aufgetürmt. Mir ist plötzlich sehr kalt, und ich habe das Gefühl, von innen zu frieren.

Natürlich wird der Junge krank, wenn er so allein durch die eisigen Straßen irrt.

14

Der Wind auf dem Vorplatz der Kathedrale gönnte sich einen Moment Ruhe, dann aber toste er wie wild durch die Rue des Gras bis in den unteren Teil der Stadt.

Clermont-Ferrand nahm diese Windböen mit unerschütterlichem Gleichmut hin. Die alten schwarzen Gemäuer der Gebäude hatten schon Schlimmeres erlebt, und selbst wenn dieser Winter ein wenig verrückt schien, so konnte doch das von den Vätern ererbte Temperament der Auvergner extreme Situationen ganz gut verkraften.

Auch der Schnee hatte wieder eingesetzt, ein eisiger Schnee, der die Gesichter der Passanten peitschte. Sie gingen gebeugt im Schutz ihrer vorgestreckten Regenschirme, und so mancher schlug im Wind um.

In rasendem Tempo bewegten sich die Wolkenmassen nach Südosten. Der Himmel hing tief und erdrückend über dem Land, und die Straßen waren grau.

Jérémie war es kalt. Es war jetzt schon sechsunddreißig Stunden her, dass er aus dem Internat weggelaufen war. Diese schreckliche Schule gehörte der Vergangenheit an. Den ganzen gestrigen Tag hatte er mit Videospielen in einer Shopping-Mall verbracht und die

Konsolen der neuesten Playstation ausprobiert. Nach einiger Zeit hatte ihn ein Verkäufer aufgefordert zu verschwinden. Da war er gegangen und hatte sich ein Sandwich gekauft. Am Nachmittag kam er dann zurück und blieb bis zum Ladenschluss auf seinem Platz sitzen.

Was hatte er bloß für eine Nacht verbracht! Es war kalt und dunkel, unbekannte Geräusche drangen an sein Ohr. Fast bereute er es schon, nicht im Schlafsaal des Internats zu sein. Trotz der unangenehmen Aufpasser und der Regel, mit den Hühnern ins Bett zu gehen.

Stundenlang war er durch die Straßen geirrt, um sich aufzuwärmen und auf der Suche nach einem Unterschlupf. Beides war kaum möglich, denn es war einfach zu kalt. So ging er zum Bahnhof. Im Wartesaal war es nicht ganz so kalt, und man konnte den Mief dort einigermaßen ertragen.

Wenn ein Kind sich zu ungewöhnlicher Zeit allein in der Stadt herumtreibt, fällt das leicht auf. Jérémie sah sich gezwungen, den Warteraum wieder zu verlassen, weil ihn ein Obdachloser mit drohenden Blicken ansah. Dann war er wieder draußen auf der Straße. Auf der Straße, durch die die Kälte fegte. Gehen, immer weiter herumlaufen. Bloß nicht stehen bleiben.

Er lief auf den Hügel zu, auf dem die Kathedrale stand. Eine Gruppe betrunkener Jugendlicher zwang ihn, sich in einen Hauseingang zurückzuziehen. Sie lachten laut und tranken Bier. Manche rülpsten, andere spielten mit den leeren Dosen auf dem Bürgersteig Fußball. Und einer, offenbar der am meisten Beschwipste der Gruppe, stellte sich mitten auf die Straße und pinkelte breitbeinig und in hohem Bogen in den Rinnstein.

Jérémie drückte sich noch tiefer in den Hauseingang und wartete, bis die Jugendlichen endlich abzogen. Dann stieß er die Tür auf und fand sich in einem Flur wieder, in dem ihm ein modriger Geruch entgegenschlug. Er legte sich unter die Treppe, rollte sich zusammen und versuchte zu schlafen.

Es war eine Nacht voller Albträume, in denen ihm immer wieder sein Vater erschien. Ein Bild folgte blitzartig auf das nächste, und immer wieder hatte er Angst zu sterben.

Schließlich wurde es Morgen. Schmutzige Winterfarben in einer schwarzen Stadt. Als um neun die Türen der Geschäfte geöffnet wurden, ging Jérémie wieder in das Einkaufszentrum. Er spielte Belote und Videospiele wie am Tag zuvor. Er hätte sein ganzes Leben hinter dem Bildschirm verbringen können. Gab es überhaupt ein Leben jenseits der virtuellen Welt?

Der Verkäufer, der ihn am Vortag hinausgeworfen hatte, erkannte ihn und rief: »Raus mit dir, du Bengel! Geh woanders hin!«

Da hatte Jérémie plötzlich das Verlangen, seinen Vater zu sehen.

Er ging die Straße hinauf, die über den Viadukt Saint-Jacques zur Uniklinik führte. Die Autos auf dieser fast geradlinigen Straße fuhren sehr schnell. Manche berührten ihn fast, er spürte den Luftdruck und einen

Moment lang wünschte er sich sogar, von einem dieser vorbeirasenden Ungeheuer erfasst zu werden.

Oben auf dem Plateau standen die anonymen Gebäude des Krankenhauskomplexes. Jérémie betrat das Gelände und blieb eine Weile stehen. Wohin musste er gehen? Wo war sein Vater? Wer konnte ihm den Weg zeigen?

Die Eingangstüren öffneten sich automatisch, und er erreichte die Pforte. Die Pförtnerin sah ihn über ihre Brille erstaunt an, als er nach dem Zimmer von Monsieur Lafarge fragte. Sie tippte auf einer Tastatur und schaute dann auf den Bildschirm.

»Tut mir leid. Keine Besuchserlaubnis«, sagte sie. »Dieser Patient liegt auf der Intensivstation. Er darf keinen Besuch empfangen.«

»Aber er ist doch mein Vater!«

Die Frau nahm den Telefonhörer ab und sah ihn so durchdringend an, dass er wegrannte. Außer Atem erreichte er schließlich den Parkplatz.

Sein Vater! Er wollte ihn sehen, um jeden Preis. Niemand durfte ihn daran hindern.

Jérémie ging wieder zurück. Dann betrat er das Gebäude durch einen anderen Eingang und rief einen Aufzug. Zufällig tippte er auf die achte Etage. Eine Krankenschwester stieg auf der sechsten aus, und er folgte ihr. Er stellte sich ganz naiv und sagte:

»Ich habe mich verlaufen. Können Sie mir sagen, wo das Zimmer von Monsieur Lafarge ist? Francis Lafarge … Er ist mein Vater.«

»Komm mit, junger Mann. Wir werden mal sehen, was sich machen lässt.«

In einem Büro, auf dessen Tür »Aufsicht« stand, ging sie ans Telefon und erkundigte sich.

»Hier ist die Aufsicht der sechsten Etage. Können Sie mir bitte sagen, wo der Patient Francis Lafarge liegt?«

Sie legte auf und sah Jérémie freundlich an. »Du hast dich im Stockwerk geirrt, mein Junge. Geh wieder zum Aufzug und fahr bis in den neunten Stock. Dein Papa hat das Zimmer 928. Soll ich dich begleiten?«

Er schüttelte den Kopf und ging davon, ohne sich umzudrehen.

Über der Tür des Zimmers 928 stand in Großbuchstaben geschrieben »Intensivstation – Eintritt streng verboten«.

Vorsichtig öffnete Jérémie die Tür und trat ein.

Zuerst sah er gar nichts. Das Zimmer lag im Dämmerlicht, und man konnte nur ein paar Umrisse erkennen. Er horchte und ging noch ein paar Schritte vorwärts. Er hörte regelmäßiges Atmen, unterbrochen von einem kurzen Klacken. Plötzlich schlug sein Herz schneller. In der Mitte des Raumes sah er ein großes Bett, in dem sein Vater lag, nackt, mit allen möglichen Kabeln und Schläuchen. Wegen der Maske, die fast das ganze Gesicht bedeckte, und vor lauter Schläuchen und Elektroden war er kaum zu erkennen.

Jérémie trat näher und wollte die Hände seines Vaters anfassen. Sie waren ungewöhnlich heiß, und er ließ sie gleich wieder los.

»Was machst du denn hier?«

Der Junge schrak auf. Er hatte nicht gehört, dass jemand hereingekommen war. Eine Krankenschwester stand vor ihm und war sehr aufgebracht.

»Hast du nicht gelesen, was da draußen steht?«, fragte sie mit durchdringender Stimme und zeigte auf die Tür. »Kannst du nicht lesen? Was hast du hier zu suchen? Wer bist du?«

Jérémie sagte sich, dass ihm nichts anders übrig blieb, als schnell wegzulaufen. Er schob die Schwester beiseite und rannte auf den Flur hinaus. Er wartete nicht auf den Aufzug, sondern lief die neun Stockwerke über eine Seitentreppe hinunter. Auf dem Parkplatz schnappte er nach Luft, und dann dachte er eine Weile nach. War diese reglose Gestalt voller Kabel wirklich sein Vater? Lebte er noch? Und wenn ja, warum diese künstliche Beatmung, die seine Brust in regelmäßigen Abständen hob und senkte?

Der Junge trat gegen einen Stein, der auf einer Motorhaube landete. Erneut nahm er die Beine in die Hand und verließ im Laufschritt das Krankenhausgelände.

Clermont … die Straßen … Die vor Kälte erstarrten Fußgänger … Die Gleichgültigkeit, die überall herrschte … Das Kaufhaus, in das er noch einmal ging, um an der Playstation zu spielen … Wieder wurde es Abend … Die Rue des Gras … Ein Unterschlupf irgendwo bei der Kathedrale …

Plötzlich war da eine Polizeistreife, und er lief mitten hinein. So endete nach über sechsunddreißig Stunden das Abenteuer des Ausreißers.

Als er in den Streifenwagen stieg, schloss Jérémie die Augen und dachte an seinen Vater.

»Was für ein dummer Bengel! Und das gerade jetzt!«

Marylise war außer sich. Jérémie hätte sich wirklich zusammennehmen können, statt einfach abzuhauen. Als ob nicht alles schon schlimm genug gewesen wäre. Wenn es ihr Sohn gewesen wäre, hätte sie alles getan, um das zu verhindern. Der Junge war unauffindbar.

Es war Mittwoch, ihr schulfreier Tag. Sie sprang ins Auto und fuhr nach Clermont-Ferrand. Seit Francis' »Unfall« lebte sie wieder in ihrer Dienstwohnung. Sie hätte es nicht in Ordnung gefunden, weiter in der alten Lafarge-Villa zu wohnen, allein mit der alten bettlägerigen Tante. Lucette war zwar im Allgemeinen recht freundlich zu ihr, und es war sogar schon vorgekommen, dass sie beide gemeinsame Interessen entdeckt hatten. Aber im Moment war ihr ihre eigene Wohnung doch lieber.

Die Übelkeit hatte inzwischen nachgelassen. Marylise gewöhnte sich an den Gedanken, bald Mutter zu werden. Ihr Körper war rundlicher geworden, ihre Brüste schwerer, und sie hatte beschlossen, nicht mehr zu rauchen.

Vorsichtig fuhr sie die Landstraße entlang. Es war Glatteis, und in manchen Kurven, auf die nie die Sonne schien, lag festgefahrener Schnee. Ein bisschen Schneegeriesel fiel herab, blieb aber nicht auf der Windschutzscheibe haften. Die Wolken hingen tief, und man konnte davon ausgehen, dass es heute nicht richtig hell werden würde. Ein düsterer Wintertag.

Auch Marylises Gedanken waren düster. Der behandelnde Arzt im Krankenhaus hatte ihr nur wenig Hoffnung gemacht. »Es hat wenig Sinn, damit zu *rechnen*, dass er plötzlich wieder zu Bewusstsein kommt«, hatte er gesagt. »Aber natürlich liegt es im Bereich des *Möglichen*. Wir haben schon Dinge erlebt, mit denen nie jemand gerechnet hätte.«

Francis war ins Reich der Schatten verschwunden, und niemand konnte sagen, wie die Zukunft aussah.

Als Clermont-Ferrand in Sichtweite kam, drang ein Sonnenstrahl durch eine lichte Stelle in der Wolkenmasse. Die ganze Stadt wirkte plötzlich wie erleuchtet. Für ein paar Sekunden sah man wieder Farben in der Ebene der Limagne. Ein flüchtiges Pastell in der trüben Düsternis des Winters.

Marylise erreichte den Stadtrand und fuhr dann Richtung Plateau Saint-Jacques. Sie sah die Türme des Krankenhauses. Als sie an der Leichenhalle vorbeifuhr, überkam sie ein kurzes Schaudern.

Sie parkte ihr Auto in einer der schrägen Buchten in der Nähe der Notaufnahme. Ein leichter Südwind hatte sich erhoben, vielleicht machte er dem schlechten Wetter ein Ende.

Der Aufzug fuhr in die neunte Etage. Weiter oben gab es nichts mehr, außer gepeinigten Seelen. Marylise lächelte und musste an die Geschichten vom Fegefeuer denken, die man ihr in der Kindheit erzählt hatte. Dann ging sie den endlosen Flur entlang, dessen Boden glänzte wie ein Spiegel. Sie begegnete den Schwesternhelferinnen in ihren hellgrünen Kitteln und Schwestern in Weiß. Bald würde sie vor der Tür mit der Aufschrift »Eintritt verboten« stehen. Und wieder musste sie bei der Aufseherin betteln, dass sie ein paar Minuten bei dem leblosen Körper von Francis verweilen durfte.

Wenn er sie doch nur erkennen würde! Wenn er sie hören könnte oder etwas spüren … wenn. Aber wer wusste das schon? Eigentlich war sie sich sicher, dass er nichts merkte, wenn sie seine Hand in die ihre nahm und so fest an ihre Brust drückte, dass fast der Schlauch mit der Infusion heraussprang.

»Madame, Madame!«

Sie sah sich um. Vom Ende des Flurs lief eine Schwester auf sie zu. Marylise wartete. Ihr Herz schlug so heftig, dass sie es in den Ohren spürte. Ihre Schläfen taten ihr weh. Dieser Druck im Magen. Ihr wurde ein wenig übel.

»Heute Morgen hat er die Augen geöffnet!«, rief die Krankenschwester. »Wir haben versucht, Sie zu erreichen, aber da waren Sie schon unterwegs.«

Marylise war wie erstarrt. Was sagte die Schwester da? War das vielleicht ein Traum? Würde sie vielleicht gleich aufwachen in der traurigen Wirklichkeit und mit der Gewissheit, dass Francis nicht mehr unter den Lebenden weilte?

»Hören Sie mich, Madame? Ich rede mit Ihnen!«

Die Krankenschwester packte sie an den Schultern, zwang sie, ihr in die Augen zu sehen. Redete laut auf sie ein.

»Was haben Sie da gesagt?«

»Ich sage es gerne noch einmal. Heute Morgen ist Ihr Freund aus dem Koma aufgewacht. Verstehen Sie mich? Ist das nicht ein Wunder?«

Marylise sah sie an. Nein, sie musste sich nicht kneifen. Was die Schwester sagte, war Wirklichkeit.

Sie brach in Tränen aus und fiel der Frau in ihrem weißen Kittel um den Hals.

»Und der kleine Sohn Ihres Freundes ist auch wieder aufgetaucht«, sagte die Schwester noch. »Madame, haben Sie gehört?«

Offenbar springen die Bewohner von Coissardon dem Tod gern von der Schippe. Nach seinem schweren Unfall hätte Charles Bordel es eigentlich niemals schaffen können. Doch er schaffte es tatsächlich.

Der Bürgermeister war ein Kerl, der etwas aushalten konnte. Und er war auch jetzt noch genauso wenig auf den Mund gefallen wie vorher.

»Ist doch ganz klar, dass diese Verbrecher aus Paris mich massakrieren wollten!«, polterte er und ärgerte sich, dass ihm die Autonummer des Mercedes nicht mehr einfiel.

So redete er, wenn Leute aus der Kommune ihn im Krankenhaus besuchen kamen. Und immer wieder schmückte er seinen Bericht noch mehr aus und übertrieb maßlos.

»Na, jedenfalls sind diese Kerle aus Paris im Dorf nie mehr aufgetaucht«, sagte Roland Chantegrel.

Nervös drehte der Wirt seine Mütze in der Hand und sah auf das Krankenblatt, das am Bett des Patienten hing.

»Meine Güte, das war ganz schön knapp, mein lieber Charles.«

Er studierte das Krankenblatt noch genauer.

»Mannomann, was du für Fieber hattest! Einundvierzig zwei! Man hätte auf deiner Stirn ein Ei braten können!«

»Und was ist mit Francis?«, fragte der Bürgermeister plötzlich. »Weiß man, wie es ihm geht?«

»Scheinbar geht es auch ihm besser. Aber der Sensenmann ist ihm ziemlich nah gekommen, genau wie dir! Er hat verdammtes Glück gehabt.«

»Ist er noch im Krankenhaus?«

»Ja. Aber die Haushälterin vom Château hat uns weitererzählt, was sie von Mademoiselle Gardette erfahren hat. Er hat wohl schon die meisten seiner Vitalfunktionen wieder, wie die Ärzte das nennen.«

»Na, da hat er wirklich Glück gehabt«, sagte Charles Bordel. »Jetzt können die Bullen ihn ausfragen und endlich mehr über die Sache in Erfahrung bringen.«

Anschließend zog der Bürgermeister über die örtliche Polizei her, die nicht mal in der Lage war, ein Auto mit Pariser Kennzeichen ausfindig zu machen, das doch schließlich *alle* im Dorf gesehen hätten.

»Ich meine, so einen dicken Mercedes sieht man doch nicht alle Tage bei uns. Rauszukriegen, wer der Besitzer ist, ist doch wohl kein Hexenwerk.«

Charles Bordel geriet in Erregung, als er an die mysteriösen Fremden dachte. Er hätte die Männer aus Paris am liebsten selbst aufgespürt. Er hätte diese Banditen und Herumtreiber längst ausfindig gemacht, das stand mal fest.

»Jetzt regen Sie sich doch nicht so auf, zum Kuckuck noch mal!«, schimpfte die Krankenschwester, die bei dem Kranken das Fieber und den Blutdruck maß. »Wenn Sie so weitermachen, dürfen Sie keinen Besuch mehr empfangen.«

Bordel ließ sie reden. Als die Schwester wieder draußen war, legte er erneut los und erging sich in einer weiteren Tirade. Nachdem er sich eine Weile in Rage geredet hatte, hielt er einen Moment inne, bevor er fortfuhr.

»Einer wird wissen, wo man diese verdammten Kerle finden kann. Francis Lafarge. Aber wie kriegt man diesen Heini dazu, es auszuspucken?«

»Vielleicht hat er seit seinem Unfall eine Amnesie«, sagte Roland Chantegrel vorsichtig.

»Amnesie, Amnesie! So einfach ist das nicht, mein Lieber! Da könnte ja jeder kommen, im Leben tausend Sachen anstellen und hinterher erzählen, er erinnert sich nicht mehr dran. Nein, lieber Roland, irgendwann muss Francis schon erklären, wieso und warum das alles passiert ist. Ist doch auch in seinem Interesse, verflixt noch mal!«

»Jetzt regen Sie sich ja schon wieder so auf«, donnerte die Krankenschwester, die ins Zimmer gestürzt kam, weil man den Bürgermeister bis auf den Krankenhausflur hörte. »Sie zwingen uns noch, Ihnen ein Beruhigungsmittel zu geben, Monsieur Bordel!«

Charles Bordel seufzte, und als die Schwester ihm für einen Moment den Rücken zuwandte, schnitt er eine Grimasse.

15

Der Citroen Xantia mit der Aufschrift »Ambulanz« verließ die Hauptstraße an dem Schild »Clermont-FD 45«, bog links ein und fuhr die Allee zum Château hinauf. Der Westwind wütete in den Ästen der Linden, dürre Zweige und vertrocknete Blätter sammelten sich auf den Stufen der Freitreppe. Der Fahrer hielt nahe der Zufahrtsrampe an und öffnete die linke hintere Tür. Zuerst stieg Marylise aus, ihr folgte Francis. Sein Gesicht war ausgemergelt, er sah todmüde aus und wirkte zehn Jahre älter. Als er die erste Stufe hinaufstieg, verzog er das Gesicht vor Schmerz.

Marylise nahm seinen Arm und half ihm, die restlichen Stufen nach oben zu gehen. Als er dort angekommen war, stützte er sich auf die Balustrade und holte tief Luft.

»Du darfst dich nicht erkälten, schnell hinein mit dir«, ermunterte ihn Marylise.

Francis blieb noch eine Weile auf der Treppe stehen und blickte die Allee bis zum Eingangstor hinunter.

Marylise wusste, dass er immer noch große Angst hatte, dass seine Verfolger wiederkommen könnten. Gestern Abend im Krankenhaus hätte er beinahe sein

Gewissen erleichtert und ihr ein paar Dinge aus seiner Vergangenheit erzählt.

»Weißt du, es war in New York, im letzten Jahr. Sie wollten nicht, dass ich ...«, hatte er angefangen.

Marylise hatte an seinen Lippen gehangen, aber das war es auch schon gewesen. Was letztes Jahr in New York passiert war, hatte sie leider nicht erfahren. Francis hatte sich wieder mit einer Mauer des Schweigens umgeben. Und heute, am Tag seiner Entlassung aus der Klinik, schien er auch nicht redseliger zu sein.

»Na komm, gehen wir rein«, sagte Marylise und packte Francis am Arm.

Dankbar trat er in die wohlige Wärme der Eingangshalle, in der jetzt ein großer gusseiserner Heizkörper stand. Doch die Freude war nur kurz, denn er begegnete sogleich dem Blick von Pepsi, der auf der Kommode hockte und ihn aus seinen quittegelben Augen anstarrte.

»Ach herrje, Ihre Hässlichkeit ist ja auch schon da«, spottete Francis.

Wie immer drehte sich der Affe um und verschwand durch die Tür von Lucettes Zimmer, wo er, vermutlich um sich zu beschweren, zwei oder drei spitze Schreie von sich gab.

»Chéri«, mahnte Marylise, »war das nicht ein bisschen übertrieben? Lass doch das Tier in Ruhe.«

Francis verzog wieder das Gesicht und musste sich an der Kommode abstützen. Dann ging er ins Wohnzimmer und ließ sich auf einen Sessel fallen. Das Leder knarzte unter seinem Hintern. Er streckte die Beine aus und sah Marylise zu, die gerade den Fahrer der Ambulanz bezahlte.

Marylise, so zärtlich und ausdauernd. Jeden Tag hatte sie ihn im Krankenhaus besucht. Nach dem Unterricht war sie ins Auto gestiegen. Richtung Clermont-Ferrand und weiter bis zur Klinik. Fast hundert Kilometer hin und zurück. Oft war die Strecke nicht einfach zu fahren wegen Schnee und Glatteis. Wenn das keine Liebe war!

Sie hatte ihre Liebe zu ihm noch auf andere Weise unter Beweis gestellt, mit dem kleinen Wesen, das sie in ihrem Bauch trug. Schon wieder Vater! So was, zum vierten Mal würde er Vater werden! Was für ein Schock war das zunächst gewesen, als Marylise es ihm gesagt hatte.

»Möchtest du einen Tee, Liebling?«, fragte sie jetzt und nahm Tassen und Untertassen aus dem Wohnzimmerschrank.

»Tee? Wie grauenvoll! Willst du mich umbringen? Ich hätte lieber einen kleinen Scotch. Ich habe so lange keinen mehr getrunken.«

»Francis, du bist wirklich unvernünftig.«

»Unvernünftig, mein Schatz? Nach dem, was mir passiert ist, habe ich immer weniger Lust, vernünftig zu sein.«

Er warf ihr einen verführerischen Blick zu. »Bitte, Liebling, einen kleinen Whisky für den Mann, den du liebst.«

Sie zuckte die Achseln und stellte eine Flasche Chivas und ein Glas auf den Tisch.

»Hier, den kannst du dir selbst nehmen. Du wirst ja sehen, ob du krank wirst davon.«

Francis trank seinen Whisky und dachte, dass es im Leben doch auch schöne Dinge gab, als das Telefon klingelte.

Am anderen Ende der Leitung war Isabel, und sie war in höchster Erregung.

»Aha, da bist du ja endlich wieder!«, sagte sie. »Du bist schuld, dass Jérémie aus dem Internat abgehauen ist! Das hätte er bei mir nie gemacht. Du bist nicht mal in der Lage, dich richtig um deine Kinder zu kümmern! Du bist wirklich ein unmöglicher Vater!«

Francis hielt den Hörer von seinem Ohr weg, während seine Exfrau weiter schrie und ihn mit allen Beschimpfungen traktierte, die sie in einer Mischung aus Katalanisch und Französisch zustande brachte. Er hörte aus all dem heraus, dass sie aus Barcelona abreisen wollte, um die Dinge wieder selbst in die Hand zu nehmen und die Kinder abzuholen.

Francis seufzte ergeben, trank einen Schluck Chivas, legte den Kopf zur Seite und sagte dann »Adios, Isabel«.

Er hatte es schon immer gehasst, so angeschrien zu werden.

Im März wurden die Tage länger. Der Winter hatte noch einmal zugeschlagen. Die Wege waren gefroren und hart wie ein Amboss. Der Nordwind trieb die letzten Schneeflocken vor sich her. In der Ferne zeichnete sich die Bergkette ab wie mit Kohlestift gezeichnet. Nach dem, was die alten Leute sagten, bedeutete diese klare Sicht, dass das schlechte Wetter noch nicht vorüber war. Der blaue Rauch, der aus den Kaminen aufstieg, zeugte davon, dass die Menschen immer noch die winterliche Kälte fürchteten.

Ende der ersten Märzwoche erhielt diese Angst neue Nahrung. Die ganze Nacht hatte ein eiskalter Wind geweht und Äste heruntergerissen, Bäume waren auf elektrische Leitungen gestürzt. So waren viele Dörfer und Weiler von der Welt abgeschnitten. Es schneite wieder. In weniger als zwei Stunden waren die Wege in der Gemeinde von einer dreißig Zentimeter dicken Schicht bedeckt, und bald bildeten sich Schneewehen.

Früh am Morgen hatte der Bürgermeister die Straßenmeisterei von Vallorgues alarmiert. »Beeilt euch, Leute!«, hatte er in einem Ton gesagt, der keinen Widerspruch duldete. Und für den Fall, dass sie seine erste Aufforderung nicht gehört hatten, hatte er hinzugefügt:

»Setzt euren Arsch in Bewegung, ihr Faulpelze!«

Um zehn Uhr war immer noch kein Weg frei geräumt, und Charles Bordel griff erneut zum Telefon. Doch die Telefonleitungen funktionierten ebenso wenig wie alles andere.

»Unfähig sind diese Leute allesamt!«, brüllte er und stampfte mit dem Fuß auf den Lehmboden in der Küche des Hofs.

Seine Mutter kam herein, sah ihn an und erinnerte sich unwillkürlich daran, wie er sich mit zehn Jahren aufgeführt hatte.

»Du benimmst dich wie ein trotziger kleiner Junge«, sagte sie. »Werd endlich erwachsen. Wenn die Bürger von Coissardon dich so sehen könnten, würde keiner von ihnen glauben, dass du der Bürgermeister bist!«

Beleidigt drehte Charles sich um und goss sich ein Glas Wein ein.

»Ich dachte, du hättest im Krankenhaus etwas dazugelernt«, fuhr seine Mutter fort und sah ihn eindringlich an. »Glaubst du etwa, der Schnee schmilzt und die Wege werden frei geräumt, nur weil du so viel trinkst?«

»Ach, halt den Mund, Mutter«, sagte Charles, »du bist hier für nicht alles verantwortlich.«

Er trank sein Glas in einem Zug leer, wischte sich den Mund ab und ging wieder in der Küche auf und ab. Dabei schnaufte er wie ein Blasebalg.

Bald steckten seine beiden Brüder den Kopf durch die Tür. Sie kamen gerade aus dem Schweinestall und rochen entsprechend.

»Mein Gott, ihr stinkt vielleicht!«

Charles machte aus seinem Herzen keine Mördergrube. René und Marcel stanken aber auch wirklich wie die Pest, sodass auch dem gröbsten Haudegen davon schlecht werden konnte. René verzog aus Protest den Mund und ließ ein paar seiner Zahnstümpfe sehen. Marcel spuckte auf den Boden.

Charles Bordel blickte durch das Küchenfenster nach draußen. Der Wind hatte sich gelegt, nur ein paar Flocken schwebten noch durch die Luft und malten Arabesken.

Um elf Uhr kam der Wagen von Doktor Palasse in den Hof gefahren. Er steuerte beherzt durch eine Schneewehe, die den Hofeingang versperrte. Mit einer Kapuze auf dem Kopf stieg der Doktor aus und ging auf das Haus zu, wobei ihm der Schnee bis zu den Knien reichte.

»Könnten Ihre Brüder nicht mal die Einfahrt frei schaufeln, anstatt den Boden anzustarren?«, fragte er.

»Meine Brüder sind alte Nichtstuer. Sagen Sie ihnen ruhig, dass sie sich an die Arbeit machen sollen. Das können Sie sicher besser als ich.«

Der Bürgermeister bot dem Arzt einen Stuhl an, doch der ging lieber zum Ofen, um sich dort die Hände zu wärmen.

»Sie haben es also bis hierher geschafft«, sagte Bordel, um das Schweigen zu durchbrechen. »Es gibt sicher einen wichtigen Grund dafür. Bei so einem Wetter geht ein Arzt doch sicher nicht freiwillig vor die Tür, oder?«

Er lachte, doch sein Lachen klang nervös.

»Sie haben doch sicher einen Grund, Doktor Palasse, nicht?«, fragte er erneut.

Der Arzt entfernte sich vom Ofen und rieb seine Hände gegeneinander. Dann wandte er sein längliches Gesicht plötzlich dem Bürgermeister zu.

»Ihnen brauche ich sicher nicht zu sagen, Bürgermeister, was für ein Gerücht seit einiger Zeit in Coissardon die Runde macht«, sagte er.

»Was für ein Gerücht denn, Doktor?«

»Dass diese Mercedes-Gang Ihren Unfall verursacht hat – dieselben Typen, die auch den armen Lafarge beseitigen wollten.«

»Man kann den Leuten ihren Tratsch nicht verbieten«, meinte Bordel unbehaglich.

»Nun ja, was auch immer passiert ist, Sie und Lafarge sind beide noch am Leben. Man könnte sich also durchaus vorstellen, dass die beiden Kerle sich wieder ans Werk machen, um das zu Ende zu bringen, was sie bisher nicht geschafft haben.«

»Was phantasieren Sie denn da?«

»Ich phantasiere nicht, ich mache mir nur meine Gedanken. Das ist alles.«

Bordel goss sich ein neues Glas Wein ein und trank es in ein paar Zügen. Dabei mied er den forschenden Blick des Arztes.

»Sie trinken zu viel, Herr Bürgermeister«, sagte er. »Es wird nicht mehr lange dauern, bis es Sie ganz schön erwischt.«

»Habe ich Sie gerufen, weil ich krank bin, Doktor? Ich kann mich nicht daran erinnern.«

Der Blick des Bürgermeisters war böse, seine Mundwinkel verzerrten sich, und er spürte Wut in sich aufsteigen. Herausfordernd goss er sich ein zweites Glas ein.

»Ja, ich trinke zu viel«, räumte er ein. »Aber das Leben ist nicht gerade schön, und man muss die guten Momente genießen. Stellen Sie sich vor, der Rebensaft gehört für mich zu den Dingen, die das Leben angenehm machen. Für Sie etwa nicht?«

»Jetzt hören Sie mal für eine Minute mit diesem Schwachsinn auf!«, rief der Arzt mit lauter Stimme. »Ich bin aus einem sehr ernsten Grund hergekommen.«

»Ich bin ganz Ohr, Doktor«, sagte Charles Bordel gehorsam.

»Also Folgendes: Die Typen, die Sie in den Abgrund gestoßen und Lafarge angefahren haben, sind Kriminelle. Können Sie mir folgen?«

»Ohne Schwierigkeiten. Fahren Sie fort.«

»Glauben Sie im Ernst, die werden Sie in Ruhe lassen, nachdem sie Sie beide verfehlt haben?«

Charles Bordel senkte den Kopf und sah auf den gestampften Lehmboden, auf dem zwischen Krümeln, Wurstpellen und Käserinden auch Hühnerkot lag.

»Und was schlagen Sie vor Doktor?«, fragte der Bürgermeister niedergeschlagen.

»Dass wir uns wehren, verdammt noch mal! Wie wollen Sie sonst mit solchen Verbrechern umgehen? Sind Sie ein Mann aus der Auvergne oder ein Waschlappen?«

»Aber, Doktor!« Charles Bordel richtete sich zu seiner vollen Größe auf.

»Na, endlich wacht er auf! Es wird aber auch wirklich Zeit! Also, im Dorf haben die Leute einen Plan ausgeheckt. Hören Sie gut zu, dann erkläre ich Ihnen, worum es geht. Wir brauchen Ihre volle Rückendeckung, Bürgermeister, verstehen Sie …«

Draußen wehten heftige Windböen Schnee gegen das Haus. Charles Bordel zog fröstelnd die Schultern hoch und nahm einen weiteren Schluck Wein.

»Trinken Sie nicht so viel, Bordel!«

»Ersparen Sie mir Ihre Predigten, Doktor.«

Natürlich ging es Pepsi wieder miserabel. Das war klar, denn Francis und er konnten einfach nicht unter einem Dach leben. Allein dass er die Gegenwart dieses Mannes wieder ertragen musste, hatte bei dem sensiblen Kapuzineräffchen erneut einen Fieberschub ausgelöst.

Francis verbrachte auch tagsüber noch viele Stunden im Bett. Wenn Marylise abends aus der Schule kam, fand sie ihn oft noch schlafend vor. Manchmal weigerte er sich aufzustehen, mit der Begründung, ihm sei schwindelig oder seine Beine trügen ihn nicht.

Julien, Jérémie und Cécile taten alles, damit er während ihrer Besuche nicht einschlief. Er schenkte ihnen aber nur eine freundlich-zerstreute Aufmerksamkeit, bevor er wieder wegdöste. An manchen Tagen genehmigte er sich eine Zigarette oder auch ein paar. Marylise bemerkte es jedes Mal. Sie riss die Fenster auf, um zu lüften, und er beschwerte sich und fragte, ob sie ihn umbringen wolle.

»Und das Baby in meinem Bauch, glaubst du, das freut sich über den Zigarettenrauch?«, fragte sie. Dann gab er Ruhe und schwieg.

Eines Abends Ende März, als der Himmel im Westen rot hinter den Hügeln leuchtete, trat Francis ans Fenster, öffnete es weit und lehnte sich hinaus. Die Natur war erwacht, ohne Zweifel, es roch nach Frühling, und die Bäume trugen Knospen. Im Park hörte man Wasser plätschern, und die Vögel zwitscherten oder jagten sich gegenseitig auf der Allee. Ganz in der Nähe der großen Linde piepsten Meisen, zwei Amseln versteckten sich unter den Blättern einer Weißdornhecke, weiter weg suchten Spatzen nach Körnern im schon wieder kräftig grünen Gras.

Francis blickte in die Ferne. Am Horizont zeichneten sich rosa und purpurne Streifen am Himmel ab. Er nahm einen tiefen Luftzug und roch den frischen Geruch der Erde. Und gerade ging über ihm der Abendstern auf. Venus erstrahlte in dem Moment, als die anderen Farben zu verblassen begannen.

Lange Zeit sah Francis sich den Planeten an. Es wurde dunkel. Er hörte eine Amsel, die durch die Allee flog und ein lachendes Geräusch von sich gab, und dann tauchten am Ende des Parks die Scheinwerfer von Marylises Auto auf. Francis atmete aus und schloss das Fenster.

Er hatte sich vorgenommen, heute Abend der Frau, die er liebte, alles zu erzählen, die ganze Wahrheit. Er war bereit, ihr sein Herz auszuschütten.

Er wollte ihr gegenüber aufrichtig sein und auch dem neuen Wesen gegenüber, das in ihrem Leib heranwuchs.

Ein Hund unten im Dorf begann zu bellen. Francis hörte, wie Lucette hustete und Pepsi leise quietschte. Ein Balken knackte. Das Haus seiner Kindheit war lebendig und atmete. Und es sagte ihm, dass er sich endlich von seinen Ängsten und seinem Groll befreien sollte.

Francis wartete auf Marylise, und als sie hereinkam und ihm zulächelte, begann er zu sprechen.

Es war letztes Jahr in New York. Mein Flugzeug kam aus Paris und war über Dublin geflogen. Die Import-Export-Geschäfte liefen nicht besonders. Aus einem gewissen Abstand heraus kann ich sogar sagen, sie liefen ziemlich schlecht. Im internationalen Handel ist man das gewöhnt, und man wird mit der Zeit stoisch und gelassen. Einen Monat ist man im grünen Bereich, dann wieder im roten, es gibt gute und schlechte Jahre, und man kriegt es schon immer irgendwie hin. Aber man muss, um damit klarzukommen, ziemlich robust sein.

Die Amerikaner haben starke Vorurteile gegen alles, was aus der Alten Welt kommt. Nach der Geschichte mit den hormonverseuchten Rindern haben sie uns Franzosen nicht mehr besonders gern. Als ich also am Kennedy-Airport ankam, wusste ich schon, dass es nicht einfach sein würde. Wie schlimm es aber wirklich werden sollte, konnte ich mir bei Weitem nicht vorstellen.

Es war der reinste Horror, wirklich, und wenn ich von Horror spreche, dann meine ich das auch.

Ich sollte eigentlich nur eine gute Woche in New York bleiben. Aber dann wäre ich dort beinahe lebendig verfault. Unter der Erde vergammelt. Also, ich erklär's dir.

Francis hatte plötzlich große Lust zu rauchen. Instinktiv tastete er nach seinem Päckchen Philip Morris. Marylise strich sich über den Bauch und zog die Augenbrauen hoch.

»Was für ein Hornochse ich doch bin!«, sagte er grinsend. »Es gibt Tage, an denen ich vergesse, dass ich dir zuliebe auf das Rauchen verzichte. Da kannst du mal sehen, wie sehr wir Menschen Sklaven unserer Gewohnheiten sind.«

Er stand aus seinem Sessel auf, trat zu Marylise, gab ihr einen Kuss auf die Stirn und legte eine Hand auf ihren Bauch.

»Ich spüre, wie sich das Kindchen bewegt«, sagte er.

Marylise lächelte, dann bat sie ihn, mit der Geschichte fortzufahren.

Er ging ans Fenster, hob eine Gardine hoch und sah hinaus in die Dunkelheit. Nach einer langen Pause begann er wieder zu sprechen.

Ich stieg in einem Hotel an der 57. Straße ab.

In Dublin hatten sie mir gesagt: »Wenn du mit dem Gesöff, das du da hast, klarkommst, kannst du dir dort eine goldene Nase verdienen.«

Also kannst du dir vorstellen, dass ich mich vom ersten Tag an mächtig ins Zeug legte.

Ich habe Bordeaux-Wein verkauft, der keiner war. Genauer gesagt, es war ein billiger Wein, der aus keiner guten Lage stammte, eine Appellation contrôlée. Auf dem Etikett stand aber in großen Buchstaben »Château« und irgendein Phantasiename und darunter »Grand vin de Bordeaux«.

In Irland hatte der Trick gut funktioniert, und deshalb wollten wir es auch in den USA versuchen. Richtiger Betrug war es nicht. Allerdings glaubten die Kunden, sie kauften einen echten Bordeaux, dabei war es ein billiger Wein, der irgendwo im Bordelais abgefüllt wurde. In Frankreich hätte sich davon niemand täuschen lassen. Aber da drüben gibt es keine richtigen Weinkenner. Jedenfalls glaubte ich das.

Das Holiday Inn lag unweit vom Central Park. Ich hätte niemals in der Nacht allein dort herumlaufen dürfen, aber wenn man immer im Voraus wüsste, was man machen soll und was nicht, wäre das Leben ja auch zu einfach.

Mein erster Kontakt war mit einem Kerl aus Arizona. Ich glaube, er wohnte in Tucson. Ein typischer Amerikaner, mit dicker stinkender Zigarre, Stetson-Hut in der Stirn und einem Akzent, dass man Bauchschmerzen kriegte. Einer, bei dem man dachte, man würde neben John Wayne in einem Western spielen.

Er hieß Kelly, und jedenfalls handelte er in Tucson mit kalifornischem Wein. Und außerdem in einem kleinen Ort am Rande der Sonora-Wüste. Wir beide waren ein bisschen angetrunken an jenem Abend. Er sicher noch mehr als ich. Ohne zu zögern, bestellte er bei mir zehntausend Flaschen! Das Geschäft in den USA schien unter einem guten Stern zu stehen.

Dann meinte Kelly plötzlich zu mir: »Komm, wir gehen im Plaza *noch einen Champagner trinken.«*

Wer kennt nicht das Plaza, *zumindest vom Hörensagen! Alte reiche Frauen, mit Schmuck behängt und fett, die sich mit Gebäck vollstopften, während Zigeunermusik spielte.*

Kelly und mir gefiel die Bar sehr gut, die Gegenwart dieser Omas weniger. Der Champagner kostete zweihundertfünfzig Dollar pro Flasche und musste allein deshalb schon gut sein.

Bei so einem Kunden musste ich mir erlauben, großzügig zu sein …

An dieser Stelle unterbrach Francis seine Erzählung. Er biss die Zähne zusammen, und sein Blick wurde hart. Kalt. Es war der Blick eines Mannes, der weiß, was ein Irrtum kosten kann und dass er nicht rückgängig zu machen ist. Er schwieg eine lange Zeit, ehe er fortfuhr, und Marylise respektierte diese Pause.

Draußen war es inzwischen tiefschwarz. Außer dort, wo die Straßenlaternen leuchteten, war die Nacht undurchdringlich und geheimnisvoll.

Francis trat ans Fenster. Manchmal überkam ihn noch ein plötzlicher Schwindel. Dann drehte sich ihm alles, und er musste sich aufstützen oder hinsetzen. Eine geradezu panikartige Angst, hinzufallen und nicht mehr aufstehen zu können, verfolgte ihn bis in seine Träume.

Er hielt sich einen Moment am Fensterriegel fest und sagte, damit sich Marylise keine Sorgen machte: »Entschuldigung, mir war gerade ein bisschen schwindelig, aber es geht schon wieder. Wo waren wir stehen geblieben? Genau. Ich war also im *Plaza* und trank meinen Champagner …

Kelly erzählte mir aus seinem Leben als Wein- und Spirituosenhändler.

»In der Sonora-Wüste«, erklärte er mir, »haben die Männer einen solchen Durst, die würden ganze Fässer von deinem Château de Dingsbums trinken.« Er lachte über seinen eige-

nen Witz. »Und sie wären sogar in der Lage, dir dafür sehr viel zu bezahlen.«

Die Sonora-Wüste! Eine Mondlandschaft! Kelly erzählte mit begeisterter Miene davon.

»Kannst du dir das vorstellen?«, sagte er. »Der Courthouse Rock, ein spitzer Berg aus Lava, ist höher als das Empire State Building hier in New York.«

In seinen Augen funkelte es. Er sprach auch vom Colorado River, in den die Fluten des Golfs von Kalifornien drangen und die Ufer durch ihr Salz unfruchtbar machten. Ich hörte ihm zu und träumte davon, über die Vulkankrater zu fliegen. Ich bekam wieder Lust auf einsame Gegenden. Sie erinnerten mich an die Hochplateaus von Ostafrika, auf denen ich als junger Mann gewesen war.

Aber Kelly war kein Träumer. Zwei Tage nach unserem Treffen im Plaza *wollten wir uns wieder treffen, um den Vertrag zu unterschreiben und festzulegen, wohin der Wein geliefert werden sollte. Wir hatten uns am frühen Abend in der 49. Etage des* Marriott *verabredet, in einer angesagten Bar am Times Square.*

Weißt du, wie der Times Square aussieht, Liebste? Ach nein, man kann sich diesen Monsterplatz nicht vorstellen, wenn man ihn nicht mit eigenen Augen gesehen hat. Es ist wie Piccadilly und Pigalle zusammen, aber viel großartiger. Riesige blinkende Neonlichter, grelle Farben. Und dann die berühmten gelben Taxis, die überall herumsausen und wie wild hupen. Es sieht alles total verrückt aus. Der Großstadtdschungel in all seiner Pracht. Weg da, Mann, mach mir Platz und her mit der Kohle!

Ich sah also von der drehbaren Bar des Hotels auf New York und wartete auf Kelly. Es wurde Abend, und die Stadt sah wunderschön aus mit all ihren Lichtern. In der Ferne sah ich die Liberty-Statue, die winzig klein wirkte. Umgeben von einem orangefarbenen Licht, das sie wie eine Heilige aussehen ließ. Heilige Liberty, bitte für uns …

Ich trank meinen Whisky und wartete. Ich hing hier jetzt schon eine ganze Weile rum, und das Warten wurde mir lang. Was war bloß mit Kelly los?

Die Plattform drehte sich weiter. Jetzt war ich genau gegenüber dem Rockefeller Center im Nordosten. Weiter südlich erhob sich das Empire State Building. New York war einfach unglaublich, und Kelly hatte mich, wie es aussah, hinters Licht geführt.

Ich wollte die Bar gerade verlassen, als plötzlich hinter der Scheibe der Eingangstür sein wettergegerbtes Gesicht auftauchte. Kelly war völlig verschwitzt und schien ganz außer sich. Er erzählte mir, er hätte an einer Kreuzung der 38. Straße fast einen Unfall gehabt, ließ sich in einen Sessel fallen und bestellte einen Whisky Soda.

An diesem Abend wich Kelly meinem Blick aus. Hinterher ist es immer einfach zu sagen, ich hätte misstrauischer sein müssen. Er erzählte mir jedenfalls, er habe die Verträge im Hotelzimmer liegen lassen, und deshalb müssten wir uns noch einmal treffen, um das Geschäft klarzumachen. Er erzählte mir auch, er brächte noch einen Freund mit, der sich mit Weinen auskenne, und wir verabredeten uns für den nächsten Abend in der gleichen Bar, zur selben Zeit.

Inzwischen hatte ich noch andere Kunden aufgetrieben, vor allem Köche französischer und italienischer Restaurants. Auf diese Weise hatte ich schon ein paar Hundert Flaschen losgeschlagen, mit der Aussicht auf weitere Bestellungen. Doch das war nichts gegen die Bestellung von Kelly. Kellys Bestellung war gigantisch …

Francis ging ein paar Schritte durch das Zimmer. Wieder hätte er gern eine Zigarette geraucht. Marylise sah ihn unentwegt an. Sie sagte nichts. Sie war gebannt von seinem Bericht und wartete auf den Moment, in dem er bereit war, weiterzuerzählen.

Er trat zu ihr und streichelte ihr übers Haar. Dann küsste er sie in den Nacken, an der Stelle, die bei ihr sonst immer eine Gänsehaut hervorrief und zugleich ein nervöses Lachen.

Doch Marylise war jetzt nicht zum Lachen zumute. Sie wollte unbedingt wissen, wie die Geschichte weiterging und wie sie endete.

Francis trat ans Fenster und drückte die Stirn an die kalte Scheibe. Dann setzte er mit halb geschlossenen Augen seine Geschichte fort.

Am nächsten Tag wurde mir die verdammte Sache zum Verhängnis.

Den ganzen Tag tigerte ich nervös durch die Straßen und wartete auf das Treffen mit Kelly und seinem Freund, diesem Weinspezialisten. Ich glaube, ich bin zu Fuß von der Südspitze Manhattans bis nach Harlem im Norden des Central Parks gelaufen. Ich überquerte die Brooklyn Bridge, blieb ein Weile dort stehen und sah mir die Skyline von Manhattan an. Ich durchquerte Soho, in Little Italy ging ich in eine Trattoria und trank Roséwein, der bestens zu den »Gnocchi a la casa« passte.

Dann spazierte ich die Fifth Avenue hinauf bis zum Madison Square Garden, ich kam am Empire State Building vorbei, am Rockefeller Center und an der Saint-Patrick-Kathedrale, die inmitten all der Wolkenkratzer ganz klein wirkte. Dann kam ich zum Central Park und ging weiter nach Harlem, wo auf der Malcolm X-Avenue ein paar Schwarze zusammenstanden und mich neugierig anstarrten.

Ich schlenderte durch den Central Park zurück, diesen grünen Ozean in der Betonwüste. Lange beobachtete ich ein Eichhörnchen, das auf einem Ast saß und mich ebenfalls beäugte. Auf den Wegen, die kreuz und quer durch den Park führten, liefen Männer und Frauen in Jogginghosen. Ein paar Inline-Skater sausten mit Kopfhörern an mir vorbei.

Ich hielt an und setzte mich auf den Rasen. Die Stunde unseres Treffens rückte näher, und ich weiß nicht warum, aber ich hatte plötzlich ein ganz ungutes Gefühl.

Der großartige Handel, den ich mit Kelly schon so gut wie abgeschlossen hatte, die Freude, die ich dabei empfunden hatte, sie war wie weggeblasen, eine merkwürdige Angst überkam mich, ohne dass es dafür einen triftigen Grund gab. Vielleicht war es die Angst, dass das Geschäft doch noch platzen würde. Vielleicht war ich auch nervös wegen dieses angeblichen Weinspezialisten.

Wer war dieser Mann? Warum hatte sich Kelly an ihn gewandt? Wollte man mir eine Falle stellen?

Gegen sechs war ich wie am Abend zuvor in der 49. Etage des Marriot. *Kaum saß ich an der Bar, kam ein Kellner zu mir und sagte: »Mr. Lafarge? Ich habe eine Nachricht von Mr. Kelly für Sie.«*

Kelly ließ mich wissen, sein Freund sei verhindert, aber er wäre an diesem Abend noch auf der Terrasse des Belvedere *im Central Park. Er wollte mich dort um Mitternacht treffen und bat um Entschuldigung für diese unmögliche Zeit.*

Um Mitternacht in den Central Park zu gehen! Man muss schon ganz schön blöd sein, um sich dort mit jemandem zu solch vorgerückter Stunde zu treffen.

Ich hatte die wildesten Geschichten von bösen Überraschungen gelesen, die man im Central Park erleben konnte. Gauner, Drogenabhängige, Alkoholiker und so weiter, ich wusste, dass diese Gegend nachts von schrägen Typen bevölkert war. Vielleicht war es ein bisschen verrückt von mir, aber ich ging trotzdem hin.

Das Belvedere *sieht aus wie ein schottisches Schloss, nur in kleineren Dimensionen. Am Tag kann man es aus der Entfernung erkennen. In der Nacht ist das schwieriger. Kannst du dir vorstellen, wie das ist, nachts allein über die Parkwege zu laufen? Ich habe das gemacht. Mein Herz schlug zwar schneller, wenn ich an Typen vorbeiging, die auf dem Rasen lagen und sich eine Spritze setzten, aber ich ging immer weiter.*

Zwielichtige Gestalten sprachen mich an, andere beschimpften mich. Ich erspare dir die Einzelheiten. Einem Transvestiten, der sich allzu heftig an mich ranmachte, verpasste ich einen Fausthieb. Wie auch immer, kurz nach Mitternacht war ich am Belvedere. *Kelly und sein Weinspezialist warteten dort auf mich …*

Francis fuhr sich mit der Hand über die geschlossenen Lider. Seine Stirn glänzte feucht, seine Mundwinkel zuckten, und er machte mit dem Handrücken eine Bewegung, als wolle er einen Albtraum vertreiben.

Schließlich trat er vom Fenster zurück und stellte sich an den Kamin. Es war still im Zimmer, von draußen hörte man das Ächzen des Windes, der sich gegen das alte Gemäuer stemmte. Durch das Fenster fiel der Mondschein und erhellte eine Ecke des Raumes.

Marylise wartete gespannt. Der Augenblick, von dem Francis ihr gerade berichten wollte, gehörte sicherlich zu jenen Momenten im Leben, in denen man erkennt, wie sinnlos das menschliche Tun sein kann. Und die einen immer wieder verfolgen. Francis stand da, gegen den Kamin gelehnt, mit geschlossenen Augen und in gebeugter Haltung. Sein Gesicht war ganz blass.

»Erzähl weiter!«, bat sie ihn.

Es war, als sei Francis aus einem bösen Traum erwacht. Er riss die Augen auf und warf ihr einen verstörten Blick zu. Dann ging er wieder ans Fenster und setzte seinen Bericht fort.

Kelly und dieser Weinspezialist warteten also auf der Terrasse des Belvedere *auf mich.*

Kelly stellte ihn mir vor. Ich hatte an einen Amerikaner gedacht, doch es stellte sich heraus, dass Thivat Franzose war. Er stammte sogar aus der Gegend von Bordeaux!

Als ich das erfuhr, bekam ich einen Riesenschrecken. Mir war klar, dass dieser Mann sofort erkennen würde, dass ich mit gepantschtem Wein handelte. Ich gab mich jedoch gelassen und setzte mich zu den beiden in einen Sessel.

Der Weinspezialist redete mich auf Französisch an. Ich bemerkte, dass er für einen Mann aus dem Südwesten einen seltsamen Pariser Akzent hatte, doch er erklärte es damit, dass sein Vater Berufssoldat gewesen sei und nach Fontainebleau versetzt worden war, als er noch ein Kind war.

Thivat gehörte zu den Leuten, die einem vom ersten Moment an unangenehm sind. Wie soll ich das erklären? Er erschien mir steif in seiner Haltung und in seiner Art zu reden. Sein khakifarbener Regenmantel war wie eine zweite Haut für ihn, er zog ihn niemals aus. Und dann dieser Blick! So etwas hast du noch nie gesehen. Sein rechtes Auge war hellblau und das linke grau! Das sah irgendwie unheimlich aus. Du kennst mich gut genug, um zu wissen, dass ich mich nicht leicht durch Äußerlichkeiten beeinflussen lasse. Aber die merkwürdigen Augen von Thivat irritierten mich sehr.

Nach einer Weile wurde Kelly ungeduldig. Er verlangte, dass wir in seiner Gegenwart Englisch sprachen und mit diesem verdammten Französisch aufhörten, das er nicht verstand. Also redeten wir in der Cowboysprache, aber ich hatte wegen Thivat, dem Weinkenner, weiterhin ein ungutes Gefühl. Während ich meinen Prospekt herausholte, sagte er kein Wort. Er gab sich leicht distanziert, trank einen alten Armagnac und rauchte eine Havanna, die Kelly ihm spendiert hatte. Ich fing an, diesen tollen Grand Cru aus dem Bordelais zu preisen. Ich trat die Flucht nach vorn an und sprach von dem ungewöhnlichen, ja unvergleichlichen Preis-Leistungs-Verhältnis dieses göttlichen Tropfens.

Irgendwann hatte ich den Eindruck, ein Lächeln auf Thivats Lippen zu erkennen. Sein blaues Auge schien zu leuchten, während das graue trüb blieb.

Kelly wollte die Meinung des Weinspezialisten, bevor er mit mir den Vertrag abschloss. Nachdem ich also meinen beeindruckenden Vortrag gehalten hatte, rückte er seinen Stetson gerade, trank einen Schluck Gin und wandte sich ihm zu.

»Na, was halten Sie davon, Thivat? Mache ich da mit unserem Freund Francis ein gutes Geschäft?«

Meine ganze Zukunft hing von Thivats Antwort ab. Fiel sie negativ aus, konnte ich gleich einpacken. War sie positiv, war es das Geschäft meines Lebens, und ich hatte mir wirklich eine goldene Nase verdient. Es war, wie du dir sicher vorstellen kannst, ein entscheidender Augenblick. Mein Herz schlug so heftig, dass ich glaubte, die ganze Bar müsste es hören und alle Leute sähen zu mir herüber.

Thivat schwieg eine ganze Weile, in der er mich durchdringend ansah, ich fühlte mich fast nackt unter seinen Blicken und dachte, er hätte mich durchschaut.

»Was ich davon halte?«, fragte er langsam. Er zog an seiner Zigarre und blies den Rauch an die Decke. »Also ehrlich, ich halte sehr viel davon«, sagte er dann. »Sie können das ohne Bedenken unterschreiben, Mr. Kelly. Dieser Wein ist einer der ganz großen. Ihre Kunden werden begeistert sein und mehr davon haben wollen. Bei diesem Preis machen Sie ein gutes Geschäft, da bin ich mir ganz sicher.«

Ich kann dir sagen, nach dieser Äußerung des Weinspezialisten war ich von den Socken. War es möglich, dass sich ein Kenner derart täuschen ließ? Oder wie sollte ich mir sonst erklären, dass er sich, ohne zu zögern, auf meine Seite geschlagen hatte?

Wenig später sollte ich den Grund erfahren. Es war zwei Uhr morgens. Kelly hatte sich mit Gin zugeschüttet und schnarchte unter seinem Stetson eingenickt, ein Bein über der Sessellehne.

Thivat nutzte die Gelegenheit, um wieder Französisch mit mir zu sprechen.

»Gratuliere, mein Freund, da haben Sie diesem blöden Amerikaner ja wirklich den letzten Fusel angedreht. Gut gemacht, Lafarge! Was haben Sie für ein Glück, dass ich Sie nicht verpfiffen habe!«

Er zog genüsslich an seiner Havanna und fuhr dann fort: »Wie viel verdienen Sie mit diesem Deal? Nein, Sie brauchen nichts zu sagen … Zehntausend Flaschen falscher Bordeaux pro achtzig Dollar die Flasche, das macht …« Er pfiff anerkennend durch die Zähne und räkelte sich zufrieden. »Oh ja, das ist wirklich eine Menge Kohle. Haben Sie keine Angst, so einen Batzen Geld im Koffer nach Frankreich zu schleppen?«

Ich fühlte mich durchschaut und wurde wütend.

»Hören Sie auf, Thivat, lassen Sie mich in Ruhe! Wenn Ihnen das nicht passt, dann brauchen Sie es ihm doch nur zu sagen!«

Ich war wohl laut geworden, denn die anderen Gäste drehten sich zu uns um, und Kelly riss erstaunt ein Auge auf. Er schob seinen Hut mit dem Zeigefinger nach hinten und sah uns fragend an.

»Was macht ihr denn hier für einen Lärm?«, seufzte er. »Gibt es Probleme?«

Thivat erklärte, alles sei in Butter und es sei jetzt an der Zeit, ins Bett zu gehen. Während Kelly in der Garderobe seinen Mantel holte, nahm Thivat mich beiseite und sagte: »Wir sehen uns wieder, Lafarge. Ich habe Ihnen ganz schön geholfen bei diesem Handel mit Ihrer appellation non contrôlée. *Ohne mich hätten Sie ein ganz schönes Desaster erlebt. Was halten Sie davon, halbe-halbe zu machen?«*

In seinem blauen Auge funkelte es, während das graue plötzlich grünlich wirkte! Ich kann dir sagen, der Blick dieses Mannes ging einem durch Mark und Bein.

Bevor wir uns trennten, raunte er mir zu: »Morgen Abend, um Mitternacht, am selben Ort. Passt Ihnen das? Wenn nicht, finde ich Sie auch in Ihrem Hotel in der 57. Straße! Bonne nuit, Fuselverkäufer. Träumen Sie schön!«

Dieser Dreckskerl hatte mich in der Hand, und das wusste er auch ganz genau!

Francis ballte die Fäuste und hielt einen Augenblick inne. Aus Lucettes Zimmer hörte man das gedämpfte Geräusch des Fernsehers. Wie jeden Abend um diese Zeit sah sie ihre Lieblingsquizsendung. Und wie jedes Mal beantwortete sie neun von zehn Fragen richtig. Sie hätte jeden Konkurrenten entmutigt.

Die ganze Nacht über wehte ein heftiger Nordwind. Es hörte sich an wie ein wildes Tier, das mit dem Kopf gegen die Mauern des Hauses schlug. Es zog durch die Ritzen, die Gardinen wurden hochgewirbelt, blieben einen Augenblick in der Luft und fielen dann wieder in sich zusammen, in Erwartung eines neuen Wutausbruchs.

Marylise war es kalt. Sie schmiegte sich an Francis. Schweigend nahm er sie in den Arm, den Blick ins Leere gerichtet. In die endlose Dunkelheit der Nacht vor dem Fenster. Sie hörten Pepsi auf dem Flur, der zu den Schlafzimmern führte, leise schreien. Der Affe wartete ungeduldig vor der Tür seines Frauchens. Das Geräusch seines Getrappels auf dem Holzboden wurde lauter, dann hörte es ganz auf.

Francis lockerte seine Umarmung und vergrub sein Gesicht in Marylises Haar. Dann seufzte er und fuhr mit seiner abenteuerlichen Geschichte fort. Marylise setzte sich wieder. Francis blieb allein vor dem Fenster stehen. Schon möglich, dass man aus der Ferne seine Gestalt erkennen konnte.

Ja, dieser Thivat war wirklich ein unglaublicher Dreckskerl! Natürlich erpresste er mich, er hatte mich ja in der Hand.

Der Tag nach jenem denkwürdigen Abend im Central Park zog sich unerträglich in die Länge. In Chinatown vertickte ich zwei oder drei Kartons meiner Flaschen und auch in manchen Restaurants am Broadway. Es war nicht viel, nichts als Kleinvieh. Und natürlich dachte ich unentwegt an mein nächtliches Treffen mit Thivat.

Ich hätte mich bei diesem Banditen wirklich vorsehen sollen. Er kannte meine Adresse in New York, ich war nicht mehr in der Lage, mich in Sicherheit zu bringen. Ich war in eine Falle geraten, die ich mir selbst gestellt hatte.

Um halb zwölf nahm ich ein Taxi und ließ mich vor dem Metropolitan Museum of Art absetzen. Als der Chauffeur, der aus Haiti kam, sah, dass ich Franzose war, warnte er mich vor den nächtlichen Gefahren des Central Parks. Ich versicherte ihm, sie zu kennen, nahm meinen ganzen Mut zusammen und begab mich in die Höhle des Löwen.

Dieselben Fixer, Dealer, Gestrandeten, kleinen Betrüger, Selbstmörder und Huren: Auf engem Raum befand sich dort der ganze Abschaum der amerikanischen Gesellschaft. Gestern hatte ich noch meine Fäuste eingesetzt, aber heute rannte ich wie ein Wilder. Wie habe ich es nur geschafft, ungehindert zum Belvedere *zu kommen? Noch heute frage ich mich das manchmal.*

Dieses Miststück von Thivat wartete bereits auf mich …

Er wartete vor dem Belvedere *auf mich, aber er war nicht allein. Er war flankiert von zwei Schlägertypen. Zwei richtige Schränke, da hatte ich keine Chance.*

»So, Monsieur Lafarge«, fing Thivat an, »ich hoffe, wir beide werden ins Geschäft kommen.« Dann lachte er laut, und die beiden Mike-Tyson-Klone lachten mit und zeigten ihre Dromedarzähne.

Ich war jetzt offenbar per Du mit diesem Thivat, oder besser gesagt er mit mir.

»Komm ja nicht auf die Idee abzuhauen, mein Freund, wir unterhalten uns weiter auf Französisch. Diese beiden Muskelpakete verstehen kein Wort. Aber wenn du mich wieder Englisch sprechen hörst, sieht es schlecht für dich aus. Hast du kapiert?«

Bei seinem Pariser Unterweltakzent bekam ich eine Gänsehaut, aber ich sagte ihm, ich hätte keine Angst vor seinen Drohungen. Er lachte noch lauter, bevor sein Miene erst wurde.

»Ich mache keine Scherze, Lafarge«, sagte er mit Grabesstimme. »Und das sind meine Konditionen für den Kelly-Deal: Fünfundsiebzig Prozent für mich und der Rest ist für dich. Ist doch gerecht, oder?«

»Das kann ja wohl nicht wahr sein!« Ich schüttelte aufgebracht den Kopf.

Die beiden hässlichen Kerle grinsten und machten mir ein Zeichen, das unmissverständlich bedeutete, dass sie jederzeit bereit waren, mir die Gurgel umzudrehen.

»Also, fangen wir von vorne an«, begann Thivat wieder. »Du bezahlst mir meinen Anteil des Erlöses von Kelly in bar, und dann machst du dich gleich auf den Weg und suchst dir noch weitere Kunden seines Kalibers. In den USA dürfte das ja nicht so schwer sein. Ich stelle mich auch gern noch mal als Weinkenner zur Verfügung.« Er grinste hämisch. »Auf diese Weise werden wir viele schöne Geschäfte miteinander machen.«

Ich saß in der Falle. Und mit dem Anteil, den mir Thivat gnädigerweise überließ, würde ich zudem einen Verlust machen.

»Und wenn ich mich weigere?«

Ich würde mich einfach weigern und diesem Schakal, dessen Augen mit den zwei Farben ich nicht mehr ertragen konnte, den Rücken kehren. Ich stand auf und wollte gehen. Da hatte ich aber nicht mit den zwei Gorillas gerechnet. Sie packten mich am Kragen und drückten mich in den Sessel.

»Jetzt reicht's!«, zischte Thivat und sprach wieder Englisch. »Los, wir nehmen ihn mit.«

Wie durch Zufall war an diesem Abend niemand sonst in den Räumen des Belvedere. *Die Gorillas packten mich wie ein Strohbündel und warfen mich in eine draußen wartende Li-*

mousine. Mit zwei, drei Schlägen gaben sie mir zu verstehen, dass ich besser stillhalten sollte. Ein kräftiger Schlag auf den Arm und ich wusste, dass ich besser keinen Finger mehr rührte.

Das Auto durchquerte New York, und ich hatte den Eindruck, dass wir in die Bronx fuhren. Thivat saß vorne und sagte kein Wort mehr.

Nach einer guten Viertelstunde wurde ich in ein Gebäude verfrachtet, das halb abgebrannt, halb verfallen war. Die Kerle zwangen mich in ein Zimmer, in dem es nach Moder, Haschisch und kaltem Zigarettenrauch roch. Ich sah noch gerade die unverputzten Wände, die mit Tags und Graffiti beschmiert waren. Dann löschten sie das Licht und verschwanden nach draußen. Es war wie in einem Albtraum. Und ich sagte mir, dass mein letztes Stündlein geschlagen hatte …

Wieder machte Francis eine Pause. Sein Gesicht war jetzt ganz blass, und Marylise fürchtete, ihm würde wieder schwindlig. Sie wollte zu ihm gehen, aber er gab ihr ein Zeichen, sitzen zu bleiben.

Draußen im Park schrie eine Eule. Sie wiederholte ihren Ruf mindestens ein Dutzend Mal, bevor sie endlich still war. Ein Windstoß drückte gegen das Fenster. Francis musste seine Geschichte zu Ende bringen.

Mehrere Tage blieb ich eingesperrt. Ich nehme es zumindest an. Unter solchen Umständen verliert man das Zeitgefühl völlig. Manchmal kam Thivat zu mir.

»Hast du deine Meinung immer noch nicht geändert, du mieser kleiner Weinhändler?«, sagte er und lachte gehässig.

Seine beiden Gorillas brachten mir Wasser oder trockenes Brot, dann schlugen sie sich auf den Bauch und ließen ihre Zähne sehen. Da ich mich nach wie vor weigerte zu kooperieren, verschwanden sie wieder und schlossen zweimal ab.

Irgendwann dachte ich, ich würde wahnsinnig werden. Aber offenbar hatte das Schicksal beschlossen, dass meine Stunde noch nicht gekommen war …

Es gelang mir zu fliehen.

An diesem Tag hatten die beiden Gorillas offenbar zu viel getrunken. Schwankend brachten sie mir meine karge Ration. Als sie wieder gingen, bogen sie sich vor Lachen. Und sie vergaßen tatsächlich, die Tür hinter sich abzuschließen. Da kannst du dir denken, was ich tat.

Ich flüchtete wie ein Hase und rannte die Straße herunter. Zwei, drei Meilen lief ich immer im Zickzack, ohne mich umzusehen. Die Bronx war ein Albtraum. Freie Schotterplätze, alte Autowracks an allen Straßenecken, verkohlte Gebäude kurz vor dem Einsturz. Und überall Arme, ein paar Huren, Sniper und Zombies.

Irgendwo fand ich ein Taxi und ließ mich zum Hotel in der 57. Straße bringen. Wie durch ein Wunder hatte ich noch ein paar Dollars in der Tasche. Das genügte, um die Fahrt zu bezahlen.

Im Hotel bat ich sofort um meine Rechnung und ging hinauf in mein Zimmer, um meine Sachen zu holen. Ich öffnete den Zimmersafe, in dem ein paar Dollarnoten und Schecks lagen, darunter der von Kelly. Du kannst dir denken, dass ich mich anschließend sofort auf den Weg machte und mir ein neues Hotel in New Jersey suchte, nahe beim Flughafen von Newark.

Ich blieb ein paar Wochen dort, um mir noch ein paar andere Kunden zu suchen. Keiner allerdings war so potent wie Kelly. Ich war immer auf der Hut. Es war durchaus möglich, dass Thivat Kelly inzwischen wegen des Weins Bescheid gesagt hatte. Das störte mich nicht allzu sehr, da ich den Scheck von Kelly bereits eingelöst hatte. Aber bei Kerlen wie Thivat war man besser vorsichtig.

Im September war meine Vertriebsreise in den USA zu Ende. Ich kaufte mir ein Rückflugticket nach Paris, und dort fand der Weinkenner Thivat meine Spur wieder …

Francis schwieg. Er musste husten und hielt sich an der Fensterklinke fest. Marylise wusste jetzt, dass der Mann mit dem Mercedes und Thivat ein und dieselbe Person waren. Dieser finstere Geselle hatte Francis bis nach Coissardon verfolgt und gehörte sicher zu den Leuten, die ihre Beute nicht so leicht aus den Fängen lassen. Deswegen würde er nicht aufgeben, bis er das bekommen hatte, was ihm seiner Meinung nach zustand. Oder wenn er es nicht bekam, würde er sich auf die schlimmste Weise rächen.

Tante Lucette in ihrem Zimmer fing ebenfalls an zu husten. Ein trockener, rauer Husten, fast ein Röcheln. Francis schloss die Augen, holte wieder tief Luft und kam dann zum letzten Teil seiner Erzählung.

Es war mir ohne weitere Zwischenfälle gelungen, die Maschine nach Paris zu nehmen. Ich hatte den mafiösen Weinspezialisten und seine beiden Helfer offensichtlich abgehängt. Da hatte ich aber nicht mit seinen Spitzeln gerechnet. In Roissy-Charles de Gaulle lauerten Thivats Handlanger überall. Schon nach den Zollformalitäten spürte ich sie in meinem Rücken. Das Schlimme war, dass sie sich nicht einmal versteckten. Einer von ihnen, ein kleiner Mann mit dunkler Haut und schwarzem Haar, paffte unentwegt Zigarillos und warf mir unverschämte Blicke zu. Verflucht! Am liebsten hätte ich den Zwerg gefragt, ob er ein Photo von mir wollte.

Offenbar waren sie angehalten, in Abwesenheit ihres Chefs nichts zu unternehmen. Aber Thivat würde sicher nicht ewig in den USA bleiben. Wenn er zurückkam, war ich in Gefahr. Ich überwies einen Großteil meines Geldes auf ein Konto, das ich unter falschem Namen eingerichtet hatte, und ließ nur das Notwendigste zum Leben auf meinem normalen Konto.

Von einem Métrowagen zum nächsten springend, von einer Bushaltestellte zur nächsten versuchte ich, die Kerle abzuhängen. Nichts zu machen, sie kannten Paris wie ihre Westentasche.

Bevor ich meine Reise nach Dublin und anschließend in die USA antrat, hatte ich mein Auto bei Isabel – meiner zweiten Frau, du hast sie ja kennengelernt – stehen lassen. Aber ich konnte keinen Kontakt zu ihr aufnehmen, ohne das Leben der Kinder zu gefährden. In meiner Not rief ich sie auf dem Handy an. Mit ihrem spanischen Temperament fing sie gleich an zu schreien und beschimpfte mich mit den schlimmsten Ausdrücken. Es war mir egal. Hauptsache, sie stellte den Golf an einem vereinbarten Ort in Paris ab.

Danach würde ich es schon schaffen, meine Verfolger abzuhängen.

Zum Kuckuck noch mal! Ich brauchte mehr als eine Woche, um diese sture Person dazu zu bringen, mir das verdammte Auto irgendwo hinzustellen. »Komm erst die Kinder besuchen«, wiederholte sie immer wieder. »Julien und Jérémie fragen dauernd nach ihrem Vater, du bist wie ein Fremder für sie.«

Vergeblich versuchte ich ihr zu erklären, dass dies zu gefährlich sei für sie alle drei. Isabel ließ einfach nicht locker. »Du kriegst das Auto, wenn du deinen Söhnen Guten Tag gesagt hast.«

Nach endlosen Diskussionen war sie endlich bereit, mir mit dem Wagen zu helfen, aber erst nachdem sie mir das Versprechen abgenommen hatte, sie spätestens in einem Monat zu besuchen.

Ich nahm den Golf in einer Sackgasse in der Nähe der Bastille entgegen. Und dort begann dann die Verfolgungsjagd quer durch Paris – es gelang mir zwar, mich aus der Schusslinie dieser gefährlichen Typen zu entfernen, aber es war schwer, sie abzuhängen.

Sie rasten mit ihrem dicken Mercedes hinter mir her. Aber ein Golf kann sich leichter durch Staus bewegen als ein Mercedes. Nachdem ich die Champs-Élysées hinaufgerast war, mich über die Place de l'Étoile zur Avenue de la Grande-Armée durchgekämpft hatte, gelangte ich vor ihnen an die Porte Maillot. Dann der Périphérique, und ich war außer Sichtweite. Tschüss und Adieu! Und dann bin ich hier in die Auvergne gekommen, um mich in Sicherheit zu bringen.

Francis atmete auf. Jetzt hatte er alles erzählt. Nur nicht, dass es der Thivat-Bande bereits nach ein paar Wochen gelungen war, ihn hier in Coissardon ausfindig zu machen. Er fühlte sich beobachtet. Wie ein gehetztes Wild, das zum Abschuss freigegeben war. Einmal hatten sie ihn fast erwischt. Es hätte nicht viel gefehlt, und er wäre aus dieser Sackgasse in Clermont-Ferrand nicht mehr lebend herausgekommen.

Plötzlich war ihm sehr heiß. Er öffnete das Fenster, um die frische Nachtluft hereinzulassen. Dann bat er Marylise um ein Glas Wasser. Sie ging in die Küche, um eine Flasche Mineralwasser zu holen.

Sie war gerade auf dem Flur, als sie in der nächtlichen Stille zwei Schüsse hörte. Sie stürzte ins Schlafzimmer. Francis war unter dem Fensterbrett zusammengesackt. Aus seinem Hemd, auf der Höhe des linken Schlüsselbeins, quoll Blut.

Jemand schrie. Erst nach ein paar Sekunden realisierte Marylise, dass sie es selbst war.

16

Doktor Palasse hatte seinen Jagddrillich angelegt und die Gamaschen übergezogen. Neben ihm in seinem Wagen saß Loulou Reynard und kaute an den Fingernägeln. Die Nacht war hereingebrochen, und im Park der Villa der Familie Lafarge war es stockduster. Die anderen Männer hatte sich zu beiden Seiten des Eingangsportals gruppiert. Sie waren bereit, falls notwendig einzugreifen. Loszuschlagen oder sogar noch mehr, wenn es sein musste.

Der Doktor kniff die Augen zusammen. Er wusste, dass in der Mitte des Parks hinter einem Busch versteckt der dicke Charles Bordel wartete. Der Bürgermeister bildete ein Team mit Roland Chantegrel. Es war ihre Aufgabe, die anderen durch ein bestimmtes Tonsignal zu alarmieren, sobald diese Mercedes-Typen auftauchten. Doktor Palasse rechnete fest damit, dass dies geschehen würde. Weiter links standen Daniel Ferret und der Bäcker Jean-Paul und weiter rechts René und Marcel, die Charles herbeordert hatte, weil sie stark waren wie Ochsen und bei einer allgemeinen Schlägerei sehr nützlich sein konnten.

Die Dunkelheit war nebelig trüb. Wie Blei lag die Stille über dem Park. Dann war der Flügelschlag einer

Eule zu hören. Plötzlich kam Wind auf. Er wehte durch die Baumwipfel und zerstreute die Wolken. Weit oben, wo das Himmelsgewölbe am dunkelsten war, waren Sterne zu sehen. Es fing an, kalt zu werden.

Doktor Palasse stellte seinen Kragen hoch und zog den Kopf zwischen die Schultern.

»Sie werden nicht mehr lange auf sich warten lassen«, sagte er und sah Louis Reynard mit ernster Miene an.

»Vielleicht kommen sie gar nicht«, wagte dieser einzuwenden.

»Was redest du da!«, schimpfte der Doktor. »Natürlich kommen sie. So sicher wie das Amen in der Kirche.«

Er ließ die Scheinwerfer kurz aufleuchten, und gleich antworteten ihm die Lichter der Stablampen. Dies bedeutete, dass jeder auf seinem Posten war, jetzt musste man Geduld haben.

Inzwischen war der Wind stärker geworden. Er drückte gegen die Wagentür. Doktor Palasse überlegte einen Moment, dass die Operation, die er mit voller Zustimmung des Bürgermeisters geplant hatte, gefährlich werden konnte. Vielleicht hätte er doch besser Blancheton und den Gendarmen von Vallorgues Bescheid gesagt. Ach was! Die konnte man immer noch informieren, wenn man diese Ganoven außer Gefecht gesetzt hatte.

Eine halbe Stunde verging. Ab und zu sah man die Silhouette von Francis am Zimmerfenster. Er ging auf und ab. Dann wieder blieb er eine Weile am Fenster stehen.

Er wäre eine ideale Zielscheibe, dachte der Doktor. Hoffentlich sind die Kerle nicht schon da.

Auch ein anderes Zimmer war noch erleuchtet. Das von der alten Lucette. Doktor Palasse fiel plötzlich wieder ein, dass er zu Pepsi gerufen worden war, der Fieber hatte. Lucette hatte ihn am Nachmittag verständigen lassen, aber er hatte keine Zeit gehabt, sich zwischen zwei Patienten freizumachen.

Ein Wagen bog um die Straßenecke. Es war der Ford Fiesta von Corinne, der Angestellten von Loulou Reynard. Ihr Dienst war zu Ende, und das Mädchen fuhr nach Hause.

»Eins steht jedenfalls mal fest«, brummte Loulou. »Die macht keine Überstunden. Wenn es Zeit ist, dann geht sie, egal, ob noch Arbeit liegen geblieben ist.«

»Sei still«, sagte Doktor Palasse.

Er machte eine beschwörende Geste und blickte auf die linke Seite der Straße. Mit ausgeschalteten Scheinwerfern näherte sich ein schwarzer Mercedes und hielt etwa zweihundert Meter vor dem Tor, das zum Château führte. Länger als eine Minute blieb das Fahrzeug so stehen und rollte dann langsam vorwärts, immer an der Parkmauer entlang.

»Ich hoffe, sie haben uns nicht gesehen«, raunte der Doktor.

Er ließ ein paar Sekunden verstreichen und gab dann ein Leuchtsignal mit der Taschenlampe. Als Antwort erklang leises Geheul. Das war Daniel Ferret, der Mann aus dem Wald, der Eulenschreie perfekt nachahmen konnte. Das Zeichen bedeutete, dass alle an ihrem Platz waren, bereit anzugreifen.

Eine weitere Viertelstunde verging. Die Jungs im Mercedes waren offenbar misstrauisch geworden. Oben in der Villa zeichnete sich im Viereck des Fensters immer noch deutlich die Gestalt von Francis ab.

»Was für ein Idiot!«, schimpfte Loulou. »Als ob er sich extra da hinstellte, damit sie ihn abknallen können wie einen Hasen. Das ist wirklich unverantwortlich.«

»Vielleicht macht er es auch, um sie herauszulocken«, gab Doktor Palasse zu bedenken.

Kaum hatte er diese Worte ausgesprochen, als zwei Schüsse die Stille zerissen. Der Körper von Francis sackte in sich zusammen.

»Diese Schweine!«, brüllte der Arzt. »Die haben uns reingelegt wie die Anfänger. Schnell, los in den Park! Wir müssen sie erwischen, bevor sie wieder ins Auto steigen!«

Charles Bordel, Roland Chantegrel und die anderen hatten schon reagiert. Sie schwärmten in alle Richtungen aus und blockierten die Parkwege. In der Nähe des Portals stand Daniel Ferret und wartete entschlossen mit seinem Jagdgewehr. Aber die beiden Übeltäter wollten offenbar einen anderen Fluchtweg benutzen. Das hatten sogar René und Marcel begriffen. Die beiden Bauern standen an der Seite der Parkmauer, wo ein kleines Nebentor aus Metall mit Gewalt aufgebrochen worden war. Jenseits des kleinen Metalltors, auf einem festgetretenen Weg, stand der Mercedes und wartete auf die Rückkehr seiner Insassen.

Die Verbrecher sahen den Angriff nicht kommen. Nachdem sie ihre Schüsse auf Francis abgefeuert hatten, wollten sie gerade nichts ahnend das Törchen des Anwesens in umgekehrter Richtung durchqueren, als die riesigen Brüder des Bürgermeisters sich über sie hermachten. Im Handumdrehen hatten sie die Verbrecher überwunden. Schnell zugeschlagen, gut getroffen, und die beiden Typen gingen zu Boden.

Als Doktor Palasse, Loulou Reynard und Charles Bordel eintrafen, lagen die beiden Mercedes-Typen betäubt auf der Erde. René und Marcel waren mächtig stolz und spreizten die Hände, dass die Gelenke nur so krachten.

»Gut gemacht, Brüder!«, japste der Bürgermeister, der vom Laufen ganz außer Atem war. »Da wart ihr endlich mal zu was zu gebrauchen!«

»Ja, aber damit nicht genug«, sagte der Doktor. »Jetzt müssen wir die Gendarmie rufen, damit sie die Kerle einsperren.«

Er bat Bordel, dies von seinem Mobiltelefon zu erledigen, und rannte dann auf die alte Villa zu. Er hoffte, dass er nicht zu spät kam.

Die Quizsendung ging ihrem Ende zu. An diesem Abend hatte Lucette sich nicht so richtig auf die Fragen des Moderators konzentrieren können. Sie machte sich zu große Sorgen um Pepsi. Das Äffchen hatte immer noch Fieber und lag seit ein paar Stunden reglos da.

Doktor Palasse, den sie hatte rufen lassen, hatte wohl keine Zeit für einen Krankenbesuch gehabt. Aber wie sollte er auch seine Termine wegen eines kranken Äffchens durcheinanderbringen lassen? Menschen hatten Vorrang.

Im Nebenzimmer hörte Lucette Francis ununterbrochen reden. Was der aber auch heute alles zu erzählen hatte! Sie wunderte sich, dass ihr Neffe plötzlich so redselig war. Aber vielleicht machte er seinem Herzen auch mal Luft.

Eine Zeit lang hatte sie befürchtet, dass ihr ungehobelter Neffe sie aus dem Château vertreiben wollte. Das dachte sie jetzt nicht mehr. Nein, Francis war es ziemlich egal, ob sie hier wohnte oder anderswo. Sowieso tat er eigentlich immer so, als wäre sie gar nicht da. Von selbst kam er nie in ihr Zimmer.

Der beste Spieler der Sendung hatte sich gerade an einem Konkurrenten die Zähne ausgebissen und einen Gewinn von achtzigtausend Euro verspielt. Lucette seufzte.

Schade, sie hätte es an der Stelle, an der ihr Lieblingskandidat versagt hatte, vielleicht geschafft. Sie ließ noch den Abspann der Sendung laufen, dann griff sie zur Fernbedienung und stellte den Fernseher aus.

Immer noch drang Francis' Stimme herüber, dann auch die von Marylise. Der Tonfall klang besorgt. Und bittend.

Dann hörte sie zwei Schüsse, die wie Peitschenhiebe durch die Nacht knallten.

Gleich danach bellten sämtliche Hunde in der Nachbarschaft. Und dann gab es ein aufgeregtes Gerenne auf den Parkwegen. Schreie, Rufe, Flüche! Die Zimmertür wurde aufgerissen, und Marylise kam ins Zimmer gestürmt. Sie war völlig außer sich.

»Francis! Sie haben Francis getötet!«, schrie sie mit sich überschlagender Stimme.

Dann erschien auch Monique im Türrahmen. Die Haushaltshilfe hatte nach dem Abendessen die Küche aufgeräumt und hielt einen Löffel und eine Essigflasche in der Hand.

»Fahren Sie mich ins Zimmer meines Neffen, rasch!«, befahl Lucette.

Sie kam im selben Augenblick herein wie Doktor Palasse. Francis lag der Länge nach auf dem Boden. Das geronnene Blut auf seinem Hemd trocknete schon.

Der Arzt beugte sich über den leblosen Körper. Gleich neben ihm kauerte Marylise, die heftig atmete und nur mit Mühe ihr Schluchzen unterdrückte.

»Ist er tot, Doktor?«, brachte sie schließlich heraus.

»Aber nein, er atmet doch. Ich glaube, die Kugel ist zwischen Schlüsselbein und Schulterblatt eingedrungen.« Dann wandte er sich an Monique: »Rufen Sie den Krankenwagen. Er muss in die Notaufnahme.«

Er erhob sich und klopfte Marylise auf die Schulter.

»Seien Sie zuversichtlich, Mademoiselle. Ich bin sicher, Ihr Freund wird es schaffen.«

Lucette saß stumm in ihrem Rollstuhl und sah Doktor Palasse, der ihr beruhigend auf die Schulter klopfte, und Marylise, die verzweifelt neben Francis kauerte und dessen Hand genommen hatte. Nachdenklich blickte sie auf ihren Neffen, der reglos auf dem Boden lag und den sie so sehr gehasst hatte.

Als das Äffchen aus dem Nichts mit einem Satz auf ihren Schoß sprang, zuckte sie zusammen.

»Pepsi, du hast mich erschreckt, du Dummkopf!«, schimpfte sie, bevor sie sich entschloss, ihn zu streicheln.

Francis öffnete mühsam die Augen und lächelte Marylise an, die ihm die Hand hielt.

Isabel war immer noch ganz außer sich. Es war ihr schwergefallen, Barcelona zu verlassen. Aber sie konnte und wollte ihre Kinder nicht länger in der Obhut ihres Vaters lassen, der sich als so verantwortungslos erwiesen hatte. Vor allem um Jérémie musste sie sich kümmern. Dass er einfach so aus dem Internat ausgerissen war, machte ihr schwer zu schaffen.

Es war Ende März. Bald würde es Osterferien geben. Die Jungen mussten das Schuljahr in Paris beenden, damit sie, falls das überhaupt noch möglich war, das Trimester aufholten, das sie im Privatgymnasium von Clermont-Ferrand versiebt hatten.

In der Tat. Versiebt. Offenbar hatte Francis sich nicht genug um seine Söhne gekümmert. Jérémie, der nie Probleme gemacht hatte, war zum Ausreißer geworden. Wirklich ein schöner Erfolg. Es wurde Zeit, dass sie wieder die Zügel anzog und den Jungen die richtige Richtung vorgab.

Am Abend erreichte sie nach einer anstrengenden Reise, die sie zunächst nach Paris geführt hatte, endlich den Bahnhof Clermont-Ferrand. Hier, in der Hauptstadt der Auvergne, musste sie dann noch den Bus nach Coissardon nehmen. Fünfundvierzig Kilometer bloß und dafür anderthalb Stunden! Das war eine schlimme Fahrt mit tausenderlei ländlichen Gerüchen, bei denen der Katalanin ganz übel wurde.

In Coissardon angekommen, begab Isabel sich gleich zum Château. Lucette begrüßte sie und erzählte ihr von dem Drama, das sich hier vor wenigen Tagen abgespielt hatte.

Isabel schien zutiefst entsetzt über das, was die alte Dame ihr erzählte. Sie hatte immer schon geahnt, dass Francis mit nicht ganz sauberen Geschäften zu tun gehabt hatte, aber sie hätte nie gedacht, dass er es einmal mit einer Mafia-Organisation zu tun haben könnte.

Wie seltsam das war. Lucette begann plötzlich, ihren Neffen mit Klauen und Zähnen zu verteidigen. Nein, Francis sei kein Krimineller. Er sei das Opfer einer verbrecherischen Bande, die ihn in Amerika auf schamlose Weise erpresst habe. Und das würde die polizeiliche Untersuchung ohne jeden Zweifel beweisen.

»Fragen Sie Marylise, wenn sie aus Clermont-Ferrand zurückkommt«, sagte die bettlägerige Alte. »Sie wird Ihnen dasselbe sagen wie ich. Francis hat sich nichts Strafbares vorzuwerfen.«

»Wie geht es ihm eigentlich? Was macht seine Verletzung?«

»Wir hatten alle große Angst. Aber die Kugel hatte kein lebenswichtiges Organ getroffen. Ein unerhörter

Glücksfall. Es geht ihm schon wieder viel besser, und die Ärzte meinen, dass er in ein paar Tagen wieder auf den Beinen ist.«

Isabel ließ sich überreden, im Château zu übernachten. Als Marylise zurückkam, saßen die beiden Frauen noch eine Weile beieinander und redeten. Und selbstverständlich bestätigte ihr die Lehrerin, dass der arme Francis zwar in eine gefährliche Sache hineingeraten war, aber ganz und gar unschuldig.

Am nächsten Tag fuhren die beiden Frauen zusammen nach Clermont-Ferrand. Isabel wollte ihre Kinder wieder nach Paris mitnehmen und dort mit ihnen leben. Bislang hatte sie ihren Antiquitätenladen noch nicht verkauft.

»Sie erwarten also ein Kind?«, fragte die Katalanin, als Marylise sich hinter das Steuer setzte.

Marylise lächelte und errötete ein wenig.

»Ein Kind von *Francis*?« Isabel zog die Augenbrauen hoch.

»Natürlich von Francis. Was für eine Frage!«

»Entschuldigen Sie bitte, ich wollte Sie nicht verletzen.«

Die Straße zog an ihnen vorüber. Überall war der Frühling ausgebrochen. Der blühende Weißdorn auf den Hügeln wirkte wie Schnee. Die Wiesen waren grüner und auch der Himmel von tieferem Blau. Die Mischung der Gerüche betäubender als sonst.

»Ihr liebt euch also sehr?«, fragte Isabel und fügte wie für sich selbst hinzu: »Sicherlich lieben Sie ihn so, wie ich ihn hätte lieben sollen.«

In Clermont-Ferrand war die Vegetation der von Coissardon um drei Wochen voraus. In den Ziergärten blühten gelber Ginster und weiße Robinien. Der Himmel war blau wie Flachsblüten, und hier und da schimmerten ein paar weiße Wolken im goldenen Sonnenlicht.

Marylise setzte ihre Mitfahrerin vor dem Internat ab und fuhr dann weiter zum Krankenhaus. Isabel blieb eine Weile vor dem Eingangstor des Internats stehen und atmete tief durch. Die Leute auf der Straße waren leicht gekleidet. Junge Mädchen gingen an ihr vorbei und zeigten ihre Beine unter kurzen frühlingshaften Röcken. Isabel hatte plötzlich eine riesige Lust, spazieren zu gehen. Und so betrat sie nicht sofort das strenge Gebäude, sondern nahm sich die Freiheit, aufs Geratewohl loszuziehen.

Von der Place Delille aus ging sie eine steile Straße hinauf bis Notre-Dame-du-Port. Etwas weiter oben entdeckte sie ein paar Antiquitätenläden. Lange sah sie sich die Schaufenster ihrer Kollegen an und war beeindruckt von den schönen Ausstellungsstücken.

Die Leute in der Auvergne sind gar nicht so dumm, wie es scheint, dachte sie. Und dann ertappte sie sich mit einem Mal bei dem Gedanken, ob es nicht vielleicht eine gute Idee sei, ihren Laden in Paris zu verkaufen, der hohe Kosten verursachte, um sich hier niederzulassen.

Nachdenklich kehrte sie um und ging nun wieder in Richtung Schule. Ihre Schritte wurden immer beschwingter. Vielleicht war es gar nicht notwendig, ihre Söhne wieder in die Hauptstadt zu verfrachten.

Ohne zu wissen warum, begann sie ein altes katalanisches Liedchen zu summen. Die Sonne schien hell und warm in ihre Gesicht.

Julien und Jérémie bleiben für den Rest des Schuljahrs erst einmal hier, beschloss sie. Es ist nicht gut für die Kinder, dauernd umzuziehen.

So, jetzt ist er endlich wieder da.

Irgendwie haben wir uns aneinander gewöhnt. Wenn er im Haus ist, kommt er mich besuchen, und ich habe auch nicht mehr diese alberne Angst, die mich anfangs so befangen machte. Francis hat seine bissigen Bemerkungen eingestellt, er versucht auch nicht mehr, mich zu provozieren, wie er das noch vor einigen Monaten tat.

Wir haben uns tatsächlich näher kennengelernt und tolerieren uns gegenseitig. Was soll ich noch dazu sagen? Ich bin erleichtert, dass mein Neffe nicht so ein verpfuschtes Leben hinter sich hat, wie manche behaupteten.

Selbst Pepsi hat sich wieder eingekriegt. Wenn man darüber nachdenkt, dann geht es im Leben doch immer so: Zuerst versucht man, sein Revier abzustecken, dann lernt man, es zu teilen.

Und am Ende hat man vielleicht sogar Freude daran. Ja, das alles kann passieren.

Marylise ist ganz schön rund geworden. Im Ultraschall hat man gesehen, dass es ein Junge ist. Seine Eltern sind verliebt wie zwei junge Täubchen. Und es ist schön zu sehen, wie glücklich die beiden sind.

Tja, so ist es wohl im Leben: Die einen gehen, die anderen kommen; hier wird getrauert und geweint, während man drüben ausgiebig lacht und feiert.

Ich warte immer noch auf die Nacht, die mich von meinen Ketten erlöst. Bevor ich gehe, möchte ich aber noch das kleine Wesen aus Fleisch und Blut kennenlernen, dessen Großtante ich werde. Aber wird das der große Lenker da oben im Himmel noch erlauben?

Ach ja, fast hätte ich es vergessen. Mein nächtlicher Feind, das Käuzchen, ist immer noch aktiv. Jetzt macht es sich immer gleich nach Sonnenuntergang bemerkbar, wenn der Himmel noch rot ist.

Wenn Pepsi die klagenden Rufe hört, kommt er immer zu mir und schmiegt sich an mich, um mich zu trösten. Pepsi, mein kleines Schätzchen, er liebt mich wirklich.

17

Es dauerte lange, bis die Ermittlungen abgeschlossen waren. Man musste die Spur bis in die Vereinigten Staaten verfolgen. Die Gendarmen von Vallorgues hatten die Sache natürlich nicht allein bewältigt. Es kam extra Verstärkung aus Paris, und dann übernahmen die Kommissare aus der Hauptstadt den Fall.

Blancheton von der Gendarmerie hatte den Bürgermeister von Coissardon, Doktor Palasse und sämtliche ihrer Mitstreiter aus dem Dorf eindringlich ermahnt. Wo käme man denn hin, wenn in den Kommunen jeder sein eigenes Gesetz machte und anstelle der Ordnungskräfte handelte?

»Ach, Ihr könnt immer nur meckern«, entgegnete Charles Bordel in seiner unverblümten Art. »Ob es euch nun passt oder nicht, wenn wir nicht da gewesen wären, würdet ihr immer noch hinter den Banditen herlaufen.«

Dem Chef der Gendarmerie verschlug es angesichts dieses gewichtigen Arguments die Sprache. Und Bordel, durch das Schweigen des Amtsträgers ermutigt, legte noch einmal nach:

»Und zum Glück konnten wir auch den Mops mit dem Zigarillo dazu bringen zuzugeben, dass er den alten Iribert umgefahren hat«, rief er triumphierend. »Mit eurem natürlichen Talent, Schuldige zu überführen, wäre die Sache ja noch immer nicht aufgeklärt und ihr würdet nach wie vor Lafarge verdächtigen.« Er konnte sich ein Grinsen nicht verkneifen, als er jetzt hinzufügte: »Und wer hat mich in den Abgrund gestoßen? Was glaubt ihr? Wer könnte das gewesen sein?«

Blancheton zog ein wenig am Schirm seines Käppis, und der Bürgermeister war überzeugt davon, dass er hinter seiner Mütze nur die Verlegenheit verbergen wollte, die ihm die Röte ins Gesicht trieb.

»Und jetzt halten Sie die Klappe, Bordel!«, brüllte der Chef plötzlich. »Geben Sie endlich Ruhe! Sie haben nicht das Recht, auf diese Weise über die Gendarmerie herzuziehen!«

Recht oder Unrecht, die Tatsachen sprachen für sich. Iribert Couquelet, den Francis am Straßenrand abgesetzt hatte, wurde von einem schwarzen Mercedes überfahren, an dessen Steuer Boris Sanchez saß, Thivats Privat-Chauffeur. Nachdem er Lafarges Spur am Périphérique in Paris verloren hatte, hatte Boris sie in Coissardon wiedergefunden, in der tiefsten Provinz, in dem Dorf, in dem Lafarge seine Kindheit verbracht hatte. An diesem Tag stand der Alte plötzlich mitten auf der Fahrbahn. Es lag Schnee, und Boris hatte nicht mehr ausweichen können. Anschließend war er schnell geflohen. Er fuhr noch einmal zurück nach Paris, um den Mercedes reparieren zu lassen. Er hatte ja Zeit genug, um später mit seinem Boss wieder nach Coissardon zu kommen.

»Und wenn da nicht René und Marcel gewesen wären und ihm den Arm verdreht hätten, bis er das endlich zugab, dann träten Sie immer noch auf der Stelle, werter Chef.«

Das Gespräch wurde immer erbitterter. Doktor Palasse versuchte den Bürgermeister zu bremsen. Es war an der Zeit, dass sich alle wieder beruhigten.

Das Oberhaupt der Kommune sollte an diesem Tag aber auch noch eine böse Überraschung erleben. Als er wieder im Rathaus war, lag da ein Einschreibebrief für ihn. Er stammte von der Überwachungskommission, die ihn dringend aufforderte, die notwendigen Reparaturen an den sanitären Einrichtungen und im Gebäude der Dorfschule durchführen zu lassen. Er hatte zwei Wochen Zeit und keinen Tag mehr, um sich mit den Handwerkern abzusprechen und mit den Arbeiten zu beginnen.

Der Bürgermeister tobte. Marylise hingegen freute sich, als sie diese Neuigkeit von ihrer Vertretung erfuhr, einer jungen Kollegin, die für die Zeit des Mutterschutzes ihre Stelle übernommen hatte.

»Ach, wie schön«, sagte sie, »jetzt muss der alte Geizkragen endlich sein Portemonnaie öffnen!«

»Ja«, sagte Francis, »und wer bezahlt das alles? Der Steuerzahler, wie immer.«

Francis war in Paris gewesen, um das Konto zu entsperren, auf dem die Einnahmen seiner Geschäfte in Amerika lagen, besonders die schönen Einkünfte aus dem Deal mit Mister Kelly.

»Das Beste habe ich dir allerdings noch gar nicht erzählt«, sagte er bei seiner Rückkehr zu Marylise und grinste. »Kelly hat neuen Wein bei mir bestellt. Das heißt, dass mein Fusel seinen Kunden offenbar geschmeckt hat.«

Nach all den Aufregungen des Frühlings herrschte zu Beginn des Sommers in Coissardon wieder eine heitere Stimmung. Die Gemüter hatten sich beruhigt, jetzt musste man die Mühlen der Justiz mahlen lassen, damit alles wieder seine Ordnung hatte.

Francis allerdings tat sich schwer. Das Nichtstun ging ihm auf die Nerven. Jetzt, wo er eine wahre Goldgrube gefunden hatte, brauchte er nur auf die Gelegenheit zu warten, um wieder in unbekannte, unberührte Gegenden aufzubrechen, von denen er immer geträumt hatte. Das lag in seiner Natur, so war er nun mal. Er konnte unmöglich lange auf einer Stelle hocken und sich dabei zu Tode langweilen. Er war einfach nicht der Typ, der mit interessierten Blicken dem Flug einer Fliege folgte und sich dabei Gedanken über Insekten mit Flügeln machte.

An jenem Junimorgen verließ er zu Fuß den Park und trat auf die Straße hinaus. Vom Turm der Dorfkirche wehte das Sieben-Uhr-Angelus-Geläut herüber. Die Schwalben flogen am Himmel, an dem sich die letzten Morgennebel auflösten. Feiner Tau hatte in der Nacht das

Gras benetzt, sodass selbst die Spinnweben wie Blumen aussahen. Francis beugte sich nach unten und sah einer Schnecke zu, die ihr silbriger Weg an einem Stiel entlangführte. Kurze Zeit später lief ihm ein Hahn über den Weg. Eine Bäuerin sammelte Unmengen von Brennnesseln, die sie später zu Entenfutter zerhacken würde.

Einen Moment lang hatte Francis den Eindruck, seine Kindheit ziehe an ihm vorüber. Doch er war kein beschaulicher Mensch. Deshalb wurde er sofort aktiv. Eiligen Schrittes ging er durchs Dorf und befand sich schon bald auf der Straße nach Clermont-Ferrand.

Überall zirpten die Grillen, summten die Wespen und Hummeln. Die Sonne stand schon hoch am Himmel, und ihre Strahlen waren ganz warm. In der Luft roch es nach Ginster und frischer Natur.

Francis zog seine Jacke aus und warf sie sich über die Schulter. Warum eigentlich war er heute so früh nach draußen gegangen? Was hatte ihn aus dem Bett getrieben, in dem Marylise noch schlief? Es gehörte nicht gerade zu seinen Gewohnheiten, frühmorgens aufzustehen. Und eigentlich ging er auch nicht gern zu Fuß, wenn es sich vermeiden ließ. Manchmal setzte er sich sogar in sein Auto, wenn er nur hundert Meter zurückzulegen hatte.

Er verließ die Landstraße und bog rechts in einen Weg ein, der auf beiden Seiten von Weißdornhecken begrenzt war. Weiter hinten blühte üppig der Ginster.

Am Vorabend hatte er ein etwas schwieriges Gespräch mit Marylise gehabt. Er hatte ihr gesagt, er wolle wieder nach Amerika, um seinen Wein zu verkaufen und seinen Geldbeutel zu füllen. Natürlich war sie außer sich gewesen. Wie stellte er sich das vor? Ein paar Wochen vor der Geburt ihres Sohnes wollte er wieder in die Welt hinauszuziehen? Das sei unverantwortlich! Da sei es kein Wunder, dass seine beiden ersten Frauen es nicht lange mit ihm ausgehalten hätten.

Diese Feststellung hatte ihn irgendwie erschüttert, und er hatte die ganze Nacht kein Auge zugetan. Und so war er beim ersten Hahnenschrei aufgestanden. Er atmete tief durch.

Luft holen, ja, das war es, er brauchte Luft. Er musste schreien können, wenn er Lust dazu hatte, oder schweigen, oder weggehen oder wiederkommen. Frei sein, tun und sagen, was er wollte. Über sein Leben bestimmen.

Marylise konnte das nicht verstehen. Sie war zu sehr Frau und schon zu sehr Mutter, zu sesshaft, um sich auch nur eine Sekunde vorzustellen, warum jemand – auch der Mann, den sie liebte – unbedingt immer unterwegs sein wollte.

»Verflixt!«, sagte Francis und stieß mit dem Fuß gegen ein Büschel Butterblumen, der nahe einer sumpfigen Stelle stand.

Er ging weiter den Weg entlang und betrat ein Unterholz aus Birken und Buchen. Unter seinen Füßen spürte er ein weiches Moosbett mit einem ganz neuen Geruch. Vor ihm flog ein Eichelhäher quer über den Weg, wie ein blauer Pfeil, und er erschrak. Weiter oben, fast senkrecht über ihm, sang eine Lerche. Francis wollte die Augen auf den kleinen Punkt richten, der sich klar am Himmel abzeichnete, aber es blieb nur eine schwarze Markierung auf der Netzhaut.

Und da wurde es ihm mit einem Mal klar … Der Ort, an dem er sich jetzt befand, war genau der Ort, an dem er im Traum immer hatte anhalten wollen. Selbst auf seinen weitesten Reisen. Hatte er vielleicht vergeblich nach etwas gesucht, was immer in greifbarer Nähe gewesen war?

Am Waldrand, der mit jungen Douglastannen bepflanzt war, stand sie, die kleine Hütte, in der er sich stundenlang vor der Schule gedrückt hatte. Ohne es zu wollen, war er heute genau an diese Stelle gegangen. Im Nachhinein wunderte er sich, dass er es nicht sofort begriffen hatte.

Francis lehnte sich mit beiden Händen gegen eine Granitmauer, bückte sich und trat in den kleinen Raum, an dessen Seite das Licht durch ein einziges winziges Fenster schien. Es war kaum größer als eine Schießscharte. Am Boden lagen alte Jutesäcke und schmutzige Lappen. Offenbar war diese Hütte im Herbst ein Unterschlupf für Jäger. Jemand hatte sogar Feuer gemacht. In einer Ecke lag ein Berg Asche.

Seine Haare waren voll Spinnweben. Es roch so stickig, dass er husten musste. Er ging hinaus an die frische Luft. Draußen hörte er wieder die vertrauten Geräusche der Natur, alles, was in seiner Kindheit seine Träume begleitet hatte, die Träume vom Aufbruch in ferne Länder, sein Verlangen nach weitem Raum.

Plötzlich begriff er, hier bei dieser Hütte mit den baufälligen Wänden, dass er sein Leben lang, durch alle Irrungen und Wirrungen hindurch nur ein Ziel verfolgt hatte: hierherzukommen, ins Dorf seiner Kindheit.

Die Erkenntnis war so rein und klar wie frisches Quellwasser.

Er hätte am liebsten geschrien. Der Welt entgegengerufen, dass er jetzt nicht mehr der Mann war, der ewig umherirrte. Dass er nicht mehr vom Verlangen getrieben war, immer weiter, hinter der Linie eines jeden Horizonts, nach etwas zu suchen.

Sein Sohn würde bald geboren. Sein viertes Kind. Er ließ die Hütte, in die er sich als Jugendlicher geflüchtet hatte, hinter sich und ging den Weg zurück zum Château. Er musste es Marylise sagen.

Glücklich legte er die Hand auf die Rinde einer alten Buche, gegen die ein Grünspecht klopfte. Es war, als hämmerte der kleine Vogel Francis die neuen Erkenntnisse ein.

»Pepsi, mein Schätzchen, bring mir meine Milch!«

Der kleine Affe sprang vom Fensterbrett, auf dem er gehockt hatte, und war in ein paar Sätzen am Kühlschrank und öffnete die Tür. Er nahm die Tüte mit der Milch und goss ein wenig davon in die Schale, welche die Kranke mehrmals am Tag benutzte.

»Du bist ein Schatz, mein Herzchen«, sagte Lucette und küsste ihn auf die Nase.

Das Tier klapperte mit den Lidern und gab seltsame Töne von sich, als wolle es zeigen, wie zufrieden es über das Lob seines Frauchens war.

Mithilfe der Fernbedienung ließ Lucette ihren Rollstuhl bis ans Fenster fahren. Es war Francis' Geburtstagsgeschenk gewesen, ein neuer elektrischer Rollstuhl, der so viel bequemer und praktischer war als der alte. Sie hätte vor Freude beinahe geweint. Sie wusste, dass Marylise ihren Neffen dazu überredet hatte, ihn zu kaufen, aber sie erkannte doch, wie sehr sich Francis seit seinem ersten Auftauchen in Coissardon im letzten Herbst verändert hatte. Es war eine Veränderung, die ihm sehr zum Vorteil gereichte, fand sie. Er war freundlicher, ruhiger, aufmerksamer, weniger reizbar, mit einem Wort zufriedener. Sicherlich hatte dies auch damit zu tun, dass er bald wieder Vater wurde.

Lucette warf einen Blick in den Park, in dem ein sommerlicher Wind ging. Durch das geöffnete Fenster drang warme Luft herein. Ein aufgeregtes Amselmännchen zwitscherte, während es ein Weibchen auf den Zweigen der alten Linde verfolgte. In der Ferne hörte man das Geräusch einer Kreissäge.

Der Nachmittag floss dahin wie ein Lavastrom. In der Küche klapperte Monique mit den Kochtöpfen.

»Pepsi, mach bitte die Tür auf!«

Der Affe gehorchte, und Lucette fuhr über die Türschwelle ihres Zimmers. Mit dem Daumen und Zeigfinger bediente sie den Schalthebel und fuhr den Gang entlang.

»Tante Lucette«, sagte Marylise, »weißt du, dass du inzwischen eine perfekte Fahrerin bist?«

Lucette freute sich über das Kompliment, trotz der leicht ironischen Bemerkung, die Francis prompt folgen ließ.

»In der Tat, Tantchen, die Jungs von der Formel Eins werden sich verdammt anstrengen müssen!«

So war Francis nun mal. Immer ein wenig scharfzüngig, manchmal auch bissig. Aber wenn man genau überlegte: Böse war er nicht. Das hatte er ihr erst kürzlich bewiesen.

Marylises Entbindungstermin war nicht mehr fern. Die Schwangerschaft stand ihr gut. Lucette sagte es ihr und fügte dann hinzu:

»Mit einer so wunderbaren Frau wie dir an seiner Seite kann ich verstehen, dass mein Neffe keine Lust mehr hat, sich in der ganzen Welt herumzutreiben.«

Und dann, aus heiterem Himmel, wurde Lucette plötzlich schwindelig. Sie hatte das Gefühl, ein Bienenschwarm brummte in ihren Ohren, als hätten Hunderte Bienenstöcke ihre Schwärme auf ihre Trommelfelle losgelassen. Auf ihrer Netzhaut zeigten sich seltsame Bilder. Blitze zuckten durch ihr Gesichtsfeld, oder waren es Sternschnuppen, die mit hoher Geschwindigkeit vorbeirasten? Sie tauchten auf, erloschen wieder und kehrten gleich zurück.

»Pepsi!«, rief sie.

Der kleine Kapuzineraffe hockte auf einer Sessellehne, atmete vor Aufregung immer schneller und sah erschrocken sein Frauchen an. Lucettes Augen waren glasig, und sie hatte Mühe zu atmen.

»Schnell, wir müssen den Arzt rufen!«, sagte Francis.

Monique stürzte ans Telefon und wählte die Nummer der Praxis von Doktor Palasse. Der Anruf wurde auf sein Handy durchgestellt. Glücklicherweise war der Doktor gerade in der Nähe. Keine fünf Minuten später lief er die Freitreppe hinauf.

»Ich nehme an, sie muss ins Krankenhaus«, sagte Francis und sah den Arzt fragend an.

Lucette hatte das Bewusstsein verloren. Der Arzt schaute auf sein Blutdruckmessgerät und antwortete nicht. Er hob die Lider der Kranken an und fühlte ihren Puls.

»Soll ich den Krankenwagen rufen?«, fragte Francis noch einmal.

»Nein. Auf keinen Fall!«

Der Doktor hatte sich wieder aufgerichtet. Er hatte sein Stethoskop aus den Ohren genommen und wirkte sehr energisch.

»Wie?«, fragte Francis, der offensichtlich nichts begriff.

»Kein Notarztwagen. Keine Apparate. Madame Barland geht nicht ins Krankenhaus. Ob Ihnen das passt oder nicht, Monsieur Lafarge, Ihre Tante hat sich immer gewünscht, hier zu Hause zu sterben, das hat sie mir ausdrücklich gesagt. Sie hat es mir sogar schriftlich gegeben. Also respektieren wir ihren letzten Willen.«

»Glauben Sie denn, sie stirbt, Doktor?«, fragte Marylise mit besorgtem Gesicht.

Der Arzt nickte mit ernster Miene. »Es sieht ganz danach aus. Jedenfalls wird es nicht mehr lange dauern.«

Schweigend legte er seine Instrumente in die Arzttasche. Dann wandte er sich an Monique.

»Kommen Sie, wir bringen sie jetzt in ihr Bett. Helfen Sie mir bitte.«

Es war sechs Uhr abends. Die Sonne ging schon langsam unter, aber es würde noch zwei Stunden dauern, bis sie hinter der Linie des Horizonts verschwand.

Plötzlich hörte man den Ruf eines Käuzchen, das im Wipfel eines der großen Bäume im Park hockte.

Marylise legt die Hände auf ihren Bauch. Darin herrschte gerade ein ziemliches Durcheinander.

Wie seltsam, ich fühle mich wohl!

Ja, ich fühle mich wirklich wohl. Ich habe den Eindruck, über meinem Körper zu schweben. So ein Gefühl der Leichtigkeit hatte ich lange nicht mehr. Es ist, als bestünde ich aus Luft, aus Äther.

Äther. War das nicht das Wort, nach dem ich heute Nachmittag beim Kreuzworträtsel gesucht habe? Na, das war doch gar nicht so schwer.

Ich schließe die Augen, ich atme, ich schwimme in mir selbst. In der Essenz dessen, was ich geworden bin, jetzt, wo meine Reise auf dieser Seite des Flusses fast zu Ende ist. Ich weiß genau, dass ich am Ende meines Wegs angelangt bin. Gerade hat das Käuzchen im Park nach mir gerufen. Ach, ich hätte so gern noch ein wenig Zeit. So lange, bis mein Großneffe, der

Sohn von Francis, ans Ufer gelangt. Ihn nur einen Augenblick sehen und quietschen hören, den Babygeruch riechen, seine zarte Haut berühren. Das alles habe ich ja nie selbst erfahren.

Und Pepsi?

Was wird aus meinem Äffchen werden, wenn ich nicht mehr bin? Ich weiß ja, dass er sich inzwischen mit Francis besser versteht. Sie streiten sich jedenfalls nicht mehr, und das ist schon etwas wert. Aber wäre Francis bereit, ihn zu behalten? Und was soll er machen, wenn ich nicht mehr da bin, dieses so sehr geliebte Geschöpfchen, die Freude meines Alters?

Ich spüre das Treiben um mich herum. Gerade habe ich gehört, dass Doktor Palasse verboten hat, mich ins Krankenhaus zu bringen. Lieber Freund! Wie dankbar ich ihm bin, dass er Francis meinen letzten Willen klargemacht hat, auch wenn mein Neffe den Krankenwagen in bester Absicht rufen wollte.

Soll das bedeuten, dass Francis das Ende meines Lebens noch ein wenig hinausschieben wollte? Ich denke, ja. Wenn ich weinen könnte, hätte ich jetzt Tränen in den Augen.

Noch eine andere Sache erfüllt mich mit Bedauern. Dass ich heute nicht mein Quiz sehen werde. Die Kandidatin war schon zum fünften Mal da. Sie hatte alles aufs Spiel gesetzt und hoffte einen Gewinn von hunderttausend Euro einzustreichen. Das hätte ich zu gerne miterlebt. Na ja, man kann nicht alles haben im Leben.

Die Nacht steigt in mir auf. Ich spüre, wie sie hochkriecht. Sie ist in allen Ecken meines Zimmers. Natürlich habe ich ein bisschen Angst. Und es tut mir auch weh. Ich möchte nicht sterben. Jedenfalls nicht sofort. Nicht bevor der Sohn von Francis …

Das Käuzchen wird mir schon sagen, wenn die Zeit gekommen ist, jedenfalls ist es das, was ich glaube.

So, jetzt ist es geschafft. Francis hat eben angerufen, Monique ist drangegangen, und ich habe sie sagen hören: »Ein wunderschöner Junge? Der 3540 Gramm wiegt? Und er heißt Thomas? Ja, Thomas ist ein sehr schöner Vorname. Herzlichen Glückwunsch, Monsieur Lafarge. Und gratulieren Sie auch Ihrer Frau.«

Vor Freude schlug mein Herz ganz laut. Es war, als hüpfte es aus meiner Brust.

Jetzt mag das Käuzchen rufen, wie es will. Ich jedenfalls warte noch so lange, bis ich den kleinen Thomas gesehen habe.

Vielleicht wird Pepsi eines Tages sein Spielkamerad, das würde ich mir wünschen …

Epilog

Ein Mann, der genug Gutes im Leben hat, würde, wenn er zu Hause zu bleiben verstünde, nicht fortgehen, um übers Meer zu fahren oder andere Orte zu erobern.

BLAISE PASCAL, *Gedanken*

Lucette Barland starb am zweiundzwanzigsten September, dem ersten Tag des Herbstes. Monique fand sie früh am Morgen, als sie zur Arbeit kam, und war überrascht von dem Lächeln auf ihren Lippen. Eine der größten Freuden ihres Lebens bestand am Ende darin, den kleinen Thomas in seiner Wiege zu betrachten.

Der jüngste Lafarge ist ein süßer kleiner Teufel, der Papa und Mama nachts den Schlaf raubt. Er brüllt, dass er kaum noch Luft bekommt, und sein Gesicht wird schnell dunkelrot wie eine Pflaume. In der Regel ist es Francis, der in der Nacht aufsteht. Um drei oder vier Uhr morgens wiegt er das Baby in seinen Armen. Offenbar gefällt ihm das besser als sein früheres Abenteuerdasein. Dann gibt er Thomas das Fläschchen und kann sich gar nicht sattsehen an seinem kleinen Sohn.

Auch seine anderen Kinder hängen sehr am kleinen Thomas. Wer hätte das von Julien oder Jérémie gedacht?

Der brummige Julien und Jérémie, der gerne mal abhaut? Sie leben jetzt wieder bei ihrer Mutter.

Isabel hat ihren Laden in Paris verkauft und ein Antiquitätengeschäft in Clermont-Ferrand erworben, in der kleinen Straße hinter der Kathedrale. Der Laden hat sich gut angelassen. Zu ihren treuen Kunden gehört sogar ein Politiker, der aus der Auvergne stammt, aber im Land und auch im Ausland bekannt ist.

Julien hat sein Abitur gemacht. Jetzt will er auf die höhere Handelsschule gehen. Ob er den Geschäftssinn seines Vaters geerbt hat?

Und Jérémie? Ach, Jérémie! Er und die Schule haben so gar nichts gemein. Nun ja …

Er wird jedenfalls nicht in die Stapfen seiner Halbschwester treten. Cécile hat inzwischen promoviert und wird jetzt Hochschullehrerin. Ein Traum für Martine, ihre Mutter, die selbst Grundschullehrerin ist.

Mit dem in Amerika verdienten Geld hat sich Francis in Vallorgues eine Handelsniederlassung gekauft.

Weine aus der Auvergne und von anderswo.

Schon von Weitem kann man das Schild in der Hauptstraße der Kantonshauptstadt erkennen.

Einer seiner besten Kunden ist Charles Bordel. Gerüchten zufolge trägt er sich mit dem Gedanken, sein Amt als Bürgermeister von Coissardon demnächst niederzulegen.

Offenbar hat ihn die Entscheidung der Kommission schwer getroffen, die damals beschlossen hatte, dass die an der Schule notwendigen Reparaturen so schnell wie möglich durchgeführt werden.

Na ja, im Dorf wird viel geredet, was weiß man schon? Marylise ist jedenfalls glücklich: Als sie nach Ende des Mutterschutzes ihre Arbeit wieder aufnahm, waren alle Räume frisch renoviert. Und die Toiletten! Endlich ein Schulhaus, das diesen Namen auch verdient.

Das Leben in Coissardon nimmt seinen Lauf. Das letzte Jahr war ereignisreich. Es kommen ja nicht jeden Tag Gangster aus Amerika in die Auvergne und bringen das friedliche Alltagsleben eines Dorfes durcheinander.

Jetzt hat alles wieder seine Ordnung. Alles steht zum Besten in der besten aller Welten. Alles ist in Butter.

Ach ja, noch etwas: Pepsi und das Baby Thomas sind dicke Freunde. Das Baby bricht jedes Mal in Lachen aus, wenn es das helle Gesicht des Äffchens über seiner Wiege sieht. Vielleicht lernt Pepsi noch, ihm sein Fläschchen zu wärmen. Und es ihm zu geben.

Wer weiß das schon, so seltsam, wie diese Welt ist!